LE ROMAN DE SAINT-PÉTERSBOURG

VLADIMIR FÉDOROVSKI

Le Roman de Saint-Pétersbourg

Les amours au bord de la Néva

ÉDITIONS DU ROCHER

© Éditions du Rocher, 2003.
ISBN : 978-2-253-15610-9 – 1ʳᵉ publication LGF

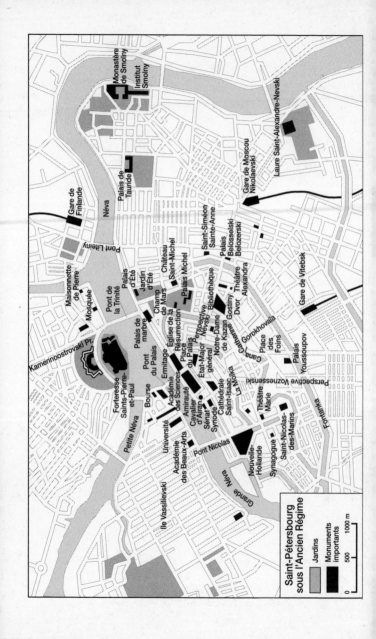

Saint-Pétersbourg
sous l'Ancien Régime

Jardins

Monuments
importants

0   500   1000 m

Monastère de Smolny
Institut Smolny
Laure Saint-Alexandre-Nevski
Palais de Tauride
Gare de Finlande
Gare de Moscou Nikolaevski
Néva
Pont Liteiny
Saint-Siméon Sainte-Anne
Palais Beloselski Belozerski
Gare de Vitebsk
Maisonnette de Pierre
Mosquée
Pont de la Trinité
Palais de marbre
Champ de Mars
Palais d'Été
Jardin d'Été
Château Saint-Michel
Palais Michel
Église de la Résurrection
Théâtre Alexandra
Kamennoostrovski Pr.
Palais du Palais
Ermitage
Place du Palais
État-Major général
Perspective Nevski
Bibliothèque
Gostiny Dvor
Notre-Dame de Kazan
Canal Gorokhovaia
Place des Foins
Palais Youssoupov
Forteresse Saints-Pierre-et-Paul
Bourse
Académie des Sciences
Amirauté
Cavalier d'Airain
Sénat
Synode
Cathédrale Saint-Isaac
La Moïka
Perspective Voznessenski
Petite Néva
Université
Académie des Beaux-Arts
Pont Nicolas
Théâtre Marie
Fontanka
Île Vassilievski
Nouvelle-Hollande
Saint-Nicolas-des-Marins
Synagogue
Grande Néva

PRÉLUDE

Chaque année, j'ai l'habitude de revenir deux fois à Saint-Pétersbourg. D'abord pour le festival de musique, au moment où la fin du printemps offre l'émerveillement des nuits blanches. Je prends alors la Flèche rouge à partir de Moscou. Dans ce train, tandis que mes paupières sont closes, défile devant la vitre la beauté des campagnes et des lacs nappés par la nuit. Au petit matin, j'entre enfin dans le rêve retrouvé de Saint-Pétersbourg.

Durant cette période de quelques jours, au début du mois de juin, la clarté s'étire jusqu'à l'aube quand le ciel prend la couleur d'une perle pour s'éteindre à peine. Il semble que le soleil s'amuse, joue à cache-cache, pour réapparaître de plus belle.

Je reviens aussi durant l'hiver en prenant le bateau. Là encore, quand le brouillard s'est dissipé et que roulent dans le ciel de gros nuages blanchâtres aux reflets de plomb, c'est un enchantement d'apercevoir au loin se dessiner la ville. Un vent glacé venu du nord souffle, figeant les ornières des routes. Dans les rues, des pluies d'étoiles crépitantes jaillissent des fils électriques, de vagues silhouettes noires se hâtent sur les trottoirs, pressant le pas à travers les tourbillons de neige dansant dans la lumière des grands lampadaires.

L'univers de Saint-Pétersbourg devient un gouffre immense où tourne un ouragan dévastateur, l'univers agité par la tempête, le vol inquiet des flocons à travers la ville de Pierre où tout apparaît enfin : la flèche de l'Amirauté, la forteresse Pierre-et-Paul, le pont Anitchkov avec ses quatre statues équestres, le canal Catherine où Alexandre II fut assassiné après cinq tentatives, Notre-Dame-de-Kazan, et la perspective Nevski qui a retrouvé son nom après s'être appelée avenue de l'Octobre-Rouge. Des sphinx égyptiens de couleur ocre regardent impassibles le fleuve jaune et, par-delà la Néva, l'alignement des palais de la cathédrale de Smolny jusqu'au palais d'Hiver et le golfe de Finlande, où la ville a surgi en 1703 pour devenir la capitale en 1712.

La mer est pailletée d'or et Saint-Pétersbourg offre le brasier de son coucher de soleil avec ses verts amande, ses roses tendres, ses bleus ciel, ses jaunes, couleurs qu'on doit à l'architecte italien Rastrelli. Arrivé en Russie à l'âge de seize ans avec son père sculpteur, ingénieur et architecte, le jeune Rastrelli prit la nationalité russe et devint le principal architecte de l'impératrice Elisabeth. Il inventa un style nouveau réunissant des composantes apparemment incompatibles dans une heureuse symbiose, en alliant le rococo autrichien, le goût décoratif à la française et la tradition russe inspirée des églises de Kiev et de Novgorod. Comme Pierre le Grand, Rastrelli entreprit un pari surhumain. Son célèbre palais d'Hiver — aujourd'hui musée de l'Ermitage — se déploie sur deux kilomètres d'une façade soutenue par une forêt de colonnes corinthiennes. Son chef-d'œuvre, la cathédrale du couvent de Smolny, est un étonnant mariage réussi du baroque et des coupoles bulbeuses dans la pure tradition russo-byzantine. Rastrelli représente le symbole d'une tentative de fusion entre la tradition russe et le style occidental. Ici un petit canal digne de Venise, là le palais de marbre construit par Rinaldi pour le prince Orlov et l'église Saint-Sauveur dont les bulbes multicolores et dorés offrent le plus beau des spectacles lors des nuits blanches.

Partout à Saint-Pétersbourg on murmure le nom d'Alexandre Pouchkine. Le français était presque sa langue maternelle : il le parlait à la perfection, comme il s'exprimait aussi en allemand, en anglais, en italien et en espagnol. Mais c'est lui qui a donné son génie propre à la langue russe. Dans son cabinet de travail, quatre mille volumes en quatorze langues, sa table, ses derniers articles, son coffret, sa plume et aussi un sabre rappelant la bataille contre les Turcs.

Des grands tsars et des écrivains, Pierre Ier, Pouchkine, Dostoïevski ont, certes, donné les meilleures clés pour déchiffrer les mystères de cette ville envoûtante, cependant, j'ai préféré suivre aussi leurs inspiratrices, celles qu'ils ont aimées à Saint-Pétersbourg : Catherine, l'impératrice paysanne, épouse de Pierre le Grand, Catherine II et son vigoureux complice Potemkine, Pouchkine et ses passions, les poètes du début du XXe siècle. Je n'ai pas oublié les souffrances des Pétersbourgeois broyés par la roue rouge du régime totalitaire.

Les figures légendaires m'ont souvent fait voyager à travers le temps, dans des palais étincelants, me poussant à méditer sur les contradictions du caractère slave qui, comme l'architecture de Saint-Pétersbourg, ne connaît pas de limite, ne ressemble à aucun style connu, ni au gothique flamboyant d'Europe, ni au style byzantin.

Est-ce l'architecture ou tout simplement l'âme russe qui a réalisé ces caprices avec une telle fantaisie, avec ces contrastes, ces couleurs, ces jeux de lumière, rappelant sans doute les contradictions des drames historiques ? Que reste-t-il de ces parcours initiatiques au cœur de cette ville insolite ?

L'amour qui naît et meurt pour subsister dans les mémoires, et la volupté des neiges...

Ce sentiment aigu, je l'ai ressenti de nouveau comme une brûlure il y a quelques années, alors que je dînais en compagnie de deux vieux amis dans le célèbre restaurant Métropole, situé non loin de la perspective Nevski. Micha, pianiste international, Alexandre Ivanovitch, patriarche de la littérature, natif de cette ville, et moi-même, avions coutume de nous retrouver dans la grande salle aux colonnes et aux boiseries dorées dont les fenêtres étaient tendues de rideaux de soie verte. Nos zakouski favoris, langues d'élan et de renne, accompagnés d'anchois et de bœuf fumé nous attendaient déjà sur la table.

Ce soir-là, Alexandre Ivanovitch, rompant avec le ton habituellement persifleur et léger de nos conversations, nous déclara solennellement :

— Je dois vous raconter une histoire triste qui a transformé ma vie.

— Une amourette ! raillâmes-nous en cœur.

— Pas exactement, plutôt une histoire d'étoile filante... qui s'est d'ailleurs révélée être en quelque sorte l'histoire de notre ville.

— Que t'arrive-t-il, tu deviens romantique ? avons-nous renchéri.

Grave, le vieil homme entama son récit :

— C'était il y a une dizaine d'années, quand j'habitais encore Leningrad. Dans ce même restaurant, je m'apprêtais à dîner seul, quand entra une petite femme

12

emmitouflée dans une redingote de fourrure. Une toque posée sur une écharpe de mohair gris scindait son front.

Micha et moi étions suspendus à ses lèvres, prêts à le taquiner.

— D'après son allure, poursuivit-il, j'avais compris qu'elle était française. Lorsqu'elle se fut débarrassée de son manteau, elle s'assit et se plongea aussitôt dans la carte. J'observais son visage encadré de cheveux châtains et libres. Il s'était décrispé peu à peu à la chaleur. Sans attendre qu'elle ait choisi, je demandai au garçon de lui servir un verre de ma part.

— Et elle a accepté sans sourciller ? lançai-je.

— Oh, répondit Alexandre Ivanovitch, ce n'était pas une de ces étrangères naïves qui cherchait la Russie éternelle dans l'URSS de Brejnev, elle était scientifique. D'ailleurs c'était héréditaire puisque, comme elle me l'expliqua, son aïeul Tredern de Lezerec, qui s'était déjà distingué outre-Atlantique par de hauts faits d'armes au moment ou l'Amérique se détachait du joug britannique, était également correspondant de l'Académie des sciences de Saint-Pétersbourg. En 1789, Catherine II l'invita à séjourner à la cour et lui commanda un dictionnaire russo-breton, son nom fut même donné à une artère de la ville.

— Evidemment, tu lui as proposé de la chercher avec elle ? s'esclaffa Micha.

Perchant son regard sur le lustre de cristal, Alexandre Ivanovitch esquissa un petit sourire.

— Nous nous promenâmes pendant une semaine dans les rues. Je lui contai les méandres de mon Pétersbourg tant aimé et détesté, essayant de lui faire comprendre notre ville, emportée dans la tempête de neige, angoissante et inaccessible à la fois.

— Il y a une chose dont vous ne me parlez pas,

mon cher, dit-elle, et qui s'attache à la fondation de cette ville : Pierre le Grand voulut vaincre les éléments au prix de sacrifices humains. J'ai le regret de vous dire que nous foulons un cimetière... Ainsi, Saint-Pétersbourg reflète-t-elle la lumière autant que l'ombre, la beauté que la grisaille. L'invisible cristallisé dans le visible se dédouble constamment, passant sans cesse de la réalité au mirage, de l'éclat à l'obscurité.

— Cet état de fait fut d'ailleurs fixé dans une œuvre d'un poète du début du XIXᵉ siècle Alexandre Odoievski, lorsqu'une fête somptueuse de la haute société de Saint-Pétersbourg se transforme soudain en un bal de squelettes qui voltigent à travers un immense salon, s'embrassant de leurs ossements jaunis, exhibant tous le même large éclat de rire aphone.

Combien de fois, à travers le brouillard, ai-je eu moi-même cette impression bizarre, mais tenace : lorsque ce brouillard se dissipera et s'élèvera, n'emportera-t-il pas avec lui toute cette ville pâteuse, ne s'élèvera-t-elle pas avec le brouillard pour disparaître en fumée, laissant à sa place le vieux marais finnois ?

Toute scientifique qu'elle était, Zaza, tel était son surnom, cherchait à prouver que non seulement l'homme mais également les objets, les bâtiments, gardent en mémoire leur passé. Elle me donna en exemple la Grotte, ce célèbre pavillon de Tsarskoïe Selo, lieu privilégié des rendez-vous galants des grands amoureux du XVIIIᵉ siècle à nos jours.

— Evidemment tu l'as emmenée là-bas, vieux don Juan ?

— Contrairement à ce que vous pensez, il ne s'est rien passé entre nous, tout est resté dans le cadre des fantasmes et des non-dits de l'amour non accompli.

Mais, maintenant que ma vie touche à sa fin, je comprends que Zaza avait raison, car les petites choses demeurent longtemps dans l'œil et l'oreille et finissent par descendre dans l'âme.

Depuis ce fameux dîner, qu'il pleuve ou qu'il vente, nos réunions allaient invariablement se terminer au pavillon de Tsarskoïe Selo où parfois il me semblait que les murs avaient effectivement gardé en mémoire ce qu'ils avaient entendu et qu'ils m'ont indubitablement murmuré leurs souvenirs.

Aujourd'hui, Alexandre Ivanovitch n'est plus. En méditant sur sa rencontre avec son amie française et les passions nées dans les murs du pavillon de Tsarskoïe Selo, j'ai décidé d'évoquer l'histoire insolite de Saint-Pétersbourg.

Qu'en restera-t-il ? L'amour qui naît et meurt pour subsister dans la mémoire, et la volupté des neiges...

UN TSAR
PAS COMME LES AUTRES

L'ère pétersbourgeoise commença avec Pierre le Grand, fondateur de la ville. Trois éléments furent à l'origine de ce projet : son amitié avec les étrangers, sa passion des voyages et enfin sa volonté de construire un grand port.

Troisième Romanov, fils d'Alexis, Pierre fut proclamé tsar en 1682 à l'âge de dix ans, en même temps que son demi-frère Ivan. Les deux enfants siégèrent alors sur un double trône en argent réalisé à leur intention. La régence fut d'abord assurée par sa demi-sœur Sophie qui accapara le pouvoir avec l'appui du régiment de la garde des tsars, les *Streltsi*. Le jeune Pierre et sa mère Nathalie vivaient reclus à Praobrajenskoïe, non loin de Moscou. Là, le futur fondateur de Saint-Pétersbourg se constitua une petite garde personnelle. Les jeux de ces jeunes gens ne semblaient guère inquiéter la régente Sophie.

Elle aurait cependant dû se méfier de l'eau qui dormait. Car Pierre, qui dans sa prime jeunesse avait assisté au massacre de ses proches ourdi par Sophie, n'allait pas en rester là. Ainsi, avec l'aide de son régiment réussit-il à se débarrasser de l'intrigante et il confia le pouvoir aux Narychkine et à sa mère Nathalie. A l'époque il ne dirigeait donc pas encore personnellement le pays.

C'était les dernières années de la Moscovie qui, à l'arrivée de Pierre le Grand sur le trône, était encore un pays arriéré, de culture médiévale.

Son demi-frère, Ivan V le Simple, grand-duc de Moscou, tsar de Kazan et d'Astrakhan, peu porté sur les affaires du pouvoir, végétait dans ses appartements du Kremlin où on le laissait jouer avec ses poupées. Sa femme, Prascovie Saltykov, lui donna trois enfants dont les pères, connus de tout le monde, évoluaient tranquillement dans les cours du Kremlin.

Quant à Pierre, il continua à ne s'occuper que de ses jeux militaires. Mais il était temps de marier ce jeune garçon fougueux.

« Nathalie, note un témoin privilégié, le prince Boris Kourakine dans ses Mémoires, décida de marier son fils à Eudoxie Lopoukhine, jeune fille de seize ans appartenant à une famille de boyards pauvres, sans qu'il ait même vu sa future femme aux *smotriny*, comme il sied à un tsar russe. »

La cérémonie eut donc lieu en 1689. Pierre arriva à la cathédrale avec beaucoup de retard, il avait passé la nuit chez sa maîtresse Anna Mons.

Ce mariage n'empêcha pas pour autant le tsar de continuer à mener la vie d'un célibataire. S'il ne dormait pas chez Anna Mons ou chez une autre de ses maîtresses, c'est qu'il passait la nuit dans les maisons closes du faubourg allemand où il était connu sous le nom de « Herr Peter » (cette banlieue était une sorte de ghetto. En vertu d'un oukase du grand-père de Pierre, le tsar Michel, les étrangers n'avaient pas le droit d'habiter ailleurs).

C'était aussi les dernières années de formation d'un

18

tsar autodidacte, livré à lui-même, à ses propres curiosités, à une éducation empirique puisée dans ses contacts avec les étrangers de Moscou aussi bien que chez ses domestiques, pourvu qu'ils fussent intelligents et capables. Ce fut là aussi qu'il apprit l'art de la guerre comme celui de la marine. En effet, Pierre s'intéressait tout particulièrement à la navigation. Il trouva en Timmermann, un Hollandais ex-contremaître d'un chantier naval, un professeur qui lui apprit comment on construisait les voiliers et lui enseigna l'arithmétique. Ainsi Pierre passa-t-il des journées entières au Musée naval du Kremlin, créé par les constructeurs étrangers. Dans le hangar de son oncle Nikita Romanov, il trouva un cotre hollandais à voile qui devait, comme lui expliqua Timmermann, « voguer contre le vent ». Alors le jeune tsar décida de construire un petit port sur la petite rivière Iaouza et un autre sur un étang. Dès lors il n'eut qu'une seule idée en tête, donner à la Russie une puissante flotte. Le métier de constructeur de bateaux était, disait-il, « le plus noble, plus noble même que celui de tsar ».

On ne le voyait pas chez lui pendant des jours entiers et même des semaines. A la compagnie de ses compatriotes, dont il détestait les vieilles traditions, les mœurs et les usages, il préférait celle des étrangers. Pourtant l'ensemble des Russes, et pas seulement le menu peuple, méprisait la *Nemetskaïa sloboda*, ce faubourg des « gens venus d'ailleurs » qui, dans les années 1690-1694, était devenu le centre de réjouissances tapageuses et effrénées.

L'attitude de Pierre aurait à l'époque déjà changé l'ordre traditionnel à la cour moscovite. Comme disait Josef Brodsky : « A la différence de ses prédécesseurs et de ses successeurs sur le trône de Russie, ce monarque de deux mètres de haut ne souffrait pas d'un complexe d'infériorité à l'égard de l'Europe, cette maladie russe traditionnelle. Il ne voulait pas imiter l'Europe, il voulait que la Russie fût l'Europe, tout comme lui-même était, au moins en partie, un Européen. »

Depuis son enfance, beaucoup de ses amis et compagnons, de même que les principaux ennemis contre lesquels il guerroyait, étaient des Européens.

Pierre se rendait-il compte que ses compagnons du faubourg étaient presque tous des aventuriers ? S'il apprit d'eux les langues étrangères, il en connaissait long sur l'argot de chacune d'elles. (Plus tard il se rendit en France pour y rencontrer Philippe d'Orléans, neveu de Louis XIV. Il négocia en français avec le Régent et son ministre des Affaires étrangères, Dubois. Ce dernier raconta : « Lorsque je parle avec le tsar, en français, je me demande qui a bien pu lui enseigner notre langue. Il ne connaît aucun mot courant, mais use d'expressions qui feraient rougir les dragons de nos régiments. Je l'ai entendu une fois, à Versailles, jurer d'une telle façon que les valets d'écurie en sont restés bouche bée. »)

Le souverain était souvent l'hôte d'un Ecossais, Patrick Gordon, et d'un Suisse, Franz Lefort ; il avait promu l'un général, et l'autre cumulait par sa volonté les grades de général et d'amiral. Tous deux jouèrent un rôle notoire dans les premières années du règne. Le premier fut à ses côtés pendant les troubles de 1689 et l'accompagna sur la mer Blanche en 1694. Le second, qui fut également du voyage, prit part à toutes les expéditions. Pierre fréquentait assidûment la maison de Lefort située vis-à-vis de la résidence royale de Preobrajenskoïe, sur l'autre rive de la Iaouza, où avaient lieu de véritables orgies. Ce fut sur la base de ces libres débauches que Pierre organisa le Sobor, assemblée constituée d'un collège de buveurs présidé par un « Patriarche » suprême qui, dans un rituel orgiaque faisant référence aux « mystères de Bacchus », raillait quelque peu l'Eglise orthodoxe. La conduite irrévérencieuse du tsar n'était pas faite pour le rapprocher du peuple, même si le « collège » suscitait l'hilarité et un intérêt amusé quand il traversait les rues en cortège. Ses contemporains ignoraient alors que ce jeune débauché allait vite devenir un génial homme d'Etat, capable d'affronter les entreprises les plus difficiles, de les conduire à terme avec sérieux et obstination et de se consacrer entièrement au service de l'Etat pour se lancer par la suite dans un vaste plan de réformes constructives. Ses adversaires le dénigrèrent alors en le présentant comme l'Antéchrist.

L'historien du XIXe siècle Klioutchevski sut l'expliquer : « Homme bon par nature, Pierre en tant que tsar était un rustre, qui n'avait l'habitude de respecter l'humanité ni à travers lui ni à travers autrui ; le milieu dans lequel il avait grandi ne pouvait lui inculquer ce respect. Son intelligence innée, les années, la position qu'il avait acquise masquèrent par la suite cette insuffisance de sa jeunesse, qui refaisait parfois surface à l'âge adulte. »

Le premier objectif de Pierre allait d'ailleurs être de doter le pays d'une flotte puissante qui devait, à terme, lui permettre de chasser les Turcs de la mer d'Azov. Il espérait ensuite libérer Constantinople et ouvrir à la Russie une « fenêtre sur l'Orient » à partir de la mer Noire. Enfin, il rêvait « d'ouvrir une fenêtre sur l'Europe » et en obtenir un débouché sur la Baltique.

CONSTRUIRE UN PORT

A partir de 1695, l'idée fixe de Pierre allait être la construction d'un port. Il s'arrêta au cœur de la Russie, à Voronej, pour y fonder des chantiers où seraient construits les bâtiments de sa flotte du Don et de la mer d'Azov. Quelque 100 000 Ukrainiens furent enrôlés de force pour travailler à ce chantier naval ; Pierre nomma son ordonnance, Menchikov, chef des travaux et lui remit une somme fabuleuse ; mais Menchikov et ses amis dépensèrent tout en un mois, si bien que lorsque Pierre revint en 1696, la moitié des ouvriers avait été décimée par les épidémies et la faim, les autres s'étaient enfuis. C'était là le commencement du terrible tribut en vies humaines que la Russie allait avoir à payer pour l'édification de son empire et de sa capitale emblématique.

Le tempérament fougueux du tsar, la nécessité de réaliser vite ses plans grandioses, son manque d'éducation et d'instruction dans les règles, sa nature impatiente, entraînèrent Pierre à concevoir ses projets dans l'instant de leur mise à exécution. Ce fut le cas au moment du retour du tsar de la deuxième, et cette fois-ci triomphale, expédition d'Azov. Une grande fête fut célébrée au Kremlin. Ce qui surprit le plus fut de voir l'amiral Lefort et le général Gordon faire leur entrée dans le carrosse impérial, tandis que le tsar, habillé en un simple sergent d'artillerie, marchait dans les rangs des fantassins. Le peuple, furieux, se demanda si Pierre se moquait de lui ou si cette parade faisait encore partie des amusements du faubourg des étrangers.

Mais le tsar ne fit pas attention à ses états d'âme. Convaincu qu'il serait plus facile de vaincre la Turquie en constituant une alliance européenne, Pierre mit sur pied en 1697 une « grande ambassade » et partit pour un long périple à l'étranger, aussi curieux de voir comment vivaient « les gens autres que les Russes » que « d'apprendre des choses utiles ». (Ce voyage dura dix-huit mois et le conduisit en Prusse, en Hollande, en Angleterre et en Autriche.) La Douma des boyards fut chargée de gouverner en son absence.

Soucieux avant tout de s'instruire, et détestant l'étiquette, le souverain refusa autant qu'il le pût de se rendre à l'étranger en visite officielle, sachant parfaitement, disait-il, qu'il ne pouvait que « perdre son temps en réceptions ». Il préférait se cacher sous le pseudonyme de Piotr Mikhaïlov, « volontaire de l'ambassade du tsar », dont les chefs officiels étaient Franz Lefort et Artamon Golovine. L'état-major de Pierre comprenait Piotr Chafirov, son interprète qui plus tard allait devenir son ministre des Affaires étrangères, et, bien sûr, Alexandre Menchikov, son aide de camp.

Alexachka, ainsi surnommé par le tsar, demeurait à son service jour et nuit, couchant dans la chambre voisine de la sienne ou au pied de son lit. Il allait devenir une figure de premier plan de l'ère pétrovienne et poser cinq ans plus tard la première pierre de la ville de Saint-Pétersbourg. Il avait été naguère gracié par Pierre alors qu'il avait été surpris en train de voler un marchand, qui n'était autre que Chafirov. Adaptable, assimilant vite, Menchikov apprit l'allemand et le hollandais ; cependant, il n'en resta pas moins fondamentalement russe. Acceptant malgré tout de rompre avec les coutumes anciennes, tentant de comprendre les idées nouvelles, le jeune garçon incarnait le type d'homme que Pierre désirait créer dans son pays. Menchikov devint aussi son confident. Une véritable affection devait lier les deux hommes. A l'instar de son maître, Alexandre était une force de la nature. Excellant aux exercices corporels comme lui, il savait exécuter n'importe quelle tâche. Il était le compagnon de ses orgies, le confident de ses amours, le commandant de sa cavalerie et un ministre de son gouvernement avec autant de dévouement que d'habileté. Son tact, son optimisme, sa grande intuition pour comprendre et anticiper les ordres ou les colères de Pierre le rendaient irremplaçable. Sa rapide ascension lui attira néanmoins de nombreux ennemis. Devenu l'alter ego de Pierre, Alexachka savait si bien comment celui-ci réagirait dans n'importe quelle situation que ses ordres étaient acceptés comme ceux du tsar. « Il peut faire ce qu'il veut sans me demander mon avis, disait le souverain, mais moi je ne décide rien sans lui demander le sien. »

LES VOYAGES
FORMENT LA JEUNESSE

Le souverain russe séjourna à Saardam, en Hollande, où il travailla comme simple ouvrier dans un chantier naval d'une compagnie privée. Il loua une petite chambre chez les parents d'un charpentier hollandais de Moscou. Le dimanche, Pierre rendait visite aux familles des techniciens hollandais qui travaillaient en Russie et qui l'avaient prié de visiter leurs familles. Portant la veste rouge et le pantalon de toile blanche des ouvriers hollandais, le tsar crut qu'il échapperait à la curiosité des foules, mais il fut vite reconnu et suivi dans ses déplacements. Le 20 août 1697, il quitta furtivement Saardam et gagna Amsterdam où il fut admis, grâce aux recommandations du bourgmestre, aux chantiers de la Compagnie hollandaise des Indes. Il y travailla jour et nuit, étonnant tout le monde par son énorme capacité de concentration et par sa maîtrise dans la menuiserie et la ferronnerie des bateaux. La Compagnie mit en chantier une frégate qui fut terminée en dix-huit semaines. Un record ! Il s'intéressait avant tout aux plans des constructions portuaires. Le bourgmestre dut l'accompagner dans ses randonnées et entendre avec lui les conférences du grand médecin Ruish. Il assista même à des opérations chirurgicales. Visitant la salle d'anatomie, il aperçut la dépouille d'un enfant ; il se baissa et embrassa le cadavre, au grand étonnement de l'assistance. Comme sa suite déguisait mal son aversion, Pierre le remarqua et obligea tous les Russes à faire de même. Le docteur Boergawe essaya de le dissuader en lui indiquant la nocivité des toxines cadavériques, mais Pierre ne l'écouta pas et déclara : « Je veux faire de ces barbares des gens civilisés. »

Boergawe observa, après son départ : « C'est un bien curieux personnage que ce tsar. Mais je ne voudrais pas être un de ses sujets. Je crains que son règne ne coûte très cher à la Russie. »

Pierre fut invité, avant son départ de Hollande, à Utrecht par Guillaume d'Orange, roi d'Angleterre sous le nom de Guillaume III ; cette rencontre le décida à aller en Angleterre où la construction des bateaux était encore mieux organisée qu'en Hollande. Aussi partit-il pour Deptford afin de se perfectionner dans l'art de la construction navale. Le roi lui offrit son meilleur navire ; la Société royale des sciences l'invita à ses conférences. A Richmond, il étudia la fabrication des obus et des grenades. A Portsmouth, il vit les navires de guerre britanniques et s'étonna du calibre des canons, de leur nombre, du poids des obus, etc. Tirant un carnet de sa poche, Pierre nota tout ce qu'il voyait. L'Amirauté organisa, en son honneur, une bataille navale, près de l'île de Wight. Heureux comme un enfant, le tsar voulut charger lui-même les canons du vaisseau sur lequel il se trouvait. Lorsque l'amiral commandant la flotte vint lui dire qu'il pouvait faire ce qu'il voulait, Pierre lui sauta au cou et l'embrassa si fort qu'il lui cassa deux côtes ! L'amiral dut s'aliter et n'oublia jamais l'étreinte de

« l'Ours russe ». Pierre, lui, n'oublia jamais la puissance de la flotte britannique.

Mais en 1698, Pierre dut revenir précipitamment de Vienne pour écraser un nouveau soulèvement du régiment de la garde des *Streltsi* en faveur de Sophie.

La mise à l'écart définitive de sa sœur et la punition sanglante des *Streltsi* marquèrent le point de départ des réformes pétroviennes. Ce retour précipité fit prendre conscience à Pierre que la Russie devait être occidentale ou rien. D'où cette énergie qui n'en jeta pas moins une partie du pays du côté des Lumières de manière irréversible, même si l'autre partie se murait dans un traditionalisme sclérosant. Le souverain imposa alors aux boyards une occidentalisation forcenée. Grand réformateur, il supprima la Douma des boyards, soumit l'Eglise à l'Etat et créa des académies pour former la noblesse astreinte au service de l'Etat. Ainsi pénétra-t-il avec force dans la vie quotidienne des Russes, se heurtant aux traditions, aux superstitions, aux préjugés. Des dispositions secondaires en apparence, comme l'obligation de se couper la barbe et de remplacer le caftan par des vêtements européens, provoquèrent des rébellions ouvertes. Un jour, il déclara à ses amis être « comme le sculpteur qui, ayant extrait du bloc de marbre brut le visage de l'homme, n'a pas encore atteint son chef-d'œuvre ».

D'un point de vue diplomatique, la « grande ambassade » fut cependant un échec, car Pierre ne parvint pas à former de coalition européenne contre les Turcs. Il entama des négociations avec la Turquie qui débouchèrent sur un traité de paix en 1700.

Le tsar entreprit alors une campagne pour conquérir les possessions baltes de la Suède, qui commença par un échec retentissant à Narva, face au jeune roi de Suède, Charles XII (dix-huit ans). La guerre du Nord allait durer vingt et un ans (1700-1721) et ravager de vastes étendues d'Europe orientale. Au traité de Nystad, la Russie reçut la quasi-totalité du territoire actuel de l'Estonie et de la Lettonie. Dans ce contexte Pierre décida de fonder un port sur la Baltique.

LA FONDATION
DE SAINT-PÉTERSBOURG

De nombreuses et flamboyantes légendes inspirées par l'histoire de Saint-Pétersbourg participèrent à l'élaboration de ce fameux mythe de la « fenêtre ouverte sur l'Europe ». Ainsi raconte-t-on que lorsque Pierre explorait l'île Jainisaari — en finnois « île des lièvres » —, un aigle se mit à planer au-dessus de sa tête, dans une lumière pâle et diffuse. Le tsar s'empara alors de la baïonnette d'un soldat, arracha de la terre deux touffes d'herbe et, les ayant assemblées, s'exclama : « Ici sera la ville ! » Puis il s'arma d'une bêche et commença à creuser un fossé. Quand, le 16 mai 1703, le jour de la Sainte-Trinité, la fosse atteignit une largeur d'environ deux archines (144 cm), un tombeau taillé dans la pierre y fut placé. Un représentant du clergé l'aspergea d'eau bénite et le souverain déposa à l'intérieur une urne contenant des reliques.

La ville devait porter le nom de Saint-Pierre. On raconte que le tsar se tenait souvent les jours de fête ou le jour de la célébration solennelle de la victoire, le plan de la ville à la main, sur le nouveau rempart, face aux portes de la forteresse ornées de représentations sculptées en bois de l'apôtre Pierre. Sur la plaque en fer-blanc placée sous le nom de Saint-Pétersbourg, était inscrit en chiffres romains : « An de grâce 1703. » Les anciens manuscrits précisent que sur le bastion le plus proche flottait un drapeau jaune avec une immense aigle noire tenant en ses serres les quatre mers soumises à la Russie.

En réalité, en cette journée de mai 1703, Pierre se trouvait aux chantiers de construction de la flotte sur le lac Ladoga. Ce fut Alexandre Menchikov, le favori de Pierre, qui jeta les fondations de la forteresse Pierre-et-Paul, sur une plaine spongieuse, détrempée, à l'embouchure de la Néva. (Là, se dressait jadis une forteresse suédoise rasée sur les ordres du tsar en 1702.)

Pierre avait commencé par examiner les divers sites, puis avait décidé des emplacements les mieux adaptés à recevoir la forteresse et les quartiers de la ville qu'elle aurait à défendre « contre les Suédois ». Parmi ces lieux, Koivusaari, « l'île des bouleaux », et Hirvisaari, « l'île des élans » ; le premier allait devenir Petersbourgskaïa storona, l'un des quartiers les plus resplendissants de la nouvelle capitale, l'autre le siège de l'Amirauté.

La grande construction commença. Des forêts abattues devinrent des plaines constellées de troncs, un enchevêtrement de canaux pleins d'eau sale et de schistes gras, et, tout autour, des briques de tourbe noire en forme de cercueils formaient un paysage apocalyptique à perte de vue. Les sapins touffus et les bouleaux aux troncs blancs, tels des ossements séchés, furent acheminés par des traînées de gadoue brunâtre crevées d'ornières, coupées de flaques. Petit à petit, dans les prairies à demi noyées dans la boue, s'élevèrent des cabanes de poutres, sans fenêtres, pour la conservation du foin. Des maisons, en bois de la base au faîte, se groupèrent autour d'un puits ainsi qu'une petite église avec une coupole bleue, étoilée d'or. Et, de nouveau, les marécages.

Le sol était si spongieux que les hommes devaient apporter de loin, dans des sacs, la terre nécessaire aux fondations. Comme il n'y avait pas de pierres aux environs, les capitaines de tous les bateaux du lac Ladoga et les conducteurs de tous les chars livrant à Saint-Pétersbourg des marchandises quelconques avaient ordre de transporter un poids de pierres fixé d'avance et de les mettre à la disposition du commissaire général des constructions. La plupart des immeubles furent élevés sur pilotis. Pour assécher les marécages, on creusa des canaux qui partaient du fleuve et y retournaient. Quarante mille ouvriers furent employés de force à cette tâche surhumaine. L'encombrement des travailleurs était tel, qu'ils manquaient de logement et de nourriture. Les moins robustes mouraient, faute de soins. D'autres arrivaient par convois, des confins de l'Empire.

Ce climat malsain exprime la « substance » de la ville de Pierre. Cette ville bâtie dans le delta de la Néva est un défi à la psyché nationale et porte bien le qualificatif d'« étrangère dans sa propre patrie » que lui donna Nikolaï Gogol.

Un oukase prescrivit à trois cent cinquante familles nobles et à autant de familles de marchands et d'artisans d'élire domicile à Saint-Pétersbourg et d'y bâtir leurs maisons d'après des plans déjà tracés et qui avaient reçu l'approbation du tsar. Lui-même s'y installa, dès 1703, dans une demeure modeste, en attendant l'achèvement du palais de Peterhof.

L'Empire russe devait ainsi succéder à la Grande Principauté de Moscovie. Pierre ordonna que dans les

Kouranty, comme on appelait alors les journaux, on ne parlât plus de l'Etat moscovite, mais de l'Etat russe.

Séjournant à Saint-Pétersbourg, le poète italien et comte prussien Algarotti qualifia la ville de « grande fenêtre récemment ouverte au nord, par laquelle la Russie regarde l'Europe ». Plus tard le plus grand des poètes russes, Alexandre Pouchkine, reprit cette image en la transformant radicalement. Ainsi le génie russe louait-il le grand tsar pour avoir « taillé à la hache une fenêtre sur l'Europe ».

La ville fut solennellement élevée en 1712 au rang de résidence de la cour. Et, pour lui donner la signification d'un sanctuaire national, Pierre y fit apporter en 1724 les ossements de saint Alexandre Nevski.

Pour couronner son triomphe, Pierre se fit proclamer empereur « Père de la Patrie » et « Grand », à l'instar d'Ivan III et comme Catherine II par la suite.

Obligés de quitter les douces habitudes moscovites pour cette nouvelle vie, dans une région « riche de larmes et de marais », l'entourage de l'empereur se résigna à ce déménagement comme à un exil immérité.

Comme le souligne Brodsky, ce souverain charpentier et navigateur aurait pu n'utiliser qu'une règle pour dessiner sa ville : « L'espace qui se déroulait devant lui était absolument plat, horizontal, et il avait toutes les raisons de le considérer comme une carte où la ligne droite suffisait. Si l'on trouve une courbe dans cette ville, ce n'est pas qu'elle eût été spécialement voulue, mais bien parce que Pierre était un piètre dessinateur dont le doigt glissait parfois sur le bord de la règle entraînant le crayon dans son dérapage. »

Selon les vœux du jeune tsar, Saint-Pétersbourg grandissant, des « volontaires » affluèrent par milliers pour y chercher fortune dans le négoce et l'administration. Maintenant, dans cette contrée bizarre, où le ciel était vert pâle, où l'herbe chétive se mélangeait de bruyère et de mousse, où dominaient le pin hérissé et le triste mélèze, où les exhalaisons des eaux mortes emplissaient l'air d'humidité, entraient dans les maisons, imprégnaient les hommes jusqu'à la moelle, s'élevait cette ville insolite, « une cité artificielle et systématique. »

Tous les ministères, toutes les administrations, tous les cercles aristocratiques étaient rassemblés sur ce coin de terre brumeuse. « Aucun Russe n'était expatrié en arrivant pour la première fois à Moscou, tous l'étaient en arrivant pour la première fois à Saint-Pétersbourg. Les Russes ne s'y sentaient pas chez eux, mais quelque part en Europe. »

Avec Saint-Pétersbourg, Pierre avait créé une nouvelle capitale de style européen qui allait changer le visage de la Russie. Les voyageurs occidentaux ne tarirent pas d'éloges sur le classicisme des nouveaux bâtiments de la ville et annoncèrent la naissance d'une « vraie » architecture en Russie, réfutant avec mépris son style ornementé traditionnel. Les élégants bâtiments et les larges avenues de Saint-Pétersbourg les convainquirent que la Russie n'était plus la nation barbare que suggérait l'éclectisme débridé de ses anciens édifices.

LA MALÉDICTION D'EUDOXIE

La construction de Saint-Pétersbourg changea la vie sentimentale du tsar. Déjà, durant son voyage à l'étranger, Pierre avait écrit de Londres au confesseur de sa femme Eudoxie, lui demandant de la persuader de prendre le voile. Après son retour, il resta trois semaines sans rendre visite à la tsarine. Finalement, il eut une entrevue avec sa femme chez le maître des Postes Vinnius.

L'explication fut houleuse. Au bout de quatre heures, la jeune femme persistait à refuser de se retirer dans un monastère. Furieux, son mari la frappa malgré la présence de Vinnius. Quelques jours plus tard, un modeste équipage conduisait Eudoxie au monastère de Souzdal... Maudissant Pierre et sa ville, la tsarine éconduite jeta un sort sur la ville de Saint-Pétersbourg : « La Nature reviendra réclamer son bien usurpé, jadis abandonné aux assauts du tsar, et la ville sera réduite à néant. »

Désormais, l'homme de la rue a ce sentiment étrange de la précarité de la vie à Saint-Pétersbourg. Chaque fois qu'il se produit une catastrophe naturelle ou préméditée, d'aucuns prétendent apercevoir dans la foule une sorte de fantôme ou, selon la formule de

Brodsky, « une tête sans âge, blême, famélique, les yeux enfoncés », qui chuchote à l'oreille : « Je vous le dis, cet endroit est maudit ! »

Pierre ne prêta guère attention à cette malédiction, il était de plus en plus épris d'Anna Mons et désirait l'épouser. Il ne savait pas encore à cette époque qu'Anna était également la maîtresse de l'ambassadeur de Prusse en Russie, Keyserling (il l'apprendra trois ans plus tard et en sera fort dépité). Mais en 1706, lui apparut celle qui allait devenir son épouse aimée, Catherine, première femme à occuper le trône de Russie.

Marthe Skavronski, née en Livonie en 1684 de parents polonais calvinistes, était une fille de ferme. Pendant la guerre russo-suédoise, elle fut violée, comme beaucoup de ses compatriotes. Elle évita de justesse d'entrer dans un bordel militaire en épousant le dragon suédois Iohann Rabe qu'elle suivit comme cantinière aux armées. Mais Rabe, voulant profiter de sa beauté, la vendit bientôt à un soldat livonien qui la força à se prostituer. Délivrée de son « protecteur » par les Russes, Marthe se réfugia à Marienburg où elle entra comme économe au service d'un pasteur. La paix ne dura guère longtemps et la belle grande jeune fille fut capturée par les Kalmouks. A la prise de Marienburg par les Russes, le dragon Demine la prit sous sa protection avant qu'elle n'entrât au service du vieux maréchal Cheremetiev. Certains disent que, tombé sous le charme de la belle jeune fille, Menchikov l'acheta à Cheremetiev et l'emmena à Moscou. Marthe prit alors le nom de Catherine. Menchikov avait trente-deux ans et Catherine dix-sept. Tous deux allaient devenir les compagnons les plus intimes de Pierre le Grand, tout en gardant entre eux une complicité incontestable.

Lorsque le tsar vit pour la première fois Catherine chez Menchikov, il fut d'emblée séduit et, ne pouvant rien refuser au tsar, Menchikov céda sa place sans états d'âme.

Amoureux fou, Pierre envisagea bientôt d'épouser Catherine. Ce ne fut cependant pas chose facile. Eudoxie vivait encore ; de plus, pour les Russes traditionalistes, le mariage du tsar avec une paysanne étrangère illettrée risquait de provoquer de sérieux troubles. Mais l'amour l'emporta et Pierre épousa Catherine en novembre 1707. La cérémonie fut célébrée dans l'intimité à Saint-Pétersbourg. Le tsar garda longtemps le secret vis-à-vis du peuple, de ses ministres et de certains membres de sa famille, bien que Catherine lui eût donné cinq enfants. Ce ne fut qu'en mars 1711, avant de partir pour la campagne contre les Turcs, qu'il convoqua sa sœur Nathalie, sa belle-sœur Prascovie, et leur présenta sa femme. Pierre leur dit qu'elle était son épouse et devait être considérée comme la tsarine. Il décréta qu'il désirait célébrer publiquement leur union, mais, s'il mourait auparavant, elles devraient l'accepter comme sa veuve. Pierre tint parole et célébra officiellement son mariage en grande pompe en février 1712. Avant la cérémonie, la jeune femme fut baptisée et reçue dans l'Eglise orthodoxe. L'héritier du trône, Alexis, fils d'Eudoxie, lui servit de parrain. Ainsi la belle fille de ferme devint-elle officiellement la tsarine Catherine Alexeïevna, bien qu'elle ne fût pas encore couronnée. Pierre eut quelques passades par la suite, mais elles ne comptèrent en rien dans sa vie. Catherine était devenue en quelque sorte une seconde mère pour Pierre. Chaleureuse, gaie, compatissante, généreuse et robuste, elle possédait une étonnante vitalité. Elle avait un bon sens paysan et perçait à jour, avec perspicacité, les mensonges ou flatteries de la cour de Saint-Pétersbourg. En public, elle avait le tact de rester à l'arrière-plan.

La nouvelle impératrice était la compagne rêvée pour Pierre. Elle voyageait presque toujours à ses côtés. Chevaucher pendant deux ou trois jours, coucher par terre, affronter la violence d'une bataille ne lui faisaient pas peur. Leur amour, comme l'endurance de Catherine, se manifesta également par la naissance de douze enfants, six filles et six garçons. Deux seulement arrivèrent à l'âge adulte : Anne, future duchesse de Holstein et mère du tsar Pierre III, et Elisabeth, qui fut impératrice de 1741 à 1762.

Catherine ne se plaignait jamais. Lorsqu'ils étaient séparés, ils s'écrivaient. Dans ses lettres, elle faisait quelques plaisanteries coquines ou amoureuses et parlait longuement des enfants. Ces missives étaient presque toujours accompagnées de petits colis de friandises ou de vêtements neufs. Elle ne donnait que rarement de conseils politiques ou personnels à son époux, pourtant ses recommandations étaient toujours les bien venues en ce qui concernait l'évolution de la nouvelle capitale. Et, selon la proposition de sa femme, Pierre interdit de construire des maisons de bois à Saint-Pétersbourg. Partout s'élevèrent alors des immeubles en pierre ; on ne pouvait plus construire n'importe où et n'importe comment. Il s'agissait de construire à « l'occidentale ».

L'activité de Pierre le Grand, à cette époque, était intense, à l'extérieur la guerre avait repris. Pierre s'empara de la ville de Dorpat en Courlande, puis enleva Narva et toute l'Estonie aux Suédois. Des révoltes éclatèrent dans la région de la Volga, sur le Don, en Oural, en Ukraine et sur les bords de la mer Caspienne. Quarante ans après Stenka Razine, l'ataman Boulavine ralluma l'insurrection. Les Cosaques du Don auxquels s'étaient ralliés les vieux-croyants, les *raskolniki*, et les défenseurs de la barbe, proclamèrent « la guerre sainte » contre « l'Antéchrist de Saint-Pétersbourg ». Le tsar réussit à les mater, mais une terrible famine ravageait la terre russe, famine qui fut suivie d'une grave crise économique dont l'apogée se situera en 1714-1715.

PIERRE Ier À PARIS

Pendant cette période difficile, le tsar et ses ministres entreprirent un nouveau voyage à l'étranger en avril 1717. A Paris, Pierre donna libre cours à sa curiosité : il entrait chez les boutiquiers, arrêtait n'importe quel carrosse dans la rue, questionnant les cochers et bavardant avec eux. A Versailles, ce fut une chasse effrénée aux dames qui se promenaient dans les jardins : « Sa Majesté voulait uniquement les contempler de près », déclara le secrétaire du chancelier Golovine. Le tsar accorda une si forte somme d'argent pour dédommager ces dames qu'on vit se remplir les allées de Versailles de nombreuses promeneuses espérant une nouvelle visite des « Barbares russes »...

Saint-Simon a tracé un émouvant portrait de Pierre : « C'était un fort grand homme, très bien fait, assez maigre, le visage de forme ronde, un grand front, de beaux sourcils ; le nez assez court sans rien de trop, gros par le bout ; les lèvres assez grosses ; le teint rougeâtre et brun ; de beaux yeux noirs, grands, vifs, perçants, bien fendus ; le regard majestueux et gracieux quand il y prenait garde, sinon sévère et farouche, avec un tic qui ne revenait pas souvent, mais qui lui démontait les yeux et toute la physionomie, et qui donnait de la frayeur [...]. Tout son air marquait son esprit, sa réflexion et sa grandeur, et ne manquait pas d'une certaine grâce. » Décrivant ensuite son vêtement, Saint-Simon précise : « Dans cette simplicité, quelque mal voituré et accompagné qu'il pût être, on ne s'y pouvait méprendre à l'air de grandeur qui lui était naturel. » Il relève encore : « Ce qu'il buvait et mangeait en deux repas réglés est inconcevable. » Saint-Simon ne manqua pas de noter également : « le Czar entendait bien le français, et, je crois, l'aurait parlé, s'il eût voulu ; mais, par grandeur, il avait toujours un interprète. Pour le latin et bien d'autres langues, il les parlait très bien. » Bref, pour Saint-Simon : « Ce monarque se fit admirer par son extrême curiosité, toujours tendant à ses vues de gouvernement, de commerce, d'instruction, de police, et cette curiosité atteignit à tout et ne dédaigna rien, dont les moindres traits avaient une utilité suivie, marquée, savante, qui n'estime que ce qui méritait l'être, en qui brilla l'intelligence, la justesse à vive appréhension de son esprit. Tout montrait en lui la vaste étendue de ses lumières et quelque chose de continuellement conséquent. Il allia d'une manière tout à fait surprenante la majesté la plus haute, la plus fière, la plus délicate, la plus soutenue et en même temps la moins embarrassante... Il avait une sorte de familiarité qui venait de liberté ; mais il n'était pas exempt d'une forte empreinte de cette ancienne barbarie de son pays qui rendait toutes ses manières promptes, même précipitées... »

A côté des réjouissances, Pierre visitait musées et arsenaux, collections anatomiques de cire, fonderies de statues, la manufacture des Gobelins, les magasins de marbres du Louvre ; il voulut découvrir, outre le

Jardin des Plantes, les localités pourvues de souvenirs historiques et artistiques comme Meudon et Sceaux. Des Invalides à l'Observatoire, de Marly à Saint-Cyr, partout il questionnait et notait.

Ces quelques semaines parisiennes eurent sur Pierre une influence culturelle incontestable. Dans aucune autre ville, le tsar n'avait manifesté autant d'intérêt pour l'art. Il consacra une journée entière à la rencontre de personnalités liées au progrès scientifique, s'intéressant entre autres à la riche collection de machines de l'académie Pajot d'Osembray à Percy. Il passa en revue les troupes de la Maison du Roi sur l'allée des Champs-Elysées, assista à une séance de l'Académie des sciences ainsi qu'à une audience du parlement de Paris. Lors d'une grande réception, le tsar prit Louis XV dans ses bras, l'embrassa chaudement et chuchota quelques mots au Régent. Le jour même, les courtisans parlaient déjà d'un projet de mariage de la deuxième fille du tsar, Elisabeth, avec le roi de France... Il est vrai que Pierre espérait marier sa fille au jeune Louis XV et pensait ouvrir des pourparlers financiers avec le gouvernement français. D'ailleurs, lors de cette réception à Versailles, le ministre du tsar n'avait-il pas dit au maréchal de Tessé : « La formidable puissance de la maison d'Autriche ne vous alarme-t-elle pas ? Remplacez la Suède par nous, et nous vous tiendrons lieu de tout ce que vous pourriez espérer d'elle contre l'Autriche. »

Le mariage russe devait amener une alliance étroite entre Saint-Pétersbourg, la nouvelle capitale de la Russie, et Paris... Cependant le mariage n'eut pas lieu. La Prusse voyant cette alliance franco-russe d'un mauvais œil, il fallut trouver un autre fiancé pour Elisabeth. Au bout du compte Elisabeth restera célibataire, sauf son mariage morganatique avec le chantre de la chapelle impériale, André Rozoumovsky, un alcoolique aimable qui devint comte du Saint-Empire romain germanique. Louis XV épousa la fille de Stanislas Leszczynski, le roi détrôné de Pologne et candidat malheureux à l'élection royale de 1733, qui reçut en dédommagement le duché de Lorraine. (A sa mort, ce duché fut réuni à la couronne de France.)

A son retour de Versailles, Pierre édicta des règlements de bonne éducation et, en 1718, imposa à la société pétersbourgeoise les « assemblées » où, selon un rituel bien établi, hommes et femmes devaient s'adonner aux distractions occidentales.

Une année plus tard, à l'occasion d'un nouveau voyage en Hollande, Pierre se montra désormais clairement conquis par l'art ; il se mit en quête de peintres, assista à de longues séances de pose et finit par acquérir, dans une vente aux enchères, des tableaux des écoles flamande et hollandaise, affichant une préférence marquée pour les marines. Jusqu'alors deux formes d'art l'avaient particulièrement intéressé : l'architecture, parce que c'était un art scientifique fait pour plaire à son esprit de constructeur, et le travail des métaux précieux pour des raisons économiques. Son goût pour la sculpture et la peinture ne s'était manifesté qu'après sa rencontre avec les talents français.

L'architecture et l'urbanisme avaient représenté pour le fondateur de Saint-Pétersbourg des arts majeurs, avant même que l'idée d'une nouvelle capitale ne fût formulée. Ainsi avait-il fait appel par la suite à des maîtres étrangers qui parfois se parèrent du titre d'architecte sans peut-être en avoir toutes les qualités. Italiens, Allemands, Hollandais se succèdent à Saint-Pétersbourg, jusqu'à l'arrivée des Français regroupés sous la houlette de l'architecte Jean-Baptiste Alexandre Leblond en 1716. L'équipe des Français comprenant tous les métiers, Leblond constitua des ateliers de menuiserie, de tailleurs de pierre, de serrurerie, de fonderie. On lui doit la première école de sculpture sur bois, l'organisation d'une école d'architecture et en définitive la transformation de la Chancellerie des affaires urbaines en Surintendance des bâtiments. Un entendement inédit de la vie quotidienne apparut dès lors et, en même temps que l'art de bâtir s'instaura la somptuosité du décor intérieur.

A son retour, Pierre fit reconnaître Catherine régente et souveraine, s'il venait à disparaître avant elle. Catherine, elle, fit une surprise à son mari.

Elle avait en effet acheté un petit domaine situé à vingt kilomètres au sud de Saint-Pétersbourg, sur les terres reprises aux Suédois pendant la guerre du Nord. Dans ce lieu devenu Tsarskoïe Selo, le village du tsar, s'élèvera plus tard le palais dédié à cette tsarine.

Les quelques noyaux qui formaient le cœur des futurs beaux quartiers de la capitale peu à peu s'étendirent. Des immeubles somptueux, des ministères, des palais surgirent de partout. La forteresse de l'île de Kotline, Kronslott (plus tard Kronstadt), était presque terminée.

Mais au milieu de cette allégresse, un drame allait endeuiller la Russie. Alors que la guerre du Nord traînait, le mécontentement du pays grandissait. Une réelle opposition s'était cristallisée autour du fils de Pierre et de l'ex-tsarine Eudoxie, et la Russie séculaire semblait vouloir se rallier au tsarévitch Alexis. En octobre 1715, Charlotte de Brunswick, l'épouse d'Alexis, mourut en mettant au monde le futur Pierre II, tandis que Catherine mettait au monde un garçon qui fut également prénommé Pierre. Quelques jours après, Alexis reçut une lettre de son père l'accusant de menées subversives. S'ensuivit l'arrestation de milliers d'opposants. Les frères et les cousins d'Eudoxie, son amant et des centaines de boyards furent livrés au bourreau. L'ex-tsarine fut exilée dans un couvent du lac Lagoda. Menchikov fit arrêter la maîtresse d'Alexis et la fit jeter dans la forteresse Pierre-et-Paul où le tsar allait procéder personnellement à son interrogatoire. La jeune fille ne fut pas torturée mais raconta à Pierre les desseins de son fils : après son accession au trône, Alexis avait l'intention de revenir à Moscou, de dissoudre en grande partie l'armée et d'anéantir la flotte. Les rêves du tsarévitch étaient donc essentiellement dirigés contre tout ce que symbolisait Saint-Pétersbourg que Pierre considérait comme la grande réalisation de sa vie et une nécessité vitale pour la Russie.

Alexis fut reconnu coupable d'être le chef d'un réseau de conspirateurs dirigé contre « la vie du tsar » et « la sécurité de l'Etat » et condamné à être fouetté à mort.

Après la mort d'Alexis, Pierre prépara l'avènement de son autre fils, Pierre, mais la malédiction le rattrapa de nouveau : un jour, alors que les gouvernantes promenaient l'enfant dans le parc du palais de Peterhof, un orage d'une rare violence éclata si rapidement qu'elles n'eurent pas le temps de se réfugier avec le tsarévitch dans le palais et s'abritèrent dans une petite grotte, près de la cascade des Monstres, où la foudre les frappa. Pierre le Grand ne se consola pas de la mort de son fils et se lamenta des jours entiers devant le petit lit vide.

Les rumeurs supputèrent que c'était là une punition divine pour le meurtre d'Alexis. Fou de colère, le tsar ordonna de « couper court » à ces bruits et quelques dizaines de langues furent effectivement arrachées par ses bourreaux. Quant au deuxième fils de Pierre et de Catherine, Paul, il mourut d'une maladie mystérieuse qui le terrassa en quelques secondes ; on parla d'empoisonnement. Une enquête aboutit à la mort de quelques malheureux mais n'éclaircit en rien celle du tsarévitch.

Pierre, à la recherche d'héritiers, voulut marier ses filles et ses nièces. Sa fille aînée, Anna Petrovna, épousa le duc de Schleswig-Holstein en 1725, créant ainsi la souche des Holstein-Gottorp Romanov. Ses nièces, Anna Ivanovna et Catherina Ivanovna épousèrent respectivement le duc de Courlande et le duc de Mecklembourg.

Mais Pierre n'arriva pas à marier sa fille Elisabeth, bien qu'il eût envoyé plusieurs missions diplomatiques avec ses portraits dans toutes les cours d'Europe. Versailles ne voulait pas d'un mariage russe, pas plus que Vienne, Madrid ou les capitales allemandes. Et lorsque enfin on trouva à Elisabeth un fiancé parmi les princes d'Empire, celui-ci mourut sur le chemin de Saint-Pétersbourg.

Le tsar s'assombrissait chaque jour davantage ; ses collaborateurs n'étaient que des rapaces qui déchiraient en lambeaux l'héritage de Saint-Pétersbourg, l'œuvre de sa vie. Tous étaient corrompus jusqu'à la moelle. Il confia un jour à Menchikov : « Il faut couper les racines du mal et non les branches, comme tu le fais. Il ne suffit pas de prendre et de décapiter les petits voleurs ; il faut les frapper tous, quels qu'ils soient, sans égard pour leur sang. Tous ! » Puis au procureur : « Prépare une nouvelle loi. Celui qui volera l'Etat et dont le vol sera estimé à une somme égale ou supérieure à la valeur d'une corde, sera pendu par cette corde. »

Pour calmer ses chagrins, le tsar se réfugiait de plus en plus souvent dans les jardins de Peterhof, ce Versailles russe aux murs jaune vif, où coulent des centaines de canaux et de fontaines. Beaucoup d'entre elles sont en réalité des pièges, capables d'arroser sans prévenir le visiteur. Elles culminent dans la Grande Cascade dont les soixante-quinze jeux d'eau dégringolent sur dix-sept niveaux de terrasses pour rejoindre le canal qui relie le palais à la mer.

Il arrivait à Pierre de rester seul des heures durant, dans la descente où l'eau tourbillonne autour de deux cents statues, bas-reliefs, bustes et vases de marbre, de bronze et de plomb doré, avant de regagner Monplaisir. Cet endroit avait été choisi à l'origine pour qu'il puisse facilement surveiller la construction de la forteresse de Kronstadt, toute proche, qui devait protéger la nouvelle capitale. Le palais de Peterhof devait s'élever au flanc d'une colline dominant la mer. Mais dès le début de la construction, Pierre lui-même traça les plans d'un pavillon plus modeste, appelé Monplaisir, qui fut édifié assez rapidement pour lui permettre de vivre sur place en attendant l'achèvement du palais et des jardins. En fait, l'empereur en fit sa résidence favorite et, même après l'achèvement de son vaste palais, préféra souvent séjourner et recevoir à Monplaisir.

Inviter quelques personnes choisies dans un pavillon élégant en pleine nature faisait fureur en Europe au XVIIIe siècle. Ayant observé cette nouveauté au cours de ses voyages, Pierre avait voulu faire de même chez lui, dépassant même ses modèles par des inventions qui surprenaient et charmaient ses invités, comme ce système de poulies qui faisait disparaître ou apparaître le centre de la table de la salle à manger et permettait ainsi de ne pas être dérangé par les serviteurs.

Si les palais des environs des villes et les domaines permettaient de se reposer de la vie urbaine, ils se révélaient tout aussi parfaits pour des réceptions extravagantes. Leurs propriétaires organisaient des fêtes pour des centaines d'invités où l'on pouvait se livrer à tous les plaisirs de la campagne : faire du bateau et des promenades en été, chasser en automne et glisser en troïka en hiver. Les demeures étaient généralement assez spacieuses pour recevoir de nombreux visiteurs pendant des jours d'affilée. Les nourrir et les loger de la manière qui convenait n'eût pas été possible sans une vaste domesticité. Puis la mode changea. Le classicisme sévère des premiers jardins laissa la place au culte romantique de la nature qui entraîna des répercussions jusque dans le plan du domaine. Si le jardin à la française continua à faire le lien entre la demeure et le parc, celui-ci, ou la forêt, permettait dorénavant de se rapprocher plus directement de la nature. Malgré ces changements, on réussit à préserver une harmonie entre la maison et son environnement. Ainsi, alors que la demeure ou le palais baroque du début du XVIIIe siècle s'accordaient merveilleusement aux jardins à la française, l'architecture strictement classique se maria élégamment aux parcs à l'anglaise. Les plantations étaient organisées de manière très soignée et des statues à sujet mythologique ou historique jalonnaient les allées.

Beaucoup de ces domaines furent conçus par des équipes d'architectes russes et étrangers et si l'influence européenne est indéniable dans leur construction, ces grandes demeures ne refusèrent pas certaines influences russes. L'abondance des dorures des palais, plus qu'un simple étalage de richesse, était aussi une subtile tentative atavique de s'accorder avec le soleil dont l'or changeait au gré des heures du jour et des saisons. Les façades peintes d'habitude en tons pastel semblaient encore plus lumineuses par opposition au ciel généralement gris de la Russie du Nord.

LE CRÉPUSCULE DU TITAN

Cet embellissement de Saint-Pétersbourg couronna la complicité du couple impérial, mais un triomphe cache parfois une tragédie. Catherine semblait, à cette époque, sous-estimer la jalousie de son mari. Une nuit, après une soûlographie monumentale à laquelle participèrent les membres de son collège des ivrognes et des goinfres, Pierre rentra chez lui et aperçut une ombre qui, sortant de la chambre à coucher de Catherine, disparut rapidement dans le parc. Il poursuivit l'inconnu mais trébucha et se foula la cheville. L'enquête établit que l'ombre était le chambellan Mons.

Le lendemain soir, le 8 novembre 1724, le tsar dîna en compagnie de sa femme et de ses filles et échangea des banalités avec Mons. Se disant fatigué, il demanda l'heure à Catherine. Il était neuf heures. « Il est temps que tout le monde aille se coucher », dit Pierre. D'humeur joyeuse, Mons rentra chez lui. Dans le ciel se dessinaient les branches noires des arbres saupoudrées d'étoiles étincelantes. A peine fut-il déshabillé que le général Ouchakov fit irruption dans sa chambre et l'arrêta pour corruption. Catherine n'obtint aucune mesure de clémence pour son protégé.

Le 16 novembre, William Mons était emmené en traîneau sur le lieu de l'exécution et avait la tête tranchée. Après l'exécution, le tsar obligea sa femme à faire une promenade en traîneau autour de l'échafaud. Catherine, qui avait toujours nié avoir été la maîtresse de ce garçon, garda la plus parfaite impassibilité, sachant qu'à la moindre marque d'émotion, Pierre était capable de l'étrangler sur-le-champ. Le bruit courut que Pierre, ne sachant qu'inventer pour faire durer les souffrances muettes de Catherine, aurait déposé la tête de son amant dans un vase contenant de l'alcool dans la chambre à coucher de sa femme. Le lendemain de l'exécution de Mons, Pierre confisqua toute la fortune de Catherine, et la fit surveiller étroitement.

Cette « affaire Mons » faillit faire perdre la raison à Pierre. Lui qui, toute sa vie, avait adoré l'Europe occidentale, refusa brusquement de croire en la supériorité technique de l'Occident et devint presque l'ennemi des étrangers.

L'atmosphère de Saint-Pétersbourg changea. Le tsar ne voyait devant lui que le vide ; il était seul « à entraîner la Russie vers le sommet, tandis que tous faisaient tout pour la faire tomber ». Pierre et Catherine se parlaient à peine, ne prenaient plus leurs repas ensemble et faisaient chambre à part. La vie privée du souverain devint plus tumultueuse que jamais. Puis l'état dépressif du tsar s'aggrava. Il marchait des heures entières dans les rues de sa ville, isolé, perdu, les yeux noyés dans le vague, l'air hagard, tête nue, les cheveux hérissés par le vent.

Le règne de Pierre touchait à sa fin. Et ses collaborateurs s'en rendaient compte. Quelques intimes se réunirent chez Menchikov et parlèrent librement. Le prince sérénissime échafauda les projets les plus mirifiques. Déjà de vilains bruits lui attribuaient ces mots :

« Catherine doit succéder à Pierre. Je n'aurai plus qu'à divorcer pour épouser Catherine et devenir le tsar de toutes les Russies ! »

LES RÊVES APRÈS
LES CAUCHEMARS

Le tsar continuait à errer dans sa capitale, absorbé par des projets d'invasion et de conquête des Indes. Il s'arrêta un jour devant l'Amirauté, entra dans le bureau de son amiral et lui dit :

— J'ai décidé d'envoyer une expédition militaire et diplomatique... à Madagascar. Cette île nous servira de relais sur la route des Indes. Prépare-moi les frégates. »

Quelques frégates partirent donc, mais elles perdirent leur voilure en haute mer et rentrèrent à Saint-Pétersbourg. Cet échec affecta profondément le tsar.

En automne 1724, une crue inhabituelle de la Néva menaça d'inonder la capitale et une tempête terrible s'abattit sur la ville. Pierre sauta dans une barque et alla constater les dégâts causés par la crue. En revenant, il vit une barque chavirer. Ayant appelé une chaloupe à la rescousse, il plongea dans l'eau glaciale et ramena les naufragés sur le quai. Pierre n'avait que cinquante-deux ans, mais sa formidable constitution était fort endommagée par les excès et, outre tous ses maux, il souffrait de calculs rénaux.

Ignorait-il qu'à son âge, une telle épreuve lui serait

fatale ? Ou bien avait-il choisi, en ce jour de novembre, cette occasion pour expier tous ses forfaits et se les faire pardonner ? Pensait-il sauver sa ville en périssant ainsi héroïquement ? Toujours est-il que le soir même, en rentrant dans son palais, il fut en proie à une fièvre violente. Quelques jours après, il fit un ultime effort pour dicter à son secrétaire le projet d'une nouvelle expédition dans l'océan Glacial ; il s'agissait d'explorer une nouvelle route qui, passant par le cercle polaire, conduirait en Chine et aux Indes. Pierre adressait sa dernière lettre au capitaine Béring qu'il invitait à partir en février pour découvrir cette route qui séparait l'Asie de l'Amérique. La missive se terminait ainsi :

« Maintenant, depuis la construction de Saint-Pétersbourg, la patrie n'est plus en danger. Maintenant qu'elle est victorieuse sur toutes ses frontières, le moment est venu de penser à de nouvelles conquêtes, mais, cette fois, dans le domaine des arts et des sciences. » Ce fut son dernier message. Quelques jours après, la fièvre le reprit. On entendit, à la nuit tombante, le hurlement d'un animal mortellement touché, puis... quelques râles... Le nom d'Aliochenka, son fils qu'il avait fouetté à mort dans la forteresse de Schlüsselburg revint plusieurs fois dans son délire...

Le jour se levait.

Pierre fit signe, demandant de quoi écrire. On posa du papier sur la couverture et, appuyé sur un coude, il commença à écrire de sa main brûlante :

« Donnez tout à... »

Il ne put achever...

Sa tête se renversa sur l'oreiller.

Il était cinq heures du matin, en ce 28 janvier 1725.

Saint-Pétersbourg dormait sous la neige, le tsar Pierre le Grand n'était plus.

Son règne avait coûté à la Russie environ trois millions d'hommes si l'on additionne les guerres, les famines, les révoltes, les épidémies, la construction de Saint-Pétersbourg, Kronstadt et autres villes, l'industrialisation forcée, la lutte contre les vieux-croyants.

Son décret promulgué en 1722 pour privilégier son épouse donnait la possibilité aux monarques russes de nommer l'héritier de leur choix, quel que soit son sexe. Ce document essentiel allait permettre aux femmes de régner sur la Russie pratiquement tout au long du XVIIIe siècle. Soixante-dix années, en effet, verront successivement sur le trône, Catherine Ire, deux Anna, Elisabeth et Catherine II. Ainsi la Russie devint-elle une grande puissance et Saint-Pétersbourg gardait-elle sa renomée de création miraculeuse. Cette image était à présent confortée par la vitalité de la cité, qui avait passé avec succès l'épreuve de la mort de Pierre. Les remous d'un interrègne provoqué par l'absence de successeur désigné ne ralentiront pratiquement pas cet essor.

LA CAPITALE
DES IMPÉRATRICES

Entre la mort de Pierre le Grand, en 1725, et l'avènement de sa fille Elisabeth en 1741, quatre souverains se succédèrent à Saint-Pétersbourg. Catherine Ire (1684-1727), monta sur le trône après la disparition de son époux. Pierre II, fils d'Alexis et donc petit-fils de Pierre Ier, lui succéda à l'âge de onze ans. Il mourut trois ans plus tard après avoir ramené la cour à Moscou. Anna, fille du co-tsar Ivan V, régna de 1730 à 1740. Avant sa mort soudaine en 1740, elle eut le temps de désigner son successeur, son petit-neveu Ivan VI, arrière-petit-fils d'Ivan V. L'enfant venait de naître. Profitant de la lutte entre les candidats à la régence, Elisabeth, fille de Pierre le Grand et de Catherine, s'imposa à Saint-Pétersbourg à la faveur d'un coup d'Etat.

Elisabeth accéda au trône, avec l'aide en sous-main de l'ambassadeur de France à Saint-Pétersbourg.

L'initiative du rapprochement avec la Russie revient à l'ambassadeur de France à la cour d'Anna Ioannovna, le marquis de La Chétardie. Ayant perdu tout espoir de modifier la politique extérieure menée par les conseillers d'Anna, La Chétardie commença à s'intéresser de près à la grande-duchesse Elisabeth. L'ambassadeur n'hésita d'ailleurs pas à courtiser la future impératrice. Ainsi naquit à Saint-Pétersbourg un « parti français » qui, outre l'ambassadeur de Louis XV, comprenait Lestocq, le médecin préféré d'Elisabeth.

La conspiration qui conduisit la fille de Pierre le Grand sur le trône fut préparée par leurs soins. Cette fois, avec Elisabeth, une vraie Russe allait gouverner la Russie... Ayant subi jusque dans l'alcôve et dans son vocabulaire d'amoureuse l'influence française, Elisabeth poursuivit l'œuvre de son père. Elle aima beaucoup mais ne mêla jamais les affaires de l'Etat à son exaltation amoureuse. Son règne à Saint-Pétersbourg fut, en somme, heureux. Le premier acte d'Elisabeth, qui allait régner vingt ans, fut d'abandonner définitivement Moscou pour la nouvelle capitale.

Trente-huit ans après sa fondation par Pierre le Grand, Saint-Pétersbourg n'offrait pas encore, en ce début de règne, un spectacle réjouissant, à en juger par ce qu'en raconta un diplomate de l'époque, Algarotti : « Lorsqu'on entre à Saint-Pétersbourg, on ne trouve plus la ville aussi belle qu'on le croyait. Il ne faut pas s'en étonner, ce n'est pas pour rien que Pierre le Grand fit son premier voyage d'études en Hollande. C'est à Saardam que ce nouveau Prométhée découvrit le feu qu'il amena à sa nation. Ce fut d'ailleurs en souvenir de la Hollande qu'il fit planter le long des rues ces rangées d'arbres qu'on voit dans tout Saint-Pétersbourg, et qu'il fit creuser les canaux qui, certainement, n'ont pas la même utilité qu'à Amsterdam !

« Les Grands de l'Empire russe ont dû venir s'établir ici, à contrecœur, certes, car Moscou et le Kremlin resteront toujours pour les Russes le véritable centre du pays. Seule, la mort prématurée de Pierre II a empêché que le retour à Moscou ne devienne définitif... Le peuple pense que Moscou ne redeviendra la capitale de la Russie que lorsqu'un "véritable gouvernement national" se souciera de ses intérêts...

« Pour en revenir à Saint-Pétersbourg, on voit bien que les palais des Grands de l'Empire russe qui se trouvent sur les bords de la Néva ont été bâtis plus par obéissance et peur que par goût. Les murs sont déjà tout crevassés ; on se demande comment ils ne tombent pas. A ce sujet, un diplomate russe m'a dit récemment que si, partout ailleurs, les ruines se faisaient d'elles-mêmes, ici, à Saint-Pétersbourg, on les construisait ! »

Catherine II remarquera aussi plus tard, dans ses Mémoires, que ces palais étaient absolument sans confort ni commodités et brûlaient souvent. L'hiver, dans la chambre à coucher de l'impératrice, on faisait entrer une section de soldats. On leur donnait l'ordre : « Respirez bien chaud ! » Ainsi, le souffle de ces hommes réchauffait la chambre et empêchait l'impératrice de mourir de froid.

La cour ressemblait, pour reprendre les termes de l'historien et écrivain russe Valentin Pikoul, à un bivouac, ou plus exactement à « un campement en perpétuel déménagement. L'entourage de l'impératrice : des nomades, semblables aux anciens Scythes ! Ainsi, les vêtements des femmes étaient-ils mi-masculins, mi-féminins. Souvent le pantalon remplaçait la jupe. Les dames du palais vivaient dans des tentes et dans des cabanes. Elles se réchauffaient autour de feux de bois. Elles accouchaient au milieu des soldats. Et les dames d'honneur connaissaient les cartes aussi bien que les officiers chargés de les établir. Où le diable les poussait-il ? Fouette cocher ! Et la cour de Sa Majesté se mettait brusquement en mouvement. On entassait sur les télègues les services de table, les commodes, les toilettes, les Rubens et les lits. Là-dessus s'asseyaient les Kalmouks et les nègres. Et le cortège s'ébranlait.

« Tout craquait, cognait, tintait. On avançait !

« Au cours d'une seule nuit, la cour s'arrêtait trois fois de suite, pour que, chaque fois, les courtisans se réchauffent autour du feu.

« On mangeait dans de l'or, mais les tables n'avaient pas de pieds. A leur place on mettait des bûches.

« Partout, on accrochait des chefs-d'œuvre, venus de toute l'Europe. Mais il n'était pas question de s'arrêter quelque part. Et dans les murs des palais, des fissures larges comme un doigt !

« En cours de route, on construisait, en vingt-quatre heures, les logements destinés à Elisabeth et à sa suite. Les moujiks y procédaient avec leurs haches. Ils frappaient, frappaient ! Et c'était fait. Souvent les portes étaient mal disposées. Parfois même, on oubliait d'en ménager.

« Quelqu'un sur une planche se laissait glisser d'une fenêtre ?

« C'était une dame d'honneur, la belle princesse Gagarine, qui partait dans les buissons, pour satisfaire ses besoins.

« Chats, cafards, chiens, punaises, puces, mouches...

« ... Mais les étrangers reçus à la cour ne remarquaient pas ce "nomadisme". On ne leur montrait que la façade de la Russie, qu'un extérieur doré. Les jours de réception, les ambassadeurs étaient conduits le long de colonnades somptueuses, sur de riches parquets. »

Les écrits des ambassadeurs étrangers, comme les

témoignages des contemporains s'arrêtaient amoureusement sur le fantastique mélange de luxe et de grossièreté. La fracture était donc saisissante entre décor et réalité, entre les façades et l'intérieur des édifices. Malgré cette critique acerbe des diplomates, Saint-Pétersbourg devint bientôt cette fabuleuse « Palmyre du Nord » dont on parlait avec admiration dans toutes les cours d'Europe.

De magnifiques palais s'élevèrent le long de la Néva et déjà, en 1750, la ville comptait près de cent mille habitants. La langue et la littérature française pénétrèrent profondément dans les couches supérieures de la société pétersbourgeoise. Nombre de savants étrangers arrivaient à la nouvelle capitale de la Néva pour suivre les cours d'un des plus éminents physiciens du XVIIIe siècle, M. V. Lomonossov.

Sous Elisabeth, la fête abandonna les rues de Saint-Pétersbourg pour conquérir les palais qui pouvaient désormais l'abriter. Des bals masqués somptueux furent donnés au palais d'Hiver où, pour cette occasion, on ouvrait toutes les pièces d'apparat qui conduisaient à la grande salle. Douze grandes fenêtres donnaient d'un côté, faisant face à un même nombre de glaces, parmi les plus grandes possibles ; le plafond était orné de figures emblématiques. Dans cette salle éblouissante par son ampleur et sa magnificence, des masques se mouvaient, vêtus des costumes les plus riches. Les pièces étaient toutes richement illuminées. En un instant, on n'allumait pas moins de mille bougies. Le palais était ouvert aux couches supérieures de la société, à condition que chacun ait une tenue convenable et ne porte pas la barbe. Le peuple, davantage séparé de la bonne société qu'il ne l'était dans un pays comme la France, avait pourtant la possibilité d'assister en spectateur aux feux d'artifice et même à certaines mascarades. Cependant à Saint-Pétersbourg les fêtes religieuses étaient publiques et représentaient une occasion pour la cour de se montrer au peuple. Ainsi, près de 23 000 personnes assistèrent en 1751 à la fête du Jourdain (le baptême du Christ). Cette fête traditionnelle faisait partie du calendrier de la cour de Saint-Pétersbourg.

Là encore, les impératrices donnèrent le ton. Le voyageur anglais Jonas Hanway concluait : « Saint-Pétersbourg peut être considérée à présent comme une métropole moderne et policée et la résidence capitale de l'Empire, et bien qu'elle fût demeurée si longtemps un marais, elle est à présent une ville élégante et magnifique, très salubre, qui abonde de tout le nécessaire et de bien des plaisirs de l'existence... »

Saint-Pétersbourg est en quelque sorte l'emblème du règne d'Elisabeth. Dès lors, la ville fut comparable à Moscou par le nombre d'habitants. Le luxe de ses palais et de ses monuments, la beauté de ses ponts, la largeur de ses avenues laissaient loin derrière l'ancienne capitale. Posée sur des pilotis de chêne, la Palmyre du Nord occupait les îles de la Néva et les dépressions qui la bordaient. Sa superficie était d'environ 40,2 km^2 de terre ferme, sans compter la superficie de ses cours d'eau — la grande Néva, la petite Néva (ou Nevka), les rivières Fontanka, Moïka, Ekaterininka et Karpovka ; des canaux sillonnaient la ville ; cent quarante et un ponts, dont certains réservés aux piétons, soulignaient sa ressemblance avec Venise. Cette similitude devient frappante dans ses meilleurs jours comme ses mauvais, sous la brume dorée du soleil ou sous la fine maille des pluies fréquentes, ou encore dans l'étrange lumière des nuits blanches qui rappellent la proximité du cercle polaire. La ville, alors, devient fantasmagorique et inquiétante comme un rêve dont on ne comprend pas la signification.

Le style architectural de Saint-Pétersbourg porte l'appellation de baroque élisabéthain, principalement lié au nom de Bartolomeo Rastrelli (1700-1771), surnommé à la russe Bartholomé Bartholomeïevitch. Rastrelli, rappelons-le, construisit de magnifiques palais — dont le palais d'Hiver pour lequel Elisabeth dépensera des fortunes, sans pouvoir jamais s'y installer, la construction n'en étant achevée qu'un an après le décès de l'impératrice —, des églises, des hôtels particuliers (tout riche propriétaire foncier s'enorgueillissait de sa maison, édifiée dans le style de l'architecte de l'impératrice). Elève des architectes français il s'appuya aussi sur la pratique des Allemands (Munich, Dresde, surtout Vienne lui servirent de modèles). Les palais de Rastrelli ont des proportions parfaites avec leurs colonnes et leurs saillies qui rompent la monotonie des façades. Les intérieurs y sont somptueux et mis en valeur par une abondance de motifs décoratifs.

Un théâtre français fut créé et l'impératrice y fit venir une troupe française en 1742.

Faisant tout autant leurs premières armes de courtisans que d'officiers, les élèves du corps des cadets jouèrent des tragédies et des comédies à partir de 1747-1748, d'abord en français, puis en russe. Bientôt des spectacles furent mis en scène au palais d'Hiver, où un théâtre fut construit. Enfin un édit d'août 1756 fondait officiellement le « théâtre russe pour la représentation des comédies et des tragédies ». Le théâtre attirait un public limité, mais très avisé et connaissant le français. La distinction entre le théâtre de cour ou privé et le théâtre public n'avait aucune signification à Saint-Pétersbourg. Une correspondance diplomatique entre le marquis de L'Hospital et le ministre des Affaires étrangères Bernis montre qu'un fossé séparait de ce point de vue les capitales russe et française. En 1758, désirant faire venir pour quelques mois à Saint-Pétersbourg Lekain et Mlle Clairon, comédiens français de renom, Elisabeth mit l'ambassadeur dans l'embarras. On finit par lui signaler : « Lekain et Clairon sont au Roy qui se ferait un plaisir de les prêter à l'impératrice de Russie. Mais ils sont aussi au public, étant de la Comédie-Française dont ils sont le principal soutien. »

Voltaire, dans son discours de réception à l'Académie française, déclara : « Vos ouvrages, Messieurs, ont pénétré jusqu'à cette capitale de l'Empire le plus reculé de l'Europe et de l'Asie, et le plus vaste de l'univers, dans cette ville qui n'était, il y a quarante ans, qu'un désert habité par des bêtes sauvages : on y représente vos pièces dramatiques, et le même goût naturel qui fait recevoir dans la ville de Pierre le Grand et de sa digne fille, la musique des Italiens, y fait aimer votre éloquence. »

En 1745, René-Louis d'Argenson, devenu ministre des Affaires étrangères l'année précédente, chargea son ami Voltaire d'écrire à la tsarine. Voltaire profita de l'occasion et du courrier diplomatique pour faire savoir à Monsieur d'Alion, ambassadeur de France en Russie, qu'étant déjà membre des académies de Londres, Edimbourg, Berlin et Bologne, il ne dédaignerait pas l'honneur d'être admis à celle de Saint-Pétersbourg. Et il ajoutait : « J'ai chanté Elizabeth d'Angleterre : que ne dirais-je de celle qui l'efface par sa magnificence, et qui l'égale par ses autres vertus ? J'ai écrit il y a quelques années l'Histoire de Charles XII sur des mémoires fort bons quant au fond, mais dans lesquels il y avait quelques erreurs... J'ai actuellement des mémoires plus exacts... Mon dessein serait de les fondre dans une Histoire de Pierre le Grand. Ma façon de penser me détermine plus vers cet empereur que vers le roi de Suède. Le premier a été un législateur, il a fondé des villes et, j'ose dire, son empire. Charles XII a presque détruit son royaume. Il était un plus grand soldat, mais je crois l'autre un plus grand homme. »

A la suite de cette démarche, Voltaire fut élu à l'Académie des sciences de Saint-Pétersbourg. A cette époque une charmante histoire née sur le bord de la Néva mit en valeur l'attachement de l'impératrice à la France.

N'ayant plus de représentation diplomatique à Saint-Pétersbourg (depuis le renvoi du marquis de La Chétardie pour quelques paroles imprudentes et offensantes à l'égard de l'impératrice, voir *Les Tsarines*, du même auteur, Ed. du Rocher, 2000), Louis XV utilisa des agents secrets, et parmi eux le fameux chevalier d'Eon dont on prétend qu'il s'immisça dans l'entourage proche d'Elisabeth et sut gagner sa confiance, travesti en jeune fille. Les historiens prouveront que l'épisode fut une légende. Il n'en demeure pas moins que, sous la couverture de secrétaire du représentant secret de la cour de Versailles, l'Ecossais Mackenzie Douglas, Eon a eu accès à l'impératrice et favorisa le rapprochement franco-russe. Hostile à la Russie, Versailles considérait Saint-Pétersbourg avec dédain. La France ignorait tout de la situation de « l'empire du Septentrion ». La preuve en est ce questionnaire remis à Douglas où on lui proposait de fournir des renseignements sur l'état de l'armée et de la flotte, l'économie, les dispositions de l'impératrice, etc.

A Saint-Pétersbourg, en revanche, on connaissait

bien la France et une partie des conseillers d'Elisabeth tentait depuis longtemps de la persuader qu'une alliance avec Louis XV serait de la plus grande utilité. Conduit par le vice-chancelier Vorontsov, le « parti français » gagna en puissance lorsqu'il fut rallié par les Chouvalov, famille du nouvel amant de l'impératrice. Les Français avaient pour adversaire le chancelier Bestoujev, ennemi de la Prusse et partisan d'une union avec l'Angleterre.

Dans ses *Mémoires*, le chevalier d'Eon affirme que ce dernier fut engagé comme « lectrice auprès de l'impératrice déguisé en femme pour renforcer le parti français à Saint-Pétersbourg ».

« Plus près, venez plus près, nous pourrons parler moins haut, dit Elisabeth...

« Je commençais à trembler, dit le chevalier d'Eon. J'étais pris entre l'impératrice d'un côté, et monseigneur de Conti de l'autre. Celui-ci m'avait bien chargé de lui négocier une femme, mais il ne m'avait pas chargé d'aller plus loin. Comment faire ? me disais-je : trahir un prince, c'est dangereux ; mais résister à une souveraine, ça l'est plus encore... Tel était le raisonnement entre les branches duquel je me sentais serré comme entre celles d'un étau...

« Pour un diplomate débutant, il y avait de quoi se trouver embarrassé. Dans ma perplexité, je jetai sur Sa Majesté un regard suppliant, pour implorer sa pitié et lui demander grâce. La tsarine avait les lèvres bleuâtres, turgescentes, les pommettes enluminées, les paupières enflammées et l'œil humide. Sa figure reluisait de ce vernis liquéfié que revêt la passion, quand le feu des désirs la met en ébullition dans notre âme, et qui transpire et se répand, comme une huile, à notre surface. Trempée d'une moiteur impure, sa peau suait la lascivité par tous les pores. En apercevant son bras nu qui pendait, sa gorge indécemment découverte, sa poitrine débraillée, ses cheveux dénoués qui s'échappaient de leur réseau et tombaient en désordre sur des épaules dépouillées de tout voile ; en la considérant haletante de volupté, pantelante de luxure, je crus voir une bacchante ivre ou affamée. Je baissai les yeux aussi vite que je les avais levés. Tout ce que m'avait raconté Vorontsov de sa souveraine et de ses orgies me revint à la pensée. Je me dis que cette femme, qui était là devant moi, avait reçu dans ses bras je ne sais combien d'hommes, ramassés au hasard et dans la rue ; que sa bouche, son cou, son sein avaient été maculés, flétris par des baisers de soldats... Et je reculai devant cette ruine impériale, salie par tant de souillures, délabrée et minée par tant de désordres... Mais une fois lancée, la tsarine n'était plus femme à s'arrêter ; quand ses passions avaient bride sur le cou, elles franchissaient, d'un bond, tous les obstacles. Je fus acculé dans mes derniers retranchements !... »

Et d'Eon de terminer son récit sur deux grands éclats de rire de l'impératrice. Le premier, lorsqu'elle découvrit la supercherie du travesti, le second en constatant qu'un « mauvais génie dominait et paralysait »... la virilité de Lia de Beaumont !

Ce serait donc ainsi, grâce aux penchants particuliers d'Elisabeth, qu'aurait commencé le rapprochement franco-russe.

La réalité semble tout autre car tous les documents de l'Empire confirment qu'il n'y eut pas de dame d'honneur répondant au nom de Lia de Beaumont. De toute façon, même selon « ses » *Mémoires*, la seule preuve d'affection que Lia aurait pu donner eût été de « lui gratter les pieds » ! En effet, Elisabeth refusait de dormir tant qu'il faisait nuit — elle avait une peur viscérale du noir — et avait coutume de passer ses longues veilles avec ses lectrices qui, tout le temps que durait leurs conversations, lui grattaient doucement et à tour de rôle la plante des pieds. Ce n'est qu'aux premières lueurs de l'aube qu'apparaissait un favori, alors les jeunes femmes se retiraient. Elisabeth dormait ensuite jusqu'à midi, sous la protection de son intendant qui veillait derrière les tentures, la main sur la garde de l'épée.

A la fin de l'année 1755, Lia de Beaumont était de retour à Versailles avec, dans la reliure truquée d'un livre de Montesquieu, une dépêche d'Elisabeth à l'intention de « son frère Louis XV ». En effet l'impératrice avait toujours de la sympathie pour le roi de France à qui son père aurait aimé la marier, un quart de siècle plus tôt. En revanche, elle éprouvait une vive animosité à l'égard de Frédéric II parce que le roi de Prusse, disait-elle, « n'a pas la crainte de Dieu », qu'il « ne croit pas en Dieu, ne va pas à l'église et ne vit pas, selon la loi, avec une épouse ».

Ne pouvant pas avoir d'enfant, Elisabeth adopta le fils de sa sœur défunte et de Charles de Holstein, se donnant ainsi un héritier. Cet orphelin, âgé de quatorze ans, déçut d'emblée tout Saint-Pétersbourg à son arrivée en 1742. Maigre, mal proportionné, ignare et violent, l'adolescent disgracieux ne jurait que par Frédéric II de Prusse, méprisait les Russes et n'accepta d'apprendre leur langue que sous la contrainte. Elisabeth se consola en se disant que l'âge ingrat passé, l'éducation aidant, les choses prendraient peu à peu une autre tournure. Deux années s'écoulèrent mais ni son caractère ni son physique ne paraissaient pouvoir s'améliorer. L'impératrice pensa alors que le mariage pourrait lui être bénéfique. Sans doute le choix de la fiancée fut-il dicté par le souvenir de Charles Auguste de Holstein, mort avant d'épouser Elisabeth. Ainsi cet amour laissé en suspens décida-t-il de la prodigieuse fortune de Sophie d'Anhalt-Zerbst, la nièce du cher défunt.

CATHERINE LA GRANDE
OU L'ART D'AIMER

Catherine la Grande (1729-1796) domine l'histoire de Saint-Pétersbourg au XVIIIe siècle. Elle fut la deuxième tsarine à porter ce nom, après Catherine Ire. Elle est sans doute la personnalité la plus marquante des sept tsars et tsarines de ce siècle.

Originaire de la petite aristocratie allemande, la princesse Sophie d'Anhalt-Zerbst n'adopta le prénom de Catherine qu'après s'être convertie à l'orthodoxie pour épouser Pierre de Holstein. Dieu sait si cette jeune princesse allemande ne s'attendait pas à monter un jour sur le trône du plus grand empire d'Europe lorsqu'elle jouait naguère sur la grande place de Stettin avec les enfants de la ville. Politiquement, le parti offert était enviable, humainement c'était un désastre. Le visage marqué par la petite vérole et toujours aussi disgracieux, Pierre III était sournois et vil. La princesse Dachkova, célèbre mémorialiste, décrivait ainsi l'héritier d'Elisabeth : « Se présenter le matin à la revue en caporal-chef, bien déjeuner, boire un bon vin de Bourgogne, passer la soirée avec ses bouffons et quelques femmes, exécuter les ordres du roi de Prusse, voilà ce qui faisait le bonheur de Pierre III. »

En 1774, le paysage de Saint-Pétersbourg était déterminé par l'eau qui occupait un dixième de sa superficie, un véritable labyrinthe dessiné par l'architecte français Leblond. Le vent glacial de la mer Baltique s'infiltrait partout. L'hiver y était impitoyable et sans limites. Le brouillard enveloppait les palais et effaçait les quais dans un halo de lueurs jaunes, fragiles et fantomatiques. Les brumes argentées de cette Venise du Nord étaient devenues pour Catherine le symbole des aléas de son destin.

Arrivée à la cour de Russie à quinze ans, Catherine fit preuve de plus de maturité que Pierre, pourtant de deux ans son aîné. Devenu tsar à la mort d'Elisabeth, en 1762, Pierre III subissait l'influence de l'Allemagne, son pays natal, et de Frédéric II de Prusse. Il régna six mois, de décembre 1761 au 28 juin 1762, jour de son abdication. Dans ce bref espace de temps, il avait tenté de « renverser la vapeur » comme on dit ; il s'était montré antirusse, antiorthodoxe, anticlérical au point de remplir ses coffres avec l'argent de l'Eglise... En outre, il menaçait Catherine de la répudier pour épouser sa maîtresse. C'en était trop. L'impuissant Sénat — dont nul n'entendait plus parler —, se dressa contre lui, appuyé bien entendu par l'Eglise russe, et secondé par la garde fidèle à Catherine. Ainsi, dans la nuit du 27 au 28 juin 1762, une poignée de conjurés menés par les frères Orlov, Alexis et Grégoire, plaça Catherine sur le trône. Le coup d'Etat réussit, Pierre fut contraint d'abdiquer et fut emprisonné. Avant la fin de l'année 1762, les cloches de Saint-Pierre-et-Paul sonnèrent le glas au-dessus de son cercueil. Il avait, dit l'acte officiel, succombé à une colique doublée d'un transport au cerveau. La chronique, moins indulgente, affirme que Catherine l'avait tout simplement fait assassiner.

Il est néanmoins resté dans l'histoire pour deux mesures libérales : la suppression de la chancellerie secrète et l'abrogation de l'obligation de service pour la noblesse.

Catherine entreprit de construire un empire qui devait dépasser par sa taille les Empires romain et byzantin réunis. Après une première phase libérale, placée sous le signe de la philosophie des Lumières, son règne à Saint-Pétersbourg évolua vers une politique conservatrice. Si le règne de Catherine fut marqué par un profond bouillonnement culturel, il consacra aussi l'âge d'or du servage.

Catherine, qui avait appris le français dans son enfance, s'initia avec ferveur à la philosophie des Lumières. Elle entretint une abondante correspondance avec Voltaire et reçut Diderot, qui séjourna plusieurs mois à sa cour et lui fit don d'une partie de son immense bibliothèque. L'influence française, perceptible à la cour de Saint-Pétersbourg depuis l'alliance conclue avec la France pendant la guerre de Sept Ans, fut alors plus forte que jamais. L'impératrice s'inspira notamment des idées de Montesquieu et plus particulièrement de son ouvrage *De l'esprit des lois*.

Passionnée d'architecture, elle prêta souvent davantage attention aux façades qu'aux visages. La raison, qui avait fait émerger le baroque en Russie, fut le désir des successeurs de Pierre de rendre toujours plus splendide la nouvelle capitale. Sous le règne de Catherine II, plusieurs des plus beaux édifices de l'époque de Pierre avaient changé d'apparence — le grand palais de Peterhof, par exemple, qui, élaboré par Leblond, ou en tout cas commencé selon son projet, fut refait par Rastrelli —, mais nombreux étaient ceux qui, dès leur origine, comme les palais Menchikov et d'Oranienbaum, œuvres de Schädel, avaient été créés avec goût et dans une volonté artistique. Il ne faut pas oublier non plus que Trezzini lui-même, dans la période de la construction du monastère Alexandre-Nevski, avait plus travaillé comme architecte que comme ingénieur.

Douze ans déjà que Catherine était montée sur le trône de Russie. Mais elle n'était pas totalement libre. Ayant entraîné la mort de son époux, Grégoire Orlov tenait l'impératrice à sa merci. Ecoutons Bérenger, le chargé d'affaires français à Saint-Pétersbourg :

« Plus j'observe de près M. Orlov, plus je crois voir qu'il ne lui manque que le nom d'Empereur. Il est d'une aisance avec l'impératrice qui frappe tout le monde et que les Russes disent inconnue dans tous les pays depuis la fondation de la monarchie. Supérieur à toute espèce d'étiquette, il prend publiquement avec sa souveraine des libertés que, dans un monde poli, une maîtresse qui se respecte ne permet point à son amant. »

Lassée par l'arrogance et les violences d'Orlov, Catherine chercha ailleurs le réconfort. Dans son esprit s'était déjà dessiné le profil du favori idéal : un physique impressionnant, une puissante force masculine, une hardiesse sans limites, et une capacité de rêver aussi bien que de faire rêver.

C'est alors qu'apparut un nom qui allait entrer dans les annales de la gloire militaire de la Russie mais aussi dans l'histoire sentimentale de Saint-Pétersbourg : Grigori Potemkine, « favori des favoris » de la grande impératrice.

Rien ne prédestinait le futur prince à cette extraordinaire fortune. Né en 1739 dans une famille de hobereaux, il avait quitté Smolensk pour entreprendre ses études à l'université de Moscou, avant de s'en faire expulser pour paresse... Aussi s'était-il engagé dans la garde à cheval.

Ce fut lors de la conspiration de 1762, à laquelle le régiment de ce beau garçon de vingt-trois ans avait participé, qu'il eut pour la première fois l'occasion de voir de près l'impératrice.

— Il est trop beau pour être sergent, qu'on le fasse lieutenant ! avait-elle lancé en croisant son regard d'une profondeur « surnaturelle ».

Le jeune homme s'était vu par la suite nommé chambellan en récompense de ses loyaux services, obtenant ainsi ses entrées à la cour.

Potemkine était insolent et faisait tout — sans doute trop — pour attirer l'attention de sa souveraine. Si les frères Orlov avaient toujours apprécié et protégé le futur prince, ce comportement éveilla leur jalousie. Ils cherchèrent alors un moyen d'évincer ce rival potentiel de la cour de Saint-Pétersbourg. La légende veut qu'Alexis Orlov lui ait cherché querelle pendant une partie de billard et lui ait crevé un œil avec la queue qu'il tenait à la main. Désormais son regard serait, certes, plus difficile à saisir ! Après cet accident, Potemkine se croyant défiguré quitta Saint-Pétersbourg.

De 1762 à 1774, année de son entrée dans le cœur de Catherine, Potemkine fit une carrière brillante, devenant major général puis, enfin, lieutenant-général. Le beau borgne n'était pas un banal galant salarié ; il y avait en lui de l'étoffe.

En ces années 1770, la guerre avec la Turquie se prolongeait, les paysans affamés se révoltaient partout, les intrigues redoublaient à la cour, le peuple s'était soulevé et les Cosaques s'étaient insurgés. Une première insurrection paysanne avait éclaté en 1771 et mis Saint-Pétersbourg en danger. Deux ans plus tard,

Pougatchev, un déserteur et aventurier cosaque qui se faisait passer pour Pierre III, prit la tête d'un gigantesque soulèvement paysan. Parti du nord de la mer Caspienne, il couvrit un immense territoire et s'empara de plusieurs cités importantes.

Il était temps qu'un général arrivât à Saint-Pétersbourg...

Se trouvant dans une position supérieure, Catherine fit sans état d'âme le premier pas :

« Monsieur le lieutenant-général, vous êtes, j'imagine, tellement occupé du côté de la Silistrie que vous n'avez pas le temps de lire des lettres. Je ne sais jusqu'à présent si votre bombardement a eu du succès, mais je n'en suis pas moins convaincue que tout ce que vous entreprendrez vous-même ne saurait être attribué à un autre motif qu'à votre zèle ardent pour ma personne et la chère patrie que vous aimez à servir. Mais comme, d'un autre côté, je tiens à conserver des hommes zélés, courageux, intelligents et habiles, je vous prie de ne pas vous exposer inutilement au danger. En lisant cette lettre, vous vous demanderez peut-être pourquoi a-t-elle été écrite ? Je vous répondrai à cela pour que vous ayez une confirmation de ma manière de penser sur vous, car je vous souhaite toujours beaucoup de bien. »

Les vraies histoires d'amour arrivent souvent après quarante ans. Catherine avait quarante-quatre ans, Grigori Potemkine trente-cinq. Depuis longtemps déjà, il rêvait en secret de cette femme inaccessible et s'en était ouvert dans son journal intime, écrit dans le style flamboyant propre à son époque : « O Dieu ! quel tourment d'aimer celle à qui je n'ose le dire ! Celle qui ne peut jamais être à moi ! Ciel barbare, pourquoi la fis-tu si belle ? Pourquoi vouloir que ce fût elle, elle seule, que je puisse aimer ? »

Par l'une des fenêtres, on voyait s'étendre au loin, très bas derrière le fleuve, l'immense tableau bleuté de la Néva enneigée, et par l'autre, plus à gauche, une partie du palais d'Hiver. Le règne de Catherine II se reflétait déjà dans la capitale par des bâtiments de style néo-grec où disparaissent les ornements fleuris du baroque. L'Italien Rinaldi y avait introduit le style Louis XVI, et le Français de La Mothe, le classicisme français.

En face, toutes blanches et comme excessivement proches, se dressaient deux églises dont les coupoles dorées reflétaient les taches bleuâtres des choucas qui ne cessaient d'y tournoyer.

La rencontre entre Potemkine et Catherine fut minutieusement fixée par le journal de cérémonie du palais, le 4 février 1774. « A six heures de l'après-midi, le général-lieutenant Grigori Alexandrovitch Potemkine est entré. »

Sur le ciel bleu sombre, le pinceau d'un géant semblait avoir tracé de larges bandes d'or rosé. Mais il ne regardait pas le ciel ni même un vol d'oiseaux qui, dans l'obscurité naissante, se dirigeaient vers le nord. Plusieurs carrosses occupaient déjà la cour d'honneur et patientaient au pied des hautes colonnes qui ornaient la célèbre façade vert amande et blanc.

Potemkine revenait dans ce palais d'où étaient gouvernées les immensités de la Sainte Russie, d'où partaient à ce moment même les ordres pour la guerre contre les Turcs. Toujours un peu intimidé par la splendeur des lieux, il se laissa débarrasser de sa pèlerine par des valets en livrée bleue et or. L'un d'eux le précéda dans l'escalier du Jourdain. Il en gravit les marches recouvertes d'un tapis rouge avec une émotion qu'il cherchait à dissimuler. Au premier palier, l'escalier se scindait en deux. Le valet de pied l'invita à emprunter la volée de droite. L'extrême faste du palais donnait à cette cérémonieuse progression une solennité encore plus grande. Attentif à suivre son guide, Potemkine n'avait pas assez d'yeux pour admirer au passage les dorures et les bronzes, les tapisseries et les tableaux. Le palais était devenu encore plus somptueux pendant son absence de Saint-Pétersbourg. Il marchait avec l'impression enivrante d'accéder à des sommets extraordinaires où son sort allait se décider. Parvenu à l'entrée d'une vaste galerie, le valet déclina son nom haut et fort. Presque aussitôt, un homme dans la force de l'âge vint à sa rencontre. Potemkine reconnut le comte Grigori Orlov, l'homme le plus puissant de l'Empire. Impressionné de se voir accueilli avec tous les égards par le comte en personne, Potemkine eut besoin de toute sa bravoure pour trouver quelque chose à dire :

— Comte, quelles sont les nouvelles du palais ?

— Rien de bien nouveau, mon cher. Je descends... Vous montez...

Telle fut la réponse sibylline du grand personnage qui le guida à travers une autre galerie dont les fenêtres donnaient sur la Néva. En attribuant à son ancien amant l'honneur de lui présenter Potemkine, Catherine réglait ses comptes car Orlov ignorait évidemment de quelle manière elle avait convoqué son futur favori...

— Vous êtes ici, monsieur, à la demande de Sa Majesté, lui dit-il. Elle ne tardera pas à faire son entrée.

Potemkine contemplait la salle dont la splendeur lui coupait le souffle. Des colonnes de malachite et de lapis-lazuli, couronnées de bronze doré, lui donnaient des proportions exceptionnelles. Derrière une colonne, des officiers de la garde impériale discutaient à voix basse. Plus loin, des représentants de quelque lointaine province attendaient patiemment d'être reçus. Des ambassadeurs étrangers en tenue d'apparat faisaient les cent pas avec leurs conseillers. Tous dévisageaient le comte Orlov en se demandant à qui il allait adresser la parole. Ce dernier ne semblait voir personne et marchait droit devant lui avec l'assurance que donne le pouvoir quand celui-ci est immense. Potemkine le suivait comme son ombre et retenait la leçon. Il lui fit signe de patienter et, suivi de son aide de camp, se dirigea brusquement vers un Caucasien vêtu d'une blouse de soie bleue galonnée d'or. Il le prit familièrement par le bras pour entamer une conversation dont nul ne put rien entendre.

Les grandes portes sculptées de la salle du trône s'ouvrirent enfin. L'impératrice apparut dans toute sa majesté, précédée de son grand chambellan. Elle portait une robe de taffetas rose enrubannée de vert. A ses oreilles pendaient des cabochons d'émeraude taillés en goutte. Catherine prit place dans un fauteuil de soie jaune brodée de l'aigle impériale. L'audience commença. Cette entrevue décisive ne dura qu'une heure durant laquelle tous deux évoquèrent la situation de l'Empire.

Entre le pouvoir et la femme, le nouvel aide de camp Potemkine choisit, à ce moment-là sans aucun doute, la femme. Cependant, ce coup de foudre allait bouleverser non seulement les luttes de clans gravitant à Saint-Pétersbourg, mais aussi l'histoire géopolitique de l'Europe.

Potemkine était partisan de la guerre à outrance contre les Turcs et souhaitait conclure de nouvelles alliances avec l'Europe.

Catherine installa son bien-aimé auprès d'elle, au palais d'Hiver. Ceux qui ont visité le musée de l'Ermitage connaissent ce haut lieu de l'histoire. L'appartement du nouveau favori, actuellement transformé en salles d'exposition, se trouvait alors exactement au-dessous de celui de l'impératrice.

Catherine Seconde, comme l'appelaient les Russes, avait, à ses dires, atteint le but de sa vie et affirmait plus que jamais que le désir n'a de sens que s'il est conduit par l'amour. Quelle renaissance s'était soudainement opérée ! Aucun roi ne pouvait ressembler à Potemkine, il était « beau, intelligent, agréable, amusant ». C'était un être inestimable, unique. Nul homme ne pouvait l'égaler.

« O monsieur Potemkine, quel fichu miracle vous avez opéré de déranger une tête qui ci-devant le monde passait pour être une des meilleures de l'Europe ! »

A cette époque, Denis Diderot, qui avait passé cinq mois à Saint-Pétersbourg sur l'invitation de son inspiratrice impériale qu'il appelait « la Sémiramis du Nord », se plaignit de ne pouvoir lui faire ses adieux. En effet, elle était bien trop occupée à être heureuse...

Vint l'été. L'impératrice installa son cher Grichka à Tsarskoïe Selo, sa résidence d'été. Dix fois par jour, pour un oui ou pour un non, cet amoureux était pressé de retrouver sa belle dans le Pavillon du Grand Palais. Il grimpait l'escalier de marbre sans même jeter un coup d'œil sur les plats et les vases en porcelaine du Japon et de Chine. Malgré cette proximité leur permettant de se voir lorsqu'ils le désiraient, Catherine lui envoyait de nombreux billets doux. « Je serai pour toi, écrivait-elle, une femme de feu, comme tu le dis... »

Enflammée, Catherine, qui reconnaissait être une femme de tête, se comparait à « une chatte en chaleur ». Comme une écolière, elle le guettait à sa fenêtre, l'admirait, l'adorait, l'idolâtrait : « Peut-on aimer quelqu'un après t'avoir connu ? Je crois que nul homme au monde ne peut t'égaler, et surtout mon cœur est constant de nature. [...] Je n'aime pas le changement [...]. Ce dont j'ai rêvé toute ma vie m'est arrivé », écrivait-elle encore.

Prête à tout donner à celui qui avait conquis son cœur, Catherine le nomma tour à tour général, puis feld-maréchal, lui donna le titre de comte. Il était traité comme un prince consort, avec honneur en public. Quand il reçut le titre de prince en 1776, il devint dans tout le pays prince sérénissime.

Plus encore qu'un amant sans égal, elle avait décelé en Potemkine l'homme d'Etat et voyait en lui un soutien pour conduire la Russie vers de grands desseins. Sous son instigation, le règne de Catherine II vit de nombreuses réformes dans plusieurs domaines. Elle fit construire de nouvelles villes, réforma le gouvernement et l'administration, sécularisa les biens de l'Eglise, encouragea le développement de l'industrie et de la marine. Elle créa vingt-cinq écoles à travers toute la Russie, dont le célèbre institut Smolny, à Saint-Pétersbourg, destiné essentiellement aux jeunes filles de la noblesse. Aussi proposa-t-elle d'épouser Potemkine. Preuve d'amour bien sûr, mais aussi clairvoyance et raison d'Etat. Le mariage eut donc lieu à la fin de l'année 1774 en l'église Saint-Samson par une fin d'après-midi où les nuages glissaient dans l'argent du ciel de Saint-Pétersbourg. Des amis ou plutôt des confidents, ainsi que quelques neveux de Potemkine se pressaient devant l'iconostase impressionnante, très chargée, comme le cœur de Catherine. Lorsque, après la pluie, était apparu le soleil rendant à la ville toutes ses couleurs, un navire s'était dégagé du quai du palais d'Hiver pour traverser la Néva et accoster juste en face de cette cathédrale qui existe encore de nos jours.

Aux innombrables petits noms dont elle l'accablait dans sa correspondance — mon pigeon chéri, mon bien-aimé, petit cœur précieux, bonbon de profession, chat, paon, giaour, cosaque, coq d'or, tigre —, se mêlaient les compliments les plus propres à le flatter.

Pourtant, Catherine et son principal conseiller, Potemkine, n'oubliaient jamais les affaires de l'État. D'ailleurs ce dernier affichait des idées progressistes. Sous l'influence de son favori, l'impératrice proclama son intention de réduire les abus du servage — sans doute le problème le plus préoccupant de la société russe de l'époque —, ce qui lui valut une réputation de tolérance et de bonté. (En même temps, et en totale contradiction, elle chercha à faire de la noblesse le plus sûr garant de la stabilité de son trône. Elle maintint ses privilèges et contribua à lui accorder des domaines avec les serfs qui y étaient attachés.)

Potemkine était comblé. Il partageait désormais tout avec l'impératrice, son cœur, sa couche, son royaume, une complicité parfaite, presque trop parfaite car la fissure était déjà là et ce mariage n'était que le début d'un calvaire. Catherine ne le devinait qu'à moitié et attribuait le spleen de son amant au fait qu'il prenait des bains froids.

Que recherchait à ce moment-là Grigori ? S'il avait été attiré tout d'abord par la femme inaccessible, Catherine avait répondu à cet appel en se montrant familière et gracieuse, vive et spirituelle, triviale et sensuelle, non en souveraine. Désormais, il devait partager avec elle l'héritage historique des tsars de toutes les Russies — plus lourd que l'amour —, le fardeau du pouvoir à Saint-Pétersbourg.

L'amour, l'absolu ont-ils leur place dans ce monde

placé sous le signe des rapports de forces et des calculs ?

Une année plus tard naissait de cette union une petite fille nommée Temkina. Qu'était alors devenu le vigoureux général, l'amant généreux et sans égal, son « maître jamais fatigué » ? « Mon âme, mon cher époux, veux-tu me donner des caresses », ne cessait-elle de lui écrire. Grigori devenait de plus en plus distant et s'assombrissait. Désormais seule la souveraine l'attirait. Il fuyait la femme qui s'abandonnait à lui.

A cette époque, un autre événement secoua Saint-Pétersbourg. Dans toute l'Europe on entendait parler d'une courtisane qui se faisait appeler tantôt Mlle Chelles, tantôt Ah Emecté ou encore Sultane Eléonore. Quel que fût son nom véritable, elle avait la fâcheuse habitude de ruiner ses admirateurs et était pourchassée, à travers les frontières, par des créanciers sans cesse plus nombreux. A quel conseil d'intrigant prêta-t-elle sa jolie oreille ou par quels démons fut-elle possédée lorsqu'elle décida d'usurper le nom d'Aurore Tarakanova, fille de l'impératrice Elisabeth et de son époux morganatique, le Cosaque Razoumovski ? N'avait-elle donc pas eu vent du sort qui était advenu à l'authentique Aurore ? Son existence menaçant le trône de Catherine II, celle-ci l'avait fait enlever puis cloîtrer dans un couvent où elle vécut le reste de ses jours, supportant sa condition avec une noble résignation.

Alors que la vraie Aurore Tarakanova expiait sa royale naissance, apparut à Paris une femme qui prétendait être la princesse et dont les traits gracieux ressemblaient fort à ceux de Mlle Chelles. La conviction de cette pseudo-princesse fut sans doute communicative puisqu'elle réussit à réunir autour d'elle quelques adeptes décidés à soutenir sa cause et ses revendications. Forte de leur appui, elle s'embarqua pour l'Italie.

A Saint-Pétersbourg, l'impératrice de toutes les Russies fut bientôt informée qu'une intrigante se faisait passer pour sa belle-sœur et décida de s'en défaire. L'affaire dut lui sembler suffisamment délicate pour qu'elle chargeât non pas Potemkine mais le comte Orlov, d'accomplir cette mission. Le stratagème dont elle usa en la circonstance fut particulièrement cruel. Comment l'aventurière put-elle croire que seul le hasard lui fit rencontrer le comte Alexis Orlov à Florence ? Ce soir-là, tous les invités de la fête remarquèrent ce grand seigneur russe s'exprimant avec une grâce irrésistible. La « princesse », magnifiquement vêtue d'une robe persane brochée d'or et recouverte d'une tunique de soie, ne fut pas longue à succomber à son charme. Le comte se montra si assidu qu'il offrit bientôt à la belle de l'épouser en secret. Ce qu'elle accepta sans se douter un seul instant que cette union était célébrée par de faux prêtres. Nul ne sut d'ailleurs en quels lieux se joua cette terrible comédie ! Comblée, la « comtesse Orlov » se mit à déployer toute l'énergie qu'elle avait naguère utilisée à séduire les hommes pour partir à la conquête de « son » empire. Le couple alla s'installer à Livourne où Aurore s'ingénia à signer des décrets et proclama haut et fort son illustre naissance, soutenue par Orlov qui poussa le luxe jusqu'à lui trouver des alliés. Un beau jour de printemps, elle fut conviée par l'amiral Grieg à visiter l'escadre russe qui mouillait dans la rade. La « princesse Tarakanova », enfin reconnue, savourait déjà son apothéose. Parée de ses plus beaux atours et forte de la protection de son époux, c'est en souveraine qu'elle monta à bord du vaisseau amiral. Une haie d'honneur salua son passage, tous ses partisans l'acclamèrent, jetant des fleurs sous ses pieds, et les marins au garde-à-vous honorèrent son arrivée avec tout l'apparat qui s'imposait. A peine eut-elle goûté son triomphe que le navire appareilla et que de rudes bras se saisirent de sa jolie personne. Implorant Orlov du regard, elle eut la douleur de constater que l'homme dont elle croyait être la femme n'était plus qu'un geôlier glacial et sans pitié.

Le voyage fut long jusqu'à Saint-Pétersbourg. Entrée en Russie en mai 1775, non pas en reine mais en criminelle, la fausse Aurore fut jetée dans un cachot de la forteresse Pierre-et-Paul, où elle mourut de phtisie au cours de l'hiver. Mais jusqu'à son dernier souffle, la fausse princesse refusa de livrer le secret de ses origines.

Potemkine fut blessé par les honneurs accordés au comte Orlov. Cet hiver 1776 fut donc une période difficile pour l'impératrice, l'hiver de sa passion déclinante. Catherine, comme si elle était une vraie Russe, emmena souvent Grigori Potemkine se promener le long des murailles de brique rouge sang des monastères. Elle savait qu'il était dévot et passionnément intéressé par l'histoire de l'Eglise. Main dans la main ils avançaient dans la neige fraîchement tombée, les carillons des hauts clochers rythmaient leurs pas de leurs sons aigus et tristes. Apparemment, leurs rendez-vous semblaient toujours aussi délicieux. Catherine l'accueillait sur des sofas dorés, vêtue d'un seul caftan court bordé de zibeline dans le style des khans tartares, respirant avec délice l'odeur humide de l'air hivernal de la Néva qu'on lui apportait du dehors en entrant dans la pièce. Avec les gestes d'un homme sûr de sa vigueur, il ôtait sa pelisse recouverte de neige. Quand il l'avait déshabillée, il ne l'avait pas prise tout de suite mais l'avait d'abord chaussée de ses pantouffes de cygne. Il lui avait aussi apporté le peigne d'écaille avec lequel elle aimait fixer sa longue chevelure, portant sa main devant sa bouche pour étouffer un bâillement. Il aimait rester à genoux à son côté dans la pénombre et redevenait alors l'amant vigoureux dont elle désirait tant les caresses.

Pourtant, lui, habituellement si volubile, demeurait silencieux. De plus en plus souvent, il mettait lui-même fin à cette griserie, lui proposant de faire des promenades à travers Saint-Pétersbourg. Ils aimaient s'y retrouver en communion dans cette ambiance profondément russe des églises de la capitale. Le faible scintillement des bougies, si visible dans la froide obscurité, jetait une lumière mystérieuse sur le vieil or des icônes et des dalles funéraires.

Mais, de jour en jour, Potemkine devenait plus changeant et plus capricieux. « Pour toi, écrivait Catherine, la tranquillité est un état d'âme absolument insupportable. »

Au cours d'un dîner en tête à tête avec son neveu Engelhardt, alors que, d'humeur gaie, il plaisantait, il s'assombrit soudain et déclara :

« Peut-il y avoir un homme plus heureux que moi ? Tous mes souhaits, tous mes désirs ont été exaucés comme par une sorte d'enchantement. En un mot je suis comblé. J'ai voulu avoir des titres, j'en ai, j'ai voulu avoir des décorations, j'en ai, j'ai voulu jouer et j'ai perdu des sommes ahurissantes, j'ai voulu de belles demeures et j'ai eu des palais, j'aimais les beaux objets et j'ai eu les collections les plus rares. » Ce disant, il s'empara d'une assiette et la brisa avant de s'enfermer dans sa chambre.

Souvent Potemkine appelait Catherine à son secours. « Mon mari chéri m'a demandé : Où puis-je aller, que dois-je faire ? » lui répondait-elle alors en mentionnant leur lien sacré, afin d'apaiser sa dépression.

« Mon cher époux bien-aimé, venez me voir tout de suite et je vous accueillerai comme toujours les bras ouverts... » Le beau général n'était plus aussi amoureux qu'avant ; il allait et venait, faisant tout pour entraîner une rupture sans jamais révéler son intention. En 1776, les diplomates étrangers, notamment un attaché de l'ambassade française à Saint-Pétersbourg, Marie-Daniel de Corberon, rapporta à son gouvernement qu'« une tempête » était en train d'éclater dans les corridors dorés des palais impériaux russes. Si Catherine avouait : « Mon grand amour pour toi m'effraie, tant pis, je trouverai le moyen d'y résister », elle formulait déjà une menace lourde de conséquence : « Je tâcherai de cacher mes flammes... »

Quelques mois encore, elle tenta de garder son amant en évitant que les forces obscures de la raison d'Etat ne se mêlent à ce drame. « Ne mélangeons pas les affaires d'Etat et les affaires de cœur », écrivait-elle.

Alors que de 1774 à 1775 il n'avait pas quitté Catherine un seul jour, Grigori disparut de Saint-Pétersbourg du 21 mai au 2 juin et du 20 juin au 24 juillet 1776. Alors qu'un soir Catherine avait accompagné Grigori dans son palais, une toute jeune fille fine et élancée, encore coiffée d'un grand chapeau de velours rouge et vêtue d'un manteau de fourrure de Sibérie, les accueillit dans le vestibule. Elle s'inclina devant la souveraine, puis, jouant avec le ruban de son chapeau, fixa sur Potemkine un regard d'une éblouissante splendeur et se précipita pour l'embrasser. Catherine s'adressa alors à Grigori :

— Je ne vais pas rester. Nous avons fait trop de

choses aujourd'hui, mon ami, dit-elle d'une voix presque indifférente en le prenant par le bras.

Sans s'opposer au désir de l'impératrice, Potemkine la raccompagna à sa voiture. Elle se glissa dans son carrosse et émit un léger soupir.

— Qui est cette jeune personne qui t'a accueilli si chaleureusement ?

— Ce petit papillon est ma nièce, Barbe Engelhardt ; Catherine, tu devrais avoir honte d'imaginer je ne sais quoi, ajouta-t-il en fermant la portière.

Le palais luisait dans l'obscurité bleue de la nuit hivernale. Jetant un regard furtif sur les cathédrales de la perspective Nevski déserte, Catherine fit arrêter son carrosse devant les portes ouvertes d'une petite église illuminée d'où montaient, tristes et poignantes, les voix d'un chœur de jeunes filles. Eprouvant un sentiment de désespoir, elle eut une irrésistible envie d'y pénétrer, mais, troublée par le souvenir du regard perçant de la nièce de Potemkine, elle ne parvint pas à prier. Elle cacha son visage dans son manteau puis ressortit de l'église en se signant trois fois. Dans sa tête caracolaient les souvenirs de sa passion avec Grigori, la chaleur obscure de leurs premiers baisers. Le silence n'était troublé que par le léger martèlement de l'horloge.

Avant de dormir, Catherine revoyait leurs promenades à travers les rues de Saint-Pétersbourg ; sublimes instants de bonheur où la brûlure radieuse du soleil contrastait avec le froid venant des tripes mêmes de cette Russie qu'elle s'était mise à aimer.

Cette nuit-là, une tempête se déchaîna sur le pays, comme si tous les démons de la Russie s'étaient réveillés.

Potemkine fit visiter son palais à la jeune Barbe qui devait y séjourner quelque temps en compagnie de son frère. Il lui expliqua la provenance des tableaux et des icônes qu'il collectionnait. Depuis son enfance, Grigori était un croyant fervent. Mais, devant les icônes ornées de leur revêtement d'argent, tous deux préférèrent tourner leurs yeux vers les fenêtres où, derrière les vitres, dansaient des rameaux blancs secoués par le vent.

— Il est temps que vous alliez vous reposer, mon oncle, dit la jeune fille. Ayant entendu un léger bruit, la jolie Barbe se précipita dans le salon voisin d'où s'échappait une odeur de cierge éteint. Elle grimpa sur un tabouret et ralluma la chandelle qui était tombée puis s'enfuit avec précipitation.

Potemkine resta silencieux. Catherine commençait à décliner, se disait-il, se souvenant de son visage aux pores dilatés cachés sous une épaisse couche de poudre. Il alla dans sa chambre et s'allongea sur son lit sans parvenir à trouver le sommeil. Songeant à ce corps si jeune, à cette petite poitrine ferme, il perdait la tête. Soudain, une force irrésistible le poussa presque malgré lui dans la chambre de Barbe. Il entra sans même frapper. Médusé, il contempla sans bouger la jeune fille. Elle était encore plus belle que ce qu'il avait pensé, son visage angélique contrastant avec ses hanches qui étaient déjà celles d'une femme, voluptueuses et rondes. Il laissa dériver sur ce corps un regard ivre et impudique.

L'attendait-elle ? A la vue de son visage serein, il comprit qu'elle dormait vraiment. Quand il s'empara d'elle, elle ne se débattit point ni ne pleura et s'offrit de bonne grâce aux caresses de son assaillant.

Le lendemain, Potemkine prit seul son petit déjeuner. Le souvenir des lèvres cerise de la jeune fille le transperçait si fort qu'il restait bras et jambes coupés, se sentant aussi mal à l'aise vis-à-vis de son impératrice que de sa nièce. Il regarda la Néva à travers la fenêtre. Après la tempête qui avait soufflé toute la nuit, la matinée était paisible et ensoleillée.

Catherine n'allait pas être dupe. En raison de son intensité même, sa passion physique n'avait certes pu durer. Cependant, croire qu'elle allait répudier son époux secret était mal la connaître. L'impératrice était prête à perdre un amant sans pareil mais jamais son complice, son ami préféré, son époux chéri avec qui elle gouvernait à Saint-Pétersbourg et qui lui écrivait encore : « Mon âme sans prix, tu sais bien que je suis tout à toi et que tu es la seule. Je te suis fidèle jusqu'à la mort. C'est pour cette raison que je défends tes intérêts mais aussi parce qu'il me plaît de le faire. La chose qui m'est la plus agréable est de te servir et de t'être utile. Ayant fait tout pour moi, tu n'auras jamais à le regretter. »

En politique comme en amour, il ne faut pas moins de talent pour garder ses conquêtes que pour les obtenir. Certes, Catherine était une femme de feu et ne pouvait passer plus d'une heure sans Potemkine. Mais elle était aussi une femme de tête. Ne lui avait-elle pas déjà annoncé, au mois de décembre 1775 : « Je suis tellement comblée par tes caresses et bien sûr c'est mon réconfort, mais tout passera, même ma sensualité sans fond et que restera-t-il...

Seul l'amour pur ! »

Avant de lui rendre la pareille, Catherine employa toute son intuition et toute son intelligence à ce que la situation ne devienne pas irréversible. Elle maîtrisa son instinct de domination, à la fois féminin et impérial. L'impératrice consentit même à donner le rang de dame d'honneur à la nièce de Potemkine. Catherine savait pertinemment qu'affronter son amant sous l'emprise de la colère risquait de les pousser l'un comme l'autre à commettre l'irréparable. Aussi préféra-t-elle avoir une explication — non pour rompre définitivement, mais pour renouer le dialogue.

Elle décida de mettre en scène ses sentiments, de les théâtraliser, pour ainsi dire, dans le décor sublime de Saint-Pétersbourg.

Par deux fois le prince se fit prier avant de se rendre au palais d'Hiver sur l'invitation de l'impératrice. Finalement, son traîneau glissa sur la neige qui recouvrait les pelouses du palais.

En quelques mois d'absence, il avait perdu l'habitude des salles illuminées. Son œil unique avait peine à accommoder les irradiations diffuses des miroirs, des ors et des pierreries derrière les reflets des centaines de chandelles. Son arrivée provoqua un murmure. Un élégant costume militaire seyait à sa haute taille svelte. Sur ses puissantes jambes tombait une veste bordée de renard bleu de Sibérie. Ses traits, comme le dira plus tard Catherine, « semblaient modelés pour l'or ou le bronze d'une médaille ».

Potemkine, lui aussi, avait bien préparé son retour à la cour. Il avait pris soin de s'entourer de six magnifiques nègres enturbannés de blanc, vêtus d'amples pantalons roses, serrés à la taille par une ceinture faite de pièces d'or, et de tuniques de soie verte.

L'impératrice éblouie ne laissa rien paraître de son trouble et, pour éveiller la jalousie de son amant, invita un jeune prince circassien à la taille de guêpe et à la poitrine vaste à prendre place auprès d'elle pour le souper.

La fête battait son plein.

Un tableau vivant composé en l'honneur de la tsarine rappelait les moments les plus glorieux de l'histoire de la Russie. On passa ainsi devant un moine à la barbe épaisse en grande conversation avec un ours dressé qui semblait l'écouter avec attention. C'était Serge de Radonège, père spirituel et saint patron de la Russie qui, au XIVe siècle, avait, de son ermitage dans la forêt, ranimé les forces religieuses du pays. Plus loin, on pouvait voir des Cosaques zaporogues rédiger, avec force éclats de rire, la fameuse lettre dans laquelle ils précisaient aux Turcs qu'ils ne se soumettraient jamais au pouvoir de la Sublime-Porte et resteraient fidèles à la couronne impériale. Là, un aigle d'or lançait un éclair fulgurant sur une horde de loups figés dans un sommeil éternel.

Derrière le fauteuil impérial, contre le marbre blanc, une immense gerbe d'orchidées s'épanouissait comme un gigantesque feu d'artifice végétal.

Faisant une entorse au protocole, Catherine demanda, après le dîner, que l'on préparât son traîneau à cinq places et invita Potemkine à la suivre. Les pieds au chaud dans une chancelière de peau d'ours, sa pelisse de velours doublée de zibeline la protégeant jusqu'au menton, l'impératrice pressait son manchon sur sa poitrine. Le long de la Néva, elle exposa à Grigori les transformations qui s'étaient opérées en elle.

Si elle avait renoncé à la possession exclusive, Catherine ne pouvait se passer ni de lui ni de leur complicité ; aussi était-il temps de déposer les armes et de construire de nouvelles relations.

Quelque temps plus tard, Potemkine recevait ce billet : « Aujourd'hui, si la fièvre ne te retient pas chez toi et que tu reviens me voir, tu remarqueras des changements dans mes appartements. »

Depuis le début de l'année 1776, l'impératrice, lasse du caractère angoissé et de la froideur de son époux, s'était rapprochée de son jeune secrétaire, le comte Zavadovski, que Potemkine lui avait lui-même recom-

mandé. Antoine Leroy-Beaulieu mentionna : « La tsarine demeurait européenne jusque dans ses vices. »
Catherine désirait réunir la passion et l'équilibre ;
étrange dialectique où coexistent romantisme et
sagesse, durée et coups de foudre.

Désormais, Catherine et Potemkine établirent un
contrat insolite laissant à chacun sa liberté sensuelle
tout en demeurant unis par la complicité et le partage du pouvoir. Mais cet accord tacite allait encore
au-delà, car il impliquait aussi le partage des désirs,
des envies et des fantasmes. Potemkine donnera son
aval quant au choix de tous les amants de Catherine
excepté pour le dernier, Platon Zoubov.

Sachant partager, l'impératrice et le prince récom-
pensaient largement le troisième larron. Tous les favoris étaient ainsi intégrés dans le cercle du pouvoir à
Saint-Pétersbourg et aidaient Catherine à renforcer la
stabilité de son trône. En amour comme en politique,
elle sut utiliser les hommes expérimentés comme les
jeunes garçons emplis d'énergie et d'ambition ; ainsi
s'en ouvrira-t-elle plus tard, dans une de ses lettres
à Grimm : « Pour moi aucun pays ne manque
d'hommes, le problème n'est pas de savoir les trouver mais d'utiliser ceux qu'on a sous la main... »

Le véritable stratège de cette alliance instaurée à
Saint-Pétersbourg sera en fait Potemkine. Le gigantesque pouvoir qu'il détenait suscitait la jalousie et la
haine. En effet, dans les affaires d'Etat, c'était bien
souvent lui qui décidait. On l'a représenté ambitieux.
Rien pourtant ne le satisfaisait totalement ; ni l'argent,
ni la puissance, ni même l'amour.

Fut-il un éternel inquiet, un romantique avant
l'heure ? En tout cas, cet homme d'Etat avisé fut
incontestablement le véritable inventeur de l'empire
de Russie, devenu sous le règne de Catherine un des

plus puissants d'Europe. Sous le commandement de Potemkine, la Russie élargit considérablement ses frontières. Celui-ci forma une alliance avec Frédéric II de Prusse contre les Polonais, accusés de persécuter les luthériens et les orthodoxes. La Turquie dut céder à la Russie la Crimée et tout le littoral septentrional de la mer Noire. Potemkine obtint de Catherine les pleins pouvoirs pour entreprendre des travaux sans précédent dans des régions désertiques.

Le pacte implicite conclu entre Catherine et Potemkine signifiait donc que chaque favori se devrait de défendre les intérêts du prince. Désormais, l'impératrice « institutionnalisait », pour ainsi dire, l'existence de ses favoris qui allaient être traités comme de hauts fonctionnaires de la cour de Saint-Pétersbourg, voyageant avec elle dans son carrosse et sans cesse à son service.

Catherine voulait toujours prouver qu'il n'y a pas d'âge pour l'amour. En appelant ses jeunes amants « ses enfants », elle acceptait d'être regardée en mère, mais elle les aurait rejetés sans tarder s'ils avaient commencé à la considérer comme une sœur... Elle répétait à ces jeunes favoris : « Je n'en suis pas moins convaincue que tout ce que tu entreprendras de ton plein gré ne serait attribué à un autre motif que ton zèle de servir ta patrie... Je tiens à conserver les hommes zélés. » L'intérêt tout à fait rationnel de la grande impératrice est perceptible à travers ces mots, il l'est encore plus si on analyse bien les personnalités de ses favoris qui étaient toujours des jeunes gens sans fortune, sans famille, sans parents influents.

Aucun de ces favoris, même Zoubov — le dernier — qui prit un grand pouvoir à Saint-Pétersbourg après le décès de Potemkine, ne joua un rôle autonome.

L'esprit de ces rapports fut tout à fait caractéristique

dans le cas d'Alexandre Lanskoï qui, lui, n'eut pas le temps de s'enorgueillir de sa position. C'était un jeune homme de vingt-deux ans sans fortune non plus. Il devint l'aide de camp attaché au service du prince, mais cette fois-ci l'attachement de cette femme de cinquante ans à ce tout jeune homme semblait plus puissant.

Durant quatre ans, sa fidélité au prince fut sans faille. Dans ses lettres adressées à ce dernier, Lanskoï ne l'appelait jamais autrement que « mon oncle », ne cessait de regretter son absence à la cour et l'informait toujours des états d'âme de l'impératrice comme de son état de santé. Sa mort subite le 26 juin 1784, alors qu'il était âgé de vingt-six ans, suscita un vif chagrin chez Catherine. La rumeur attribua sa disparition à l'abus d'aphrodisiaques, mais les rapports médicaux laissent plutôt penser à une diphtérie qui l'emporta en six jours.

Nous disposons aujourd'hui du témoignage de Catherine, adressé au baron Grimm : « Mon bonheur n'est plus là. J'ai pensé que je ne pourrais pas survivre à cette perte irremplaçable. J'avais espéré qu'il serait mon réconfort dans la vieillesse. Il a travaillé son éducation d'une manière si assidue, il obtenait d'importants succès. Il absorbait mes goûts. Je ne puis ni dormir ni manger, tout en moi est angoisse désespérée, je n'ai même plus la force d'écrire. Je ne sais ce que je vais devenir. »

La grande impératrice se barricada dans un pavillon de Tsarskoïe Selo, ne voulant recevoir personne.

Afin d'éviter une crise au sommet de l'Etat, ses conseillers convoquèrent alors... Potemkine. Celui-ci la réconforta en « hurlant » avec elle — bien plus, selon l'ambassadeur d'Autriche Cobenzl. A son côté, Potemkine reprenait son rôle de mari affectionné.

Confirmant que, dans la vie, rien n'est définitif, elle se tourna vers celui à qui elle pouvait se livrer sans craindre le reproche : « Viens me choyer, me réconforter. » Et il était le seul à pouvoir le faire, à la comprendre. Le prince avait sa méthode pour consoler la grande impératrice. Il l'écoutait sans l'interrompre. Il savait qu'elle aimait donner de l'amour quand elle triomphait, mais aussi combien elle avait besoin d'être aimée lorsqu'elle souffrait.

Tout en restant son complice de cœur, il l'aida, en cette seconde moitié du XVIIIe siècle, à faire naviguer le navire de l'Empire à travers les mers agitées de l'Europe. Après avoir été l'amant vigoureux, il agissait désormais en grand chef de guerre. Son action dans le sud de la Russie était primordiale pour Catherine, car elle y voyait une étape importante dans la réalisation de son projet d'accession de l'Empire russe à la Méditerranée, au détriment de l'Empire ottoman.

En ces années 1790, Saint-Pétersbourg était préoccupée par les transformations de l'Europe à la suite de la Révolution française. La propagation des idées révolutionnaires était devenue pour elle une véritable obsession. Elle pensait même que Potemkine sous-estimait ce danger.

Alors âgée de plus de soixante ans, Catherine hésitait pour la première fois à faire part à son époux de l'arrivée dans sa vie d'un lieutenant de la garde montée. Elle avait rompu avec leur pacte secret : Potemkine devait avoir droit de regard sur les choix de son épouse.

Les espions du prince à Saint-Pétersbourg s'empressèrent de l'informer de la présence du nouveau favori, Platon Zoubov.

Si l'impératrice guettait les réactions de son époux, Potemkine avait d'autres préoccupations. Il est vrai que l'arrivée du jeune homme pouvait changer l'équilibre des forces politiques en sa défaveur ; cependant, il savait que, dans les moments fatidiques, la force et la volonté seules faisaient la différence. Il ne s'agissait plus pour lui d'accomplir de tendres performances mais de gagner les grandes batailles qu'il offrirait à son impératrice, pour la gloire de l'Empire.

Les victoires de l'armée et de la flotte russes contre la Sublime-Porte allaient priver ses adversaires de la moindre possibilité d'affaiblir son autorité. Potemkine, à ce moment-là, se révéla fin diplomate. A la suite de la Révolution française, les relations franco-russes s'envenimaient. Sentant l'affaiblissement de la Russie, on commençait, dans les cercles dirigeants de Berlin, à évoquer la déposition de l'impératrice au profit de son fils Paul. Si Catherine émit le désir d'utiliser la manière forte pour riposter à ces intrigues ourdies par le roi de Prusse, Potemkine, intuitif, choisit la subtilité ; ce qui entraîna de violentes disputes dans le couple.

Un étrange jeu de miroirs s'opéra alors entre le chef de guerre, insistant sur les compromis, et la femme blessée voulant aller jusqu'au bout de sa démarche de souveraine. Ces scènes ressemblaient fort à des querelles de ménage. L'impératrice pleurait, refusant d'accepter les ultimatums de Berlin ; Potemkine demeurait imperturbable. Il finit par l'emporter en s'alliant... au nouveau favori Zoubov, qui un jour s'étonna qu'il n'y ait pas un seul monument en l'honneur de Potemkine. Ce dernier répondit en riant :

— Il vaut mieux que les gens demandent pourquoi il n'y a pas de monument en l'honneur de Potemkine plutôt qu'ils ne demandent pour quelle raison il y a tant de monuments dédiés à ce prince !

Il est vrai aussi que le futur Paul Ier détestait Potemkine et qu'à la mort de sa mère il alla jusqu'à faire transformer son palais de Tauride, à Saint-Pétersbourg, en écurie.

Peu avant sa disparition, Catherine lui écrivait : « Il me semble que je ne t'ai pas vu depuis un an, il est bien temps pour toi de revenir chez nous. Vraiment mon ami, les ours de vos forêts ne vous apprécient pas autant que nous vous apprécions (dans la même lettre, tantôt elle le tutoie, tantôt elle le vouvoie). Est-ce bien de quitter ses amis et de se retirer dans les forêts vierges ? Avant-hier, en apercevant de lourds nuages, je me réjouissais tant, j'espérais qu'ils vous chasseraient des forêts. Adieu mon cher ami, portez-vous bien. Adieu mon beau Faisan, je vous aime... Adieu. Tristesse... amour. »

Après la mort de Potemkine en 1791, le règne de Catherine dura jusqu'en 1796.

Mais ce chapitre hors pair de l'histoire sentimentale de Saint-Pétersbourg se termina aussi d'une manière inattendue par une sorte d'hallucination collective, à en croire les témoignages des dames d'honneur qui se tenaient dans l'antichambre de Catherine au palais d'Hiver.

Cet automne elles étaient plus attentives que de coutume au moindre appel de sa part car leur souveraine était gravement malade. Elles furent d'autant plus intriguées de voir son imposante silhouette se glisser subrepticement hors de sa chambre, en chemise de nuit, un chandelier de bronze à la main, et se diriger vers la salle du trône, sans un regard pour personne.

Aucune des dames d'honneur n'osa la suivre mais, toutes s'inquiétèrent bientôt de ne pas la voir revenir. Elles commençaient à se reprocher de ne pas l'avoir accompagnée quand retentit soudain, en provenance de la chambre laissée vide par la tsarine, le son grêle de sa clochette d'argent. Interdites, elles se dévisagèrent en silence.

Comment une telle chose était-elle possible puisqu'elles venaient de la voir sortir ? Après un moment d'hésitation, elles se précipitèrent dans la chambre et, à leur grande surprise, constatèrent que Catherine la Grande était dans son lit !

D'un ton agacé, elle leur demanda la raison de tout ce remue-ménage et ses dames lui racontèrent alors ce qu'elles avaient vu. Contrairement à toute attente, Catherine prit leur récit au sérieux et, après avoir revêtu une robe de chambre, ordonna qu'on l'accompagnât jusqu'à la salle du trône afin de tirer la chose au clair. Elle traversa le jardin d'hiver où toute une flore exotique poussait à profusion, puis emprunta les larges couloirs bordés de statues de marbre blanc. Devant une haute fenêtre, elle s'arrêta un moment pour contempler, pensive, la place de l'Amirauté où s'élevaient tant de monuments bâtis sous son règne.

Lorsque Catherine et ses dames d'honneur pénétrèrent enfin dans l'immense salle silencieuse et sombre où la lueur des chandelles faisait briller des reflets d'or et de cristal, elles découvrirent, selon leurs termes, « baigné d'une sorte de lueur phosphorescente, le fantôme de l'impératrice siégeant sur son trône » !

Cette hallucination collective pétrifia Catherine. Elle n'eut que le temps de murmurer « Seigneur, ayez pitié » et s'écroula, évanouie. Emportée dans son lit, les médecins firent tout ce qui était en leur pouvoir pour la tirer de son coma. En vain.

Elle s'éteignit deux jours plus tard, sans avoir repris connaissance.

La grande impératrice laissa le pouvoir à Saint-Pétersbourg entre les mains de son fils Paul Ier, maintenu à l'écart des affaires pendant son règne. Le nouveau tsar, qui soupçonnait sa mère du meurtre de son père, se révéla peu enclin à poursuivre l'œuvre de Catherine, bien qu'un doute ait toujours pesé sur la véritable identité de son père (ce qui fait dire à certains historiens que la dynastie des Romanov s'est éteinte à la mort de Pierre III). Il fut lui-même assassiné, en 1801, au cours d'une révolution de palais.

Le règne de Paul Ier fut donc bref et extravagant. Pendant cinq ans, de 1796 à 1801, Saint-Pétersbourg connut à peu de chose près les tempêtes qui avaient agité le Kremlin sous Ivan le Terrible. En effet, Paul Ier fut considéré comme un demi-fou vendu à la Prusse et à l'Ordre de Malte, dont il avait été grand maître. Une conjuration au sein même de la famille impériale et de la garde avait décidé de le déposer. Une dizaine de jeunes officiers firent un soir irruption dans les appartements du tsar. Ils se précipitèrent dans sa chambre et le tuèrent. Certains conjurés affirmèrent à l'époque que l'héritier du trône, Alexandre, dissimulé derrière une tenture, assista au meurtre, et un des historiens de la famille impériale, le grand-duc Nicolas, n'hésita pas à écrire : « L'héritier du trône connaissait pertinemment tous les détails du complot mais n'a rien fait pour le faire échouer. »

Ce complot qui lui offrit la couronne impériale pesa incontestablement lourd sur la conscience du nouveau tsar Alexandre Ier. Petit-fils de la Grande Catherine, celui-ci fut élevé par elle dans une atmosphère de culture française, entouré d'émigrés qui avaient fui la Révolution. Son précepteur, le philosophe La Harpe, d'origine suisse romande, l'éduqua dans l'esprit des Lumières et c'est peut-être à lui qu'il dut son agnosticisme affiché.

Alexandre Ier succéda donc à Paul Ier en 1801. Le nouveau tsar était très attaché aux valeurs humanistes et progressistes inculquées par sa grand-mère. Au début de son règne, il entreprit un ensemble de réformes libérales et envisagea même l'abolition du servage. Ces velléités n'eurent cependant qu'un impact très limité. En outre, la politique expansionniste de Napoléon Ier allait le détourner des affaires intérieures.

Ce tsar mondain était adulé par les femmes. Doté d'une belle taille, doux et imposant à la fois, son élégance comme son affabilité faisaient l'unanimité à Saint-Pétersbourg. Souvent vêtu de blanc de la tête aux pieds, il avait pour habitude d'humidifier ses culottes de peau pour rehausser l'effet sculptural de son anatomie. Son mariage avec une princesse allemande d'une grande beauté, Elisabeth de Bade, ne l'empêcha nullement d'accumuler les conquêtes féminines. Parmi elles, une belle brune polonaise, Marie Narichkine, fut sans doute son plus grand amour. Elle lui donna une fille qui mourut trop tôt, comme d'ailleurs celle qu'il eut de sa femme légitime.

Ces disparitions ont-elles joué un rôle déterminant dans la quête mystique qui obséda le tsar après sa victoire sur Napoléon en 1812 ? Sans aucun doute, de même que le remords qu'il éprouvait à propos du complot destiné à destituer son père.

Alexandre Ier avait deux défauts : il tirait sa tête fortement en avant et était dur d'oreille. Très superstitieux, il veillait toujours à chausser d'abord son pied gauche, puis, même lors des plus grands froids, il ouvrait la fenêtre et respirait l'air frais pendant un quart d'heure. Il aimait l'exactitude. Il ne se montrait jamais en négligé, sa femme non plus d'ailleurs, et cela même dans un cercle intime. Maniaque de l'ordre, rien ne traînait sur sa table et les papiers qu'il signait devaient toujours être du même format. Son goût de la symétrie allait jusqu'à la bizarrerie ; les meubles des palais impériaux de Saint-Pétersbourg devaient être disposés en un alignement parfait, la beauté régulière des parades faisait ses délices...

De 1805 à 1807, le tsar entra dans la coalition contre la France aux côtés de l'Autriche, de la Grande-Bretagne et de la Prusse. Mais les victoires remportées par les Français à Austerlitz, Iéna, Eylau et Friedland l'incitèrent à négocier une paix séparée avec Napoléon. Les deux hommes se rencontrèrent en juin 1807, à Tilsit, et signèrent un traité, confirmé l'année suivante à Erfurt. Les deux souverains décidèrent notamment de recréer l'Etat polonais avec des territoires pris à la Prusse. Craignant un revirement du tsar au profit de l'Angleterre, Napoléon se lança, sans déclaration de guerre préalable, dans une campagne contre la Russie en juin 1812. Pour compliquer l'approvisionnement de la Grande Armée, qui comptait 600 000 hommes, le brillant général Koutouzov décida de la laisser pénétrer profondément à l'intérieur du pays. La « guerre de la patrie » culmina lors de la sanglante bataille de Borodino où plus de 100 000 hommes périrent en une seule journée. Cette victoire permit à Napoléon d'entrer dans Moscou le 14 septembre. Désertée par ses habitants, la ville fut ravagée par un incendie qui détruisit le ravitaillement et obligea les Français à repartir dès octobre. La retraite de Russie tourna au désastre. Le harcèlement de la cavalerie russe ainsi que l'hiver prématuré et particulièrement rigoureux défirent la Grande Armée. A son arrivée à Vilna, six mois après le début de la campagne, elle ne comptait plus que 40 000 hommes. Les combats héroïques de l'année 1812 marquèrent profondément l'identité russe.

Les armées d'Alexandre se lancèrent alors à la poursuite de Napoléon et pénétrèrent dans Paris le 31 mars 1814. Fort de ce succès, le tsar s'affirma comme le grand vainqueur des guerres napoléoniennes. Le congrès de Vienne, l'année suivante, confirma l'annexion du grand-duché de Varsovie. Dans le cadre de la Sainte-Alliance conclue avec le roi de Prusse et l'empereur d'Autriche, il tenta d'établir un pacte destiné à maintenir la paix en Europe, en conformité avec les principes du christianisme.

Les contradictions de son caractère apparurent nettement à l'heure de sa gloire la plus grande une fois Napoléon vaincu. Accueilli à Paris en 1815 par des acclamations, d'esprit toujours francophile malgré la guerre, le tsar se sentit investi d'une mission de paix à l'égard du peuple français. Cette année, la fête de Pâques tombait le même jour pour l'Eglise orthodoxe et pour l'Eglise romaine, ce qui est extrêmement rare. Alexandre saisit cette occasion historique pour faire célébrer la messe de « réconciliation » de Pâques selon le rite grec, sur la place de la Concorde.

De retour à Saint-Pétersbourg, le tsar, rompant avec ses habitudes mondaines, reprit une vie saine et régulière. Debout à six heures, il s'habillait et prenait du thé avant de descendre dans le parc où l'attendait son fidèle jardinier. Quand, de loin, les cygnes, les oies et les canards apercevaient l'empereur, ils accouraient vers lui en poussant de hauts cris car il avait l'habitude de leur distribuer leur nourriture favorite. Après avoir donné ses ordres au jardinier qui avait eu soin de lui apporter les fruits cueillis au petit matin dans les orangeries, l'empereur remontait dans ses appartements pour recevoir ses ministres et le chef d'état-major des armées impériales. A trois heures, il allait rendre visite à sa mère à Pavlovsk, dînait à quatre heures et, après un thé pris à neuf heures, travaillait dans son bureau. A onze heures, il mangeait des petits-suisses ou des prunes, puis se couchait. Cet emploi du temps rigoureux était souvent perturbé par les fêtes et les bals auxquels Alexandre devait assister. Le 6 janvier, par exemple, l'empereur avait coutume de descendre l'escalier du Jourdain du palais d'Hiver pour la cérémonie de baptême de la Néva. A cette occasion, la ville était en effervescence, avec des parades sur mer comme sur terre. Un vaisseau de cent vingt canons était lancé sur la Néva, devant la cour et toute la ville, on buvait, riait et l'on admirait les hussards de la garde impériale avec leur petite veste courte savamment jetée sur l'épaule gauche. Les festivités duraient toute la nuit à travers tous les quartiers de Saint-Pétersbourg et, au palais d'Hiver, un grand bal clôturait ce jour sacré...

Lorsque Alexandre regagnait sa chambre, ses oreilles résonnaient encore des bruits de cette journée harassante. L'heure la plus noire de son existence lui revenait-elle alors en mémoire ? Entendait-il le pas décidé des hussards qui, dans les couloirs du palais, marchaient contre son père, Paul ? En tout cas Alexandre n'avait rien fait pour empêcher son meurtre et ce souvenir hantait de plus en plus fréquemment ses nuits...

Ce tsar tourmenté, vainqueur de Napoléon, aurait pu marquer Saint-Pétersbourg de son empreinte comme le firent ses illustres prédécesseurs Pierre Ier et Catherine II. Mais ce ne fut pas le cas car le plus grand des génies poétiques russes lui rafla la gloire éternelle.

Aujourd'hui comme hier, aux bords de la Néva partout on murmure son nom : Alexandre Pouchkine.

POUCHKINE
OU LA VOLUPTÉ DES NEIGES

Pouchkine n'est pas seulement un symbole de Saint-Pétersbourg, il est tout simplement un des plus grands Russes. En effet, Pouchkine est le créateur d'une esthétique moderne de la prose et il s'essaya avec succès à tous les genres littéraires. Son œuvre marque le couronnement d'un siècle de maturation de la langue littéraire russe.

Homme des Lumières, Pouchkine scella l'union de l'esprit entre deux siècles, le XVIIIe qui l'inspira et le XIXe qui le façonna. A cette fusion, s'ajoute une autre dimension : le plus grand des écrivains russes fut aussi le plus français. En effet, celui qui exprima au plus haut point la perfection de la langue nationale, la moulant dans une prose et une poésie admirables, fut également celui que ses condisciples surnommaient « Le Français ».

Cependant, c'est surtout Saint-Pétersbourg qui inspira le poète.

Tout commença par des études au lycée que le tsar Alexandre Ier avait fondé à Tsarskoïe Selo en 1811. Sur le domaine offert par Catherine Ire à Pierre le

Grand jadis, le grand palais, merveille du baroque, se dresse non loin.

L'admission au lycée de Tsarskoïe Selo était une faveur accordée à la naissance et au mérite. Le vicomte Eugène Melchior de Vogüé, un des plus fins connaisseurs de la civilisation russe, décrit ainsi ce lycée impérial : « La plupart des noms qui remplissent la première promotion du lycée, celle de 1817, ont marqué le siècle, et en tête les deux plus illustres : Pouchkine, Gortchakof. Tsarskoïe Selo ne fut point un foyer de fortes études. Les maîtres avaient été improvisés sans trop de choix. Je trouvais parmi eux le professeur de littérature, monsieur de Baudry, et sous ce nom se cachait le propre frère de Marat. Il racontait à ses élèves comment "l'Ami du Peuple" avait été méchamment mis à mort par Charlotte Corday, un "second Ravaillac". On découvrit qu'un des maîtres d'étude était un forçat évadé, et qu'il avait sur la conscience quatre ou cinq assassinats... Les lycéens fusionnaient avec des régiments cantonnés comme eux dans la résidence impériale. Ils partageaient les soupers et les frasques des hussards, appliquant de bonne heure aux suivantes de la cour les leçons de Faublas, leur classique de chevet. Cette éducation ne fit pas de savants, mais il souffla tout à coup, sous les mélèzes du parc de Catherine, un vent qui réunit et attisa toutes ces flammes de jeunesse mal dirigées vers la poésie et le patriotisme. »

La guerre contre Napoléon forgea la conscience des jeunes lycéens de Tsarskoïe Selo qui interrompaient les classes pour lire les bulletins de Borodino, de Moscou et de la Berezina. Ainsi, au lendemain de 1812, ces enfants devenaient des hommes, ils avaient vu la superbe levée de poitrines qui avait couvert la patrie envahie. Cette « année terrible » vit la naissance morale de plus d'un élu, parmi les poètes, les penseurs et les hommes politiques du pays.

Ce matin-là, les hautes fenêtres du lycée impérial donnaient sur le spectacle de l'héroïsme : Moscou était menacée et un cortège de régiments traversait le village impérial pour aller défendre le clocher d'Ivan le Terrible qui domine la place des Cathédrales. Les fers des chevaux claquaient sur les pavés, les rayons du soleil brillaient sur les cuirasses, les cuivres de la musique résonnaient dans les oreilles. Devant le défilé de hussards, de lanciers, de cosaques armés de leur pique, l'âme des élèves chavirait. Parmi eux, le plus doué, celui qui s'intéressait plus à la perfection de la rime qu'aux couronnes scolaires, exprima au nom de tous leurs sentiments partagés, cette irrésistible envie qui les saisit tous d'aller mourir pour la patrie.

Alexandre Pouchkine était son nom. Il avait pour aïeul maternel un nègre abyssin, Abraham Hannibal, esclave subtilisé au sérail de Constantinople et jeté en Russie par un corsaire, adopté par Pierre le Grand qui le fit général avant de le marier à une dame de la cour. Son visage était remarquable, de grosses lèvres, des dents blanches et des cheveux crépus. « La goutte de sang tombée d'Afrique dans la neige russe », comme l'écrit Melchior de Vogüé, expliquant cette apparence que l'histoire confirme. Cela explique peut-être certains contrastes et notamment la fougue et la mélancolie unies dans cette nature hors pair. Il avait le don d'écrire, de plaire et d'éblouir.

Déjà l'étudiant Pouchkine frappait ses condisciples par son extraordinaire faculté de créer. On le comparait à Lamartine, il se réclamait de Byron. En matière de poésie, il était comme ce joueur souriant nullement étonné des faveurs du hasard. Dans la roulette russe de la vie, d'abord il n'eut pas beaucoup de chance.

Un père avare et une mère despotique, couple absent qui tôt se débarrassa de lui. Toute sa vie, il dissimulera ces premières blessures sous une insolence sans faille. Quant à la grâce qui l'irradiait, elle était peut-être étrangère à un physique que d'aucuns disaient ingrat.

Et pourtant, ce génie de la poésie fut un génie de l'amour. Le tsar des poètes façonna « l'art d'aimer à Saint-Pétersbourg ».

D'où venait la force de Pouchkine ? Non seulement de son énergie vitale, de son talent généreux, mais aussi d'un esprit véritablement sain, exception dans la littérature russe et rareté chez les poètes. Cependant il était capable d'accueillir toutes les contradictions. Son frère, Lev, disait : « Il était laid, très petit, mais bien fait, admirablement proportionné et fin. Quand il était captivé par une femme, sa conversation devenait irrésistible. » « J'ai rarement connu, affirme-il encore, un homme qui était si absent quand le sujet de la conversation ne l'intéressait pas, mais qui ressuscitait et allumait aussitôt un feu d'artifice de propos étincelants dès qu'une femme apparaissait. »

Mais qu'on ne s'y trompe pas : si Pouchkine séduisait, ce n'est pas par ses vers, mais parce qu'il se jetait tout entier dans la séduction. S'il plaisait, c'était par son authenticité, son feu intérieur. La poésie demeurait son jardin secret. Il ne s'abaissait pas à utiliser cette arme précieuse pour conquérir les cœurs. En revanche, il fut servi dans les jeux de l'amour par une connaissance profonde du caractère féminin, de ses détours, de ses inquiétudes, de ses ambitions et de sa détermination sous des apparences de fragilité.

D'une sensibilité exacerbée, Pouchkine était orienté uniquement vers l'univers féminin. Si les conversations de garçons l'assommaient, le passage d'une jeune fille inconnue sur la perspective Nevski le grisait.

A Saint-Pétersbourg le poète vivait dans un perpétuel éveil sensuel. Il datait sa première émotion amoureuse de ses six ou neuf ans. Sa « belle » n'avait que huit ans seulement ! Dans une lettre à un condisciple il racontait comment elle l'inspirait, quelles étaient leurs étreintes et l'on est étonné de l'audace de leurs gestes au jardin d'enfants. Mais cette étonnante précocité ne serait-elle pas un ajout tardif du poète, particulièrement inspiré par l'éternelle féminité ? Les libertins français, en particulier Parny et Choderlos de Laclos, ont formé Pouchkine bien plus que les professeurs. Si le poète se jetait à genoux devant les femmes avec une telle ferveur, c'est parce qu'une image de perfection le poursuivait, celle du « petit pied ».

Combien de fois dans sa vie, comme dans ses poèmes, son regard fut capturé par la perfection d'un chausson, le pied cambré d'une danseuse, le talon arrogant d'une aristocrate de Saint-Pétersbourg ou les pieds nus d'une jeune paysanne.

A Tsarskoïe Selo, comme tous les lycéens, Alexandre Pouchkine tomba d'abord amoureux de la sœur d'un de ses condisciples, Alexis Bakounine. Elle s'appelait Catherine et était demoiselle d'honneur de l'impératrice. Bien qu'elle ait eu cinq ans de plus que lui, aussitôt le cœur du jeune poète s'enflamma : « Je ne l'ai pas vue depuis dix-huit heures, quelle situation ! Quelle souffrance, mais j'ai été heureux cinq minutes. »

Amour platonique sans doute, mais quelle flamme ! Pouchkine ne parvenait pas à oublier leur échange sur le perron du lycée impérial, ses yeux baissés, son teint pâle, sa robe noire. Pouchkine n'avait que dix-sept ans.

Le lycée de Tsarskoïe Selo était propice aux rencontres. Toute une vie sociale et culturelle était organisée autour des professeurs. Le soir, Engelhardt, le directeur du lycée, recevait dans sa maisonnée les élèves les plus brillants pour des soirées raffinées. La conversation y était élevée, on y jouait du piano et l'on ne se quittait jamais sans avoir fait une promenade au clair de lune près des lacs de la propriété impériale, sous la seule garde des cygnes blancs et noirs. Au début, Pouchkine boudait ces dîners guindés mais bientôt, apprenant l'arrivée d'une jolie veuve, sans doute d'origine française, il se fit très assidu auprès du directeur. Son nom de jeune fille était Marie Charon-Laroze, elle avait perdu son époux et traînait derrière elle une mélancolie passionnante. Pouchkine ne se lassait pas de converser avec elle en français, il l'interrogeait sur Paris et la mode littéraire en France. D'abord altière et indifférente, elle posa enfin les yeux sur ce jeune homme dont l'étrange ardeur la séduisit. Aussi ne fut-il pas long à lui demander de l'accompagner à un pavillon du Palais Catherine de Tsarskoïe Selo. Il ne faisait sombre que vers minuit, la pénombre du couchant demeurait dans la tranquillité du parc immobile. Les nuits de pleine lune, elle se mêlait étrangement à la lumière de l'astre, lui aussi immobile et enchanté. La paix qui régnait partout, la pureté du ciel et de l'air donnaient l'impression qu'il n'y aurait plus de pluie. Cette fois, des baisers furent échangés sous les grands arbres. Pouchkine était persuadé de vivre ainsi des pages entières de Chompré, Crébillon ou Chaulieu. La jeune veuve était malgré tout un peu méfiante, apeurée même, convaincue que son mari voyait tout, derrière les nuages du soir, sur les berges du grand étang découpées par la lune. Peut-être Pouchkine pensa-t-il alors à ces quelques lignes du Livre de la Colombe : « Le soleil est le feu à la face de Dieu, les étoiles tombent de son manteau... La nuit est noire des pensées du Seigneur, l'aurore matinale sort de ses yeux. »

Ainsi la France offrait au jeune homme non seulement les ivresses de sa littérature mais les premières leçons de l'amour à Saint-Pétersbourg, grâce à une femme qui, même si elle se sentait coupable, ne pouvait s'interdire d'enseigner ce qu'il y a de plus beau dans la vie. Mais le destin les sépara bientôt : au terme de ses études à Tsarskoïe Selo, Pouchkine entra au ministère des Affaires étrangères.

En 1817, sorti du lycée où il se sentait prisonnier, le jeune Pouchkine mena à Saint-Pétersbourg une vie désordonnée, fréquentant la jeunesse dorée et frondeuse, les théâtres et leurs coulisses, les officiers de la garde et les cercles littéraires, le monde et les lupanars.

Il cherchait en vain à faire éditer un recueil de ses poésies, mais il n'y avait pas encore d'éditeurs professionnels en Russie, surtout pour les vers russes ! Quelques libraires seulement éditaient parfois des ouvrages savants subventionnés ou des ouvrages à compte d'auteur. Les clients, le plus souvent des aristocrates, lisaient le français, parfois l'allemand, plus rarement l'anglais, mais généralement dédaignaient le russe : leurs bibliothèques étaient essentiellement françaises. Voltaire, Mme de Genlis, Auguste La Fontaine étaient, dans l'ordre, les auteurs les plus fréquemment édités à Saint-Pétersbourg.

Pour les dames du monde de la capitale de l'Empire des tsars, le russe était encore une sorte de patois indigne de leurs salons et de leurs boudoirs. On allait au théâtre français ou au théâtre italien, mais le théâtre russe était bon pour les nourrices.

Mûri par ses premières expériences amoureuses, Pouchkine ne voyait pas d'obstacle à une existence passionnée et dispendieuse. Il n'avait pas encore dix-huit ans, mais était prêt à toutes les aventures. Comme l'écrit Custine dans *La Russie en 1839* : « Saint-Pétersbourg avec sa magnificence et son immensité est un trophée élevé par les Russes à leur puissance à venir. L'espérance qui produit de tels efforts me paraît un sentiment sublime. » Ce sentiment, Pouchkine le partageait.

Au centre d'une place pavée de gris s'élève une haute colonne rose dominée par un ange d'or armé d'une croix. De part et d'autre, deux palais se font face, l'un baroque, l'autre classique. Le premier est vert pâle coiffé de coupoles d'or, le second jaune et surmonté d'un char tiré par son équipage. La place est vaste, ouverte sur des jardins. C'est là que se dirigeait le dandy russe pour un nouveau rendez-vous amoureux auprès d'une flèche dorée et d'un dôme qui semble escalader le ciel gris perle de la capitale.

Pouchkine, que ses compagnons avaient surnommé « la sauterelle de Saint-Pétersbourg », était vu partout, dans les cafés littéraires, dans les salons, dans les coulisses de l'opéra, au détriment souvent de sa réputation. Il fut même vu implorant devant la porte d'une courtisane célèbre. Karamzine, le grand historien de l'époque, écrivit d'ailleurs à ce propos : « A cause de l'amour, il ment à chacun, à cause de l'amour, il se fâche avec tous, à cause de l'amour, il a cessé d'écrire. »

Pouchkine était devenu un Européen à Saint-Pétersbourg. Il arborait une tenue invraisemblable. Coiffé d'un vaste bolivar, cape sombre sur les épaules, un

oignon Breguet dans son gilet, les bottes aussi lui-
santes qu'un miroir, le pantalon crème citron et une
fourrure autour du cou, il entrait tel un héros dans
l'hiver :

« Déjà la nuit tombe. Il prend place
Dans un traîneau. "Gare !" bien fort,
Le cri sonne... Un duvet de glace
Argente son col de castor. »

La folie française était alors à son comble dans la
capitale de l'Empire. Les restaurants les plus prisés
étaient évidemment français et que ne faisait-on pas
pour souper chez Andrieu où la table d'hôte était
fameuse. Et quand Pouchkine levait sa coupe de champagne, c'était avec le breuvage mis à la mode chez les
officiers du tsar par la veuve Clicquot. Celle-ci avait
baptisé la cuvée 1811 « Le vin de la Comète ». Depuis
sa fondation, Saint-Pétersbourg, ce chaînon qui a lié la
Russie à l'Europe, représentait un mélange de langues,
de coutumes et d'habitudes vestimentaires, bien que
l'esprit russe ne cessât de régner sur le tout. Dans
l'architecture de leurs demeures, dans leur ameuble-
ment, les gens riches et bien nés essayaient de copier
les goûts particuliers du faubourg Saint-Germain, mais
tout cela sur une plus vaste échelle, à la mesure de la
Russie. On buvait des vins étrangers, mais le *kvas* et
les *nastoïka* (cidre russe et liqueurs de fruits) se met-
taient toujours sur la table ; les plats français étaient
exigés pour les dîners d'apparat, mais les plats russes
restaient la nourriture favorite. C'est à un Français
encore, l'architecte Montferrand, que l'on doit les deux
chefs-d'œuvre de la ville, la colonne Alexandre et, plus
tard, l'œuvre de sa vie, la cathédrale Saint-Isaac.
    La haute société de la capitale restait opiniâtrement
francisée. Cependant, l'influence française avait bien

changé de visage depuis le XVIIIe siècle. La génération précédente avait été élevée dans les idées philosophiques. Les pères étaient athées, rationalistes et libertins ; les idées du siècle des Lumières français furent abstraites, implantées à Saint-Pétersbourg superficiellement, elles n'avaient pas poussé à l'action la génération précédente. Les enfants du siècle romantique étaient, eux, mus par les sentiments et brûlaient du désir d'agir ; les premiers discutaient et ne faisaient rien, les seconds discutaient tout autant mais cherchaient à s'engager dans l'action. L'historien russe de l'époque, Klioutchevski, expliqua la raison de ce changement psychologique en décrivant deux types fort peu ressemblants de Français appelés à proposer à la haute société une image de la France. Au début du XVIIIe siècle, les précepteurs français en Russie étaient, si l'on peut dire, occasionnels ; peu instruits, ils n'avaient d'autre mérite que celui de parler français. Il y avait aussi les coiffeurs qui, tout en poudrant la perruque d'un grand personnage, évoquaient à celui-ci, en bavardant, l'image d'une certaine France, légère et vulgaire, ou encore les voyageurs plus éclairés qui répandaient, dans les salons de la capitale, des idées libertines.

Vers la fin du XVIIIe siècle, une nouvelle vague de Français découvrit le chemin du pays. C'était des gens que la Révolution avait chassés de leur pays, des aristocrates et des « petits abbés » appartenant à la noblesse. Beaucoup d'entre eux, il n'y avait pas encore très longtemps, professaient les idées des Encyclopédistes et se proclamaient libertins. Mais, l'orage révolutionnaire eut tôt fait de les obliger à revoir leurs positions. Le rationalisme n'était plus de mise et l'idéal égalitaire fort compromis à leurs yeux. Les jeux de salon se soldèrent par des charrettes de condamnés à mort. Ces émigrés, fort bien accueillis en Russie, s'aperçurent avec inquiétude que les mêmes idées qui les avaient conduits en émigration étaient fort répandues dans la société russe. Ce n'étaient plus des figaros badins et les disciples des philosophes qui s'installaient sur les rives de la Néva, mais des abbés assagis, conservateurs et catholiques, décidés à enseigner aux Russes tout autre chose que leurs prédécesseurs. Bien sûr il y avait des Français qui s'affublaient de titres de la plus haute fantaisie — que personne, d'ailleurs, ne songeait à leur contester —, leur sort, en Russie, fut fort divers. Ne parlons pas de ceux qui, au fond de quelque province russe, restèrent jusqu'à la fin de leurs jours précepteurs dans les familles de propriétaires terriens, ou simplement pensionnaires à vie chez des gens riches. A Saint-Pétersbourg, beaucoup de Français devinrent l'ornement indispensable des salons mondains ; ils étaient chaleureusement accueillis dans les régiments les plus huppés, parfois avec des grades élevés, avant même d'avoir fait preuve de leur compétence ; certains épousèrent des héritières de grandes familles et la société pétersbourgeoise étant francophone, ils se trouvèrent vite chez eux. Les Russes, en général, les trouvaient « légers mais charmants ». Le mémorialiste Viguel écrivit : « Les jeunes émigrés qui servaient dans notre Garde et que j'ai rencontrés peuvent être considérés comme la fleur de la France. Ces gens, dont le maître fut le malheur, étaient convenables, modestes, bien élevés et bons élèves. Chacun de leurs jugements, sauf celui qu'ils portaient sur leur révolution, était ou sage ou plein d'esprit. Les vieux "pécheurs", avec leurs cordons et leurs croix de Saint-Louis, étaient "drôles", souvent amusants, les jeunes gens dignes de respect. » L'intégration des Français à la société de Saint-Pétersbourg était d'ailleurs assez rapide. La belle Alexandra Rossetti, d'origine française, n'ayant pas une goutte de sang russe, était devenue en quelque sorte le type même de la grande dame éclairée et typiquement russe du début du XIXᵉ siècle. Après la tourmente révolutionnaire, l'architecture française reprit ses droits et ses influences. Le classicisme et le style Empire russe soutenaient de la même manière l'hégémonie de la grande puissance qu'était devenue la Russie. En 1789 déjà, le futur Paul Iᵉʳ avait acheté 273 dessins d'architecture de Ledoux. Le même Ledoux dédiera son *Architecture* à Alexandre Iᵉʳ en 1804, mais ce fut à un autre français, Fontaine, qu'Alexandre demanda le relevé des « ouvrages d'art dont l'empereur des Français embellit la capitale de son empire ». Le tsar recevra treize fascicules entre 1809 et 1815. Les *Recueils des grands prix d'architecture* que l'Académie de Paris décernait chaque année sont une grande référence des architectes ayant travaillé à Saint-Pétersbourg, qu'il s'agisse des Russes ou des étrangers comme le français Thomas de Thomon. Temples, portique, colonnes, arcs triomphaux scandent le paysage pétersbourgeois. L'urbanisme général de la ville et l'intégration des événements ponctuels dans un ensemble sont dus à l'Italien Carlo Rossi : les grands décors urbains de la place du Palais, les bâtiments du Sénat et du Synode, la rue du Théâtre.

A Saint-Pétersbourg, la fête était partout. Sur la grande Néva qui semblait, le soir, une coulée de métal, les bateaux traçaient un sillage noir. Des rires montaient des navires de plaisance, tandis que des clameurs venaient des barques légères. Sur les places, dans les rues, l'animation se poursuivait tard dans la nuit et à une heure avancée on voyait sortir la foule des jardins publics qui abritaient des théâtres de plein air, des estrades où prenaient place les orchestres dès le retour de la belle saison. Le plus beau des jardins de la ville, Arcadia, possédait deux théâtres dont l'un était un véritable opéra où l'on pouvait applaudir la jolie Mme Vaillant-Couturier. Là, comme dans d'autres théâtres de Saint-Pétersbourg, les pièces françaises faisaient depuis longtemps fureur et tout le monde gardait en mémoire le passage dans la capitale, quelques années plus tôt, de la plus éclatante des actrices du Théâtre-Français, la fameuse Mlle George. Elle resta quatre ans en Russie, impressionnant ses contemporains par son talent et son physique plantureux. Dans *Phèdre*, elle pouvait dévoiler l'opulence de ses formes qui n'étaient pas pour rien dans son succès. Les mauvaises langues avaient beau prétendre qu'elle était aussi magnifique que pesante, elle exerça sur les Russes l'attrait le plus puissant. Elle arriva précédée par une rumeur flatteuse, sa liaison avec Napoléon. La robuste beauté qui, à quinze ans, avait séduit l'empereur des Français fit une entrée plus que remarquée à Saint-Pétersbourg dans l'éclat de ses vingt ans.

Le printemps 1808 fut pour elle le prélude d'une carrière amoureuse bien remplie en Russie. Elle commença par une aventure rocambolesque alors qu'elle était encore à Paris. Les spectateurs, venus assister à sa représentation, commençaient à s'impatienter. Que se passait-il, où était passée l'actrice que tout le monde attendait ? Mlle George était tout simplement tombée amoureuse d'un officier russe qui l'avait enlevée. Ce jeune officier n'était autre qu'Alexandre Benkendorf futur chef de la police de Nicolas Ier et son éminence grise.

Peu après, Benkendorf s'installa quai de la Moïka en compagnie de sa chère Française devenue la coqueluche de tout Saint-Pétersbourg. Sa passion pour elle fit évidemment de lui un abonné au théâtre. Ainsi rencontra-t-il Joseph de Maistre pendant un entracte, qui se déclara davantage impressionné par l'irradiante beauté de la comédienne que par son talent sur les planches.

Ce fut au cours d'une des fameuses nuits blanches de Saint-Pétersbourg que l'empereur Alexandre Ier en personne se fit conduire au théâtre pour assister à une représentation de *Phèdre*. Le tsar était venu incognito, mais dans la loge où il n'apparaissait qu'avec deux familiers, il ne fallut pas deux secondes à Benkendorf pour comprendre ce que signifiait son regard un peu trop insistant. Benkendorf, mieux que quiconque, savait évaluer la variation de bleu de la prunelle du tsar sous le sourcil blond, il s'inclina aussitôt, avec d'autant plus de zèle que l'intérêt manifesté par l'empereur pour sa maîtresse lui offrait l'occasion de se venger de celui qui avait la prétention de lui succéder dans le lit de Mlle George, le noble Narychkine. Grand charmeur, Alexandre, en jetant les yeux sur la comédienne, ne cachait pas qu'à son auguste désir s'ajoutait une curiosité d'ordre historique. En effet, après la rencontre de Tilsit, il lui plaisait de se mesurer à l'autre empereur, celui qui recevait la jeune actrice dans la bibliothèque de Compiègne. Il alla même, dit-on, jusqu'à laisser échapper ce mot : « Je voudrais goûter l'eau au puits même où mon rival déjà s'est désaltéré. »

Telles étaient les mœurs du Saint-Pétersbourg de l'époque, avec ses ragots, ses bons mots, et la licence pour les grands. Mais la grande littérature russe est née ici, sur les rives de la Néva, dans cette ambiance de fête. Les poètes, les hommes de lettres, les pamphlétaires, les journalistes, les membres des sociétés secrètes, tous y allèrent de leurs vers piquants ou de leur strophe vénéneuse. Cependant, personne n'osait s'attaquer au tsar. Pouchkine, si. Sans provocation, emporté par la même fureur de vivre qui l'entraînait à vouloir en imposer et à se battre presque toutes les semaines en duel avec ses meilleurs amis sous les prétextes les plus futiles. Ses compagnons de débauche et les proches du palais, souvent d'anciens condisciples du lycée ainsi que ses maîtres, l'avaient pourtant averti du danger. C'était sans compter sur la flamme et la verve assassine et moqueuse du poète. L'empereur en fut fort courroucé. Ses amis tentèrent d'intervenir. En vain. La disgrâce de Pouchkine est déjà prononcée : il devait quitter Saint-Pétersbourg et aller exercer ses talents dans une administration de province, en Bessarabie. Il n'avait que vingt et un ans.

Au début du mois de mai 1820, Pouchkine partit donc rejoindre son affectation au poste administratif qui lui était désigné par le tsar pour la durée de son exil. « Aux fenêtres, dit-il, c'est une floraison de giroflées et de roses, dans les jardins s'épanouissent les larges solanées que des coquelicots égaient. »

Les femmes qui s'étaient parées avec un soin particulier pour rencontrer le Pétersbourgeois par excellence, le dandy déchaîné, et qui espéraient quelques petits secrets sur les potins de la capitale ou les nouvelles boutiques à la mode, furent un peu surprises. Il n'est rien de mieux qu'un citadin pour convaincre des provinciales des mérites de la campagne comparés à l'enfer de la ville.

Durant les quelques années passées loin de Saint-Pétersbourg, Pouchkine allait connaître l'apaisement, l'amour et la création, l'exil se conjuguant avec un voyage au milieu de paysages exubérants, la découverte de la mer Noire, des aventures radieuses en Crimée. Et ce jeune homme à la vitalité désordonnée découvrira une certaine sérénité sous le soleil du Sud.

Oublié l'insensé qui un jour, par jalousie, en plein théâtre, mordit jusqu'au sang l'épaule de sa « tendre amie », femme d'un gouverneur général ! L'âme bucolique entre les montagnes mauves et les douceurs de la mer, le poète retrouva sa pureté, y puisant un style nouveau. L'amour apparaissait alors comme le secret de la survie. C'est pourquoi sans amour il n'était point de Pouchkine.

A ce propos, laissons encore une fois la parole à Eugène Melchior de Vogüé, le Français qui a tout compris : « Ce Slave a sur toutes choses les idées claires d'un Athénien. Sa mélancolie ne vient pas de l'écrasement russe, de l'épouvante morne sous un ciel livide, triste de voir tant de misère en bas. Elle lui vient du "mal du siècle", et de tous les siècles, de ce que la vie, qui était bonne, a le tort de fuir trop vite, l'amour celui de finir. Par contre, il a toutes les qualités littéraires qu'on ne reverra plus chez les écrivains de son pays. Il est aussi concis qu'ils sont diffus, aussi limpide qu'ils sont troubles, son style châtié, alerte et élégant et pur comme un bronze grec. En un mot, il a le goût, un terme qui après lui n'aura plus guère d'emploi dans les lettres russes. »

Cependant, ce fut la nostalgie de Saint-Pétersbourg qui fit tout d'abord vivre le héros de l'ouvrage qu'il méditait alors : *Eugène Onéguine*, œuvre unique à bien des égards dans l'histoire des littératures, encore aujourd'hui lue, étudiée, commentée, réputée intraduisible, mais traduite en une centaine de langues et qui soulève encore des débats passionnés : chef-d'œuvre du poème romantique pour les uns, premier en date des romans réalistes pour les autres. Cette « petite encyclopédie de la vie » retrace non seulement celle de la capitale de l'Empire mais aussi celle de toute la Russie.

En 1825, Alexandre Ier mourut subitement sans laisser de descendance. Le renoncement au trône du plus âgé de ses frères provoqua une vacance du pouvoir. Un groupe de jeunes officiers, presque tous amis de Pouchkine et acquis aux thèses libérales d'Europe occidentale, tenta alors un coup d'Etat pour évincer son autre frère, Nicolas. La mise à l'écart de Pouchkine dans le midi de la Russie ressemblait bien à de la chance car s'il était resté dans la capitale, il est à craindre qu'avec son caractère passionné il ne se fût engagé à fond dans leur aventure... La révolte échoua et les instigateurs du mouvement, de jeunes officiers passés à la postérité sous le nom de « décabristes » ou décembristes, furent exécutés ou exilés en Sibérie. Ces événements dramatiques marquèrent profondément le nouveau tsar. Résolu à défendre l'autocratie, il combattit toute tentative de changement. Militaire dans l'âme, Nicolas Ier imposa une discipline de fer et créa une police politique contrôlant étroitement la population.

A partir des années 1830 ses convictions fondées sur le devoir, l'orthodoxie et la vénération de la Russie orientèrent les choix artistiques de Saint-Pétersbourg vers une renaissance des formes anciennes. L'exaltation des valeurs nationales devint la source d'inspiration principale. Le tsar voulut associer Pouchkine « à son effort de renaissance nationale ».

Après des enquêtes et une entrevue avec Pouchkine le nouveau tsar le releva de son exil, réconcilia le poète avec le pouvoir et devint son censeur personnel — tout en le soumettant, bien entendu, à la surveillance de la police secrète.

En juin 1827, après sept ans d'absence, Pouchkine

rentrait enfin à Saint-Pétersbourg et retrouvait les amis qu'il y avait laissés.

Il était l'auteur désormais illustre, entre autres, d'*Eugène Onéguine*, inachevé, et de *Boris Godounov*, encore sous forme de manuscrit, qu'il ne pouvait ni imprimer, ni faire représenter. Mais il rêvait d'un livre sur Saint-Pétersbourg, d'un héros d'ascendance aristocratique dont la généalogie aurait perdu toute importance, simplement un humble petit fonctionnaire poète et amoureux parfaitement anonyme. Pouchkine, secrètement, semblait envier le modeste bonheur de l'Eugène du *Cavalier de bronze*, dont le destin n'était que le jouet pitoyable du caprice des grands et de la nature. C'est de ce débat, éternel et universel en dépit de la couleur locale offerte par le Saint-Pétersbourg inondé de 1824 et la statue de Pierre le Grand, que nous fait juge Pouchkine dans ce poème majeur, un des plus beaux de l'auteur.

Célibataire fréquemment amoureux, il associa dans sa vision l'atmosphère de la capitale retrouvée, esquissée dans ses vers, à la silhouette d'une femme aimée, la fille du mécène bibliothécaire Oléline.

Fréquentant les salons de Saint-Pétersbourg, il sacrifiait à la mode et écrivait dans les albums féminins des vers qu'il dédicaçait à d'anciennes passions, ainsi ce sonnet : « Mon nom, pour toi, qu'évoque-t-il ? » écrit dans l'album de Caroline Sobanska, qu'il avait désespérément aimée à Kichinev. Détail piquant, cette jeune dame était la propre sœur de Mme Hanska, future Mme Honoré de Balzac. Balzac et Pouchkine beaux-frères ! On a peine à imaginer ce qu'eût donné pareille réunion de famille !

RENDEZ-VOUS
AVEC LE DESTIN

Âgé de trente ans et grand séducteur devant l'éternel, Alexandre commença à éprouver le désir de créer un foyer : « Mon idéal est une épouse, mon plus grand désir : le repos », écrivait-il dans *Le Voyage d'Eugène Onéguine* en 1829.

Il n'était évidemment pas envisageable pour lui de chercher une fiancée hors du pays car le tsar lui refusait tout passeport pour l'étranger. L'idée du mariage était réellement devenue une hantise quand il se rendit à un bal au début de l'année 1829.

Une belle gelée avait chassé du ciel les nuages qui avaient recouvert l'horizon toute la journée et la recrudescence du froid avait ravivé la blancheur de la neige. Pouchkine monta comme une flèche l'escalier de marbre, remettant en place sa coiffure. La salle était pleine, la musique tonnait. Le bruit, la chaleur, le cliquetis des éperons des cavaliers, les gardes, l'envol des petits pieds des femmes dont le regard de Pouchkine suivait les arabesques, pendant que les violons étouffaient de leur son la médisance jalouse des dames. Le poète ne prêta aucune attention aux splendides uniformes chargés d'or, de broderies et de décorations ni aux habits de gala des hommes. Son regard se concentra sur les femmes qui passaient d'un pas léger, baissant pudiquement les yeux. Il aimait, à l'entrée des bals, les regarder retirer leurs manteaux et voir apparaître leurs épaules. Maussade, il se tenait dans un angle, près d'une fenêtre, dissimulant ses doutes sous un sourire, une lueur hautaine dans les yeux, affectant de ne pas prendre part au divertissement général. De petite taille, maigre, ses mouvements étaient rapides, ses gestes brusques et nerveux.

Soudain, une rumeur admirative parcourut l'assemblée. Pouchkine pensa qu'un membre de la famille impériale avait décidé d'honorer ce bal de sa présence. Mais ce fut une très jeune fille, somptueusement belle, qui pénétra dans la salle.

— Qui est cette splendeur ? demande Pouchkine à son voisin.

— Nathalie Nikolaïevna Gontcharova, mon cher, elle fait ses débuts dans le monde, lui répondit le monsieur en ajustant son frac, d'un air entendu.

Bouleversé par cette beauté romantique, le poète se fit présenter sur-le-champ.

Plus grande que lui, la jeune Nathalie, alors âgée de seize ans, était mince et sculpturale. Sa taille était d'une extraordinaire finesse, sa petite tête « pareille à un lis sur sa tige ». Un léger strabisme donnait à ses yeux verts teintés d'or brun et de gris une lueur énigmatique.

La jeune fille fut moins séduite qu'intriguée par ce petit homme au teint olivâtre et aux lèvres rouges très épaisses. Cependant elle ne fut pas totalement insensible au charme mystérieux de ses yeux gris azur qui égayaient un visage assombri par d'épais favoris et des cheveux bruns frisés.

Dès lors, l'image de Nathalie allait hanter son esprit.

Moins d'un an après cette rencontre, Pouchkine demandait sa main.

En mars 1830, Nathalie et Alexandre étaient officiellement fiancés.

Lorsque le 18 février 1831, se déroula la cérémonie du mariage, l'anneau de Pouchkine tomba de la main de Nathalie et le cierge qu'il portait s'éteignit : « Mauvais présage ! » murmura-t-il à ses témoins.

Dès le lendemain, en effet, les premières frictions apparurent dans le couple. Le poète, ne songeant guère à changer ses habitudes de célibataire, délaissa sa femme pour retrouver ses amis et ne revint que tard dans la soirée pour le souper. La jeune épousée en fut naturellement blessée. A peine âgée de dix-neuf ans, elle pensait trouver un mari attentionné, du moins au début.

A Saint-Pétersbourg on commença déjà à parler de ses soucis : « Pouchkine témoigne les élans de toutes les passions et sa femme l'abnégation, le refus de soi-même. »

Eugène Melchior de Vogüé remarqua : « Le poète avait épousé une personne aussi célèbre pour sa beauté qu'il l'était par son génie, femme de simple race humaine, elle comprit mal ce génie et la passion du dieu qui l'avait ravie. Cet amour africain inspira à madame Pouchkine une épouvante dont elle ne revint jamais. »

Ce couple fut d'une nature complexe, caractérisée par des sentiments ambivalents : complicité et jalousie, respect et dépit, attention et douleur.

Les lettres du poète à sa femme et, surtout, celles de Nathalie à son frère récemment trouvées dans les archives russes l'attestent. L'une d'elles, datant de juillet 1836, fait découvrir l'authentique Nathalie, tendre et compréhensive envers Pouchkine : « Je ne veux en aucun cas perturber mon mari avec tous les tracas quotidiens car je vois combien il est triste, éprouvé. Il n'arrive plus à dormir la nuit et ne parvient par conséquent pas à travailler pour assurer notre existence. Pour créer, il faudrait qu'il ait l'esprit libre... »

Pouchkine n'était pas facile à vivre. Son goût permanent pour l'improvisation et son instabilité créatrice désemparaient souvent son entourage. Nathalie constata vite que cette âme tourmentée pouvait en un éclair passer d'une gaieté presque enfantine à une profonde mélancolie. Elle ne pouvait jamais prévoir quelle allait être sa disposition d'esprit, tant il pouvait changer d'humeur, tantôt timide ou rêveur, tantôt insolent ou boudeur.

Cette dualité ne concernait pas seulement ses rapports avec sa femme. C'était un être énigmatique, à deux visages. Il aimait la compagnie des aristocrates et voulait être populaire ; il allait dans les salons et s'y comportait d'une manière fruste ; il cherchait à gagner les bonnes grâces des personnes influentes et de la haute société mais ne manifestait aucune grâce dans ses façons et affichait une attitude quelque peu arrogante. Il était aussi bien conservateur que révolutionnaire.

Pouchkine n'était pas un mari modèle. Il restait un grand admirateur du sexe féminin et un mari volage. Nathalie, blessée, nourrissait à juste titre des soupçons sur la fidélité de son époux, comme le disait une de ses amies, « parce que la beauté médiocre des autres femmes ne cessait pas de tourner l'esprit poétique de son mari ».

Nathalie laissa souvent apparaître son irritation. Une fois, elle décida de quitter un bal avant son mari, tant elle était ulcérée par la cour assidue que Pouchkine avait faite à la belle comtesse de Krüdener. Quand Alexandre demanda à sa femme quelle mouche l'avait piquée, elle lui asséna une magistrale gifle.

Après leur mariage, Alexandre et Nathalie s'installèrent d'abord à Tsarskoïe Selo où le couple impérial fut agréablement frappé par la grâce de Nathalie et la douceur insolite du poète au côté de sa jeune épouse. Là, Pouchkine fit découvrir à sa femme son pavillon préféré, qui fut le témoin involontaire de tant d'histoires d'amour.

Ils aimaient marcher le long de la façade rehaussée par les célèbres dômes dorés de la chapelle. Une entrée majestueuse, signalée par un arc ou des colonnes, accueillait les visiteurs. Les plantations étaient organisées de manière très soignée et des statues à sujet mythologique ou historique jalonnaient les allées. La statuaire évoquait les leçons du passé ou offrait ses allégories au présent. Mais Nathalie ne pensait qu'à son avenir dans la capitale impériale.

Vint enfin Saint-Pétersbourg.

L'empereur et le corps diplomatique devaient assister au bal auquel furent conviés les Pouchkine. Devant le portail illuminé, des gendarmes faisaient une haie sous l'œil du chef de la police en personne et de dizaines d'officiers de paix. Des voitures avec laquais en livrée arrivaient et repartaient sans cesse. Elles amenaient des messieurs en uniforme chamarré de plaques et de cordons ; des dames vêtues de fourrures et de satin descendaient avec précaution des marchepieds et glissaient, légères, silencieuses, sur le tapis rouge jusqu'à l'entrée du palais.

Presque chaque fois qu'arrivait une voiture, un murmure parcourait la foule et des chapeaux se levaient. Alors qu'un bon tiers des invités étaient déjà arrivés, les Pouchkine en étaient encore à leurs derniers arrangements de toilette. Levée plus tôt que d'habitude, Nathalie avait passé toute la journée dans une fébrile agitation.

Brusquement la foule en émoi s'avança, puis se retira, et, au son d'une fanfare, l'empereur apparut, suivi des maîtres de maison. Il avançait en saluant à droite et à gauche, semblant avoir hâte de fuir cette corvée. Soudain tout le monde s'écarta et Nicolas Ier, souriant, s'arrêta pour saluer Nathalie. Cette attention particulière du tsar était de bon augure et décida de bien des choses. En robe de bal blanche et élégants petits escarpins dorés, Nathalie dansa légèrement penchée en arrière, les yeux baissés. Son bras, ganté de blanc jusqu'au coude, faisait sur son épaule une courbe si gracieuse qu'il semblait le cou d'un cygne.

Mme Pouchkine fit donc grande sensation dans le monde. Tout Saint-Pétersbourg parlait de sa « robe montante de satin », de son « manteau de velours bleu doublé de fourrure », de sa « toilette blanche, de son chapeau rond et de son châle rouge drapé sur ses épaules », de son « costume de prêtresse du soleil », ou encore de son élégante robe blanche, de l'ample mantelet de velours orné de rubans noirs tressés. Ainsi fut-elle admise dans le cercle restreint de l'élite qui fréquentait le palais Anitchkov sur la perspective Nevski, où l'impératrice pouvait se donner librement à sa passion pour la danse. La tsarine exigea même que Nathalie fût présente à tous les bals. En quelques mois, l'épouse du poète se vit attribuer le surnom de Psyché et acquit la réputation de plus belle femme de Saint-Pétersbourg. Partout elle était admirée, aux concerts, aux représentations théâtrales ou aux réunions entre amis. Pouchkine y accompagnait sa femme et ses belles-sœurs, toutes trois éblouissantes d'élégance, de beauté et de finesse.

Mais en quelques mois l'attitude de la bonne société envers le poète changea. Autrefois adulé, reconnu par tout le monde, il était devenu une espèce de prince consort. L'exceptionnelle beauté de sa femme lui avait ravi sa popularité. L'empereur plaçait Nathalie à sa droite dans les dîners tandis que Pouchkine était toujours en bout de table.

La vie du couple fut parsemée de légendes, l'une d'elles concernait les relations particulières qu'aurait entretenues Nathalie avec le tsar Nicolas Ier. La fille qu'elle aura de son deuxième lit laissa entendre que la jeune femme avait été sa maîtresse. Cependant les historiens sérieux sont sceptiques envers cette hypothèse. Ces bruits en disaient long sur l'ambiance de l'époque. Le diplomate français Gallet de Calture, qui vécut longtemps en Russie, décrivait ainsi cette ambiance : « Je ne connais pas d'exemples de mari déshonoré ne tirant pas profit de son déshonneur. »

Ce même témoin demanda à une dame de la haute société :

— Et si le tsar posait son regard sur vous, comment réagirait votre époux ?

— Mon mari, répondit la dame, ne me pardonnerait jamais si je me refusais au tsar.

Pouchkine, qui connaissait trop bien les coutumes de la cour de Saint-Pétersbourg, ne manquait pas de mettre en garde Nathalie : « Ne sois pas coquette avec le tsar... »

La vie quotidienne de l'écrivain avait dû pâtir de cette atmosphère empoisonnée de la capitale de l'Empire des tsars.

LE MYSTÈRE
D'UN DUEL LÉGENDAIRE

Les femmes trouvaient Nathalie « un peu étrange » parce que, entre deux danses, son attitude demeurait taciturne et réservée. Les hommes l'adulaient et lui faisaient des déclarations d'amour. D'ailleurs la jeune femme ne cachait pas à son mari ces signes d'admiration. Peut-être était-ce là une manière de l'inciter à lui prêter plus d'attention.

Quelques mois plus tard, il ne subsistait plus rien de la jeune fille taciturne et timide que Pouchkine avait rencontrée au bal des débutantes de Moscou. On décrivait alors la jeune femme comme une sculpture ou un tableau vivant. Ses toilettes étaient devenues légendaires.

Pouchkine était à la fois fier et jaloux des succès de son épouse. Bien qu'il fût flatté, il restait malgré tout sur ses gardes et lui conseillait de ne pas jouer avec le feu : « Je te remercie, lui écrivait-il, de ne pas jouer les coquettes ; même si je te l'ai permis, mieux vaut que tu n'en profites pas. Je ne te fais pas de reproche. Tout cela est dans l'ordre des choses : sois jeune parce que tu es jeune et règne parce que tu es merveilleuse... »

Le poète agissant en Pygmalion essayait d'éduquer Nathalie, de la façonner comme une œuvre d'art. Il voulait tout et son contraire : qu'elle fasse une entrée sensationnelle dans les salons suivie de regards admiratifs en demeurant froide et inaccessible.

Les rôles s'étaient peu à peu inversés. Ce n'était plus Nathalie qui était jalouse. Sa beauté splendide associée au nom magique de son époux faisait tourner bien des têtes. « J'espère que face à moi tu es pure et vraie et que nous nous reverrons comme nous nous sommes laissés », lui écrivait Pouchkine à cette époque.

Le rythme effréné de la vie mondaine du couple fut tout de même un peu ralenti par la naissance de quatre enfants. Pouchkine, qui n'aimait pas voir s'altérer le physique de sa femme, en particulier pendant les derniers moments de ses grossesses, continuait de lui prodiguer des conseils : « Ne monte pas à cheval et trouve un autre moyen de faire la coquette ; n'oublie pas que tu as déjà deux enfants, que tu as fait une fausse couche avec le troisième, prends soin de toi, sois prudente, danse modérément, amuse-toi un petit peu. »

Nathalie n'était pas seulement une reine de la danse mais aussi une mère attentionnée. Elle s'occupait de la maisonnée, s'efforçait d'équilibrer les comptes d'une administration familiale en déroute et même discutait âprement avec les éditeurs et les libraires. Elle aidait son époux de son mieux.

Finalement, Pouchkine n'avait-il pas trouvé en Nathalie celle qui lui convenait ? Une épouse qui lui apportait le réconfort familial et se transformait en déesse incontestée sur les bords de la Néva.

Quelle destinée difficile à remplir que d'être la femme d'un poète aussi poète que Pouchkine...

En automne 1833, les deux sœurs de Nathalie, Alexandrine et Catherine Gontcharova, vinrent vivre sous le toit des Pouchkine à Saint-Pétersbourg. Le couple se contentait d'un appartement loué dans un immeuble de trois étages, appartenant à la princesse Wolkonski, situé dans les beaux quartiers, sur les berges de la Moïka où habitaient un grand nombre de gens célèbres. Grâce à la restauration de cette modeste demeure effectuée en 1925, nous pouvons aujourd'hui entrer dans l'appartement d'un gentilhomme russe, célèbre, certes, mais aux prises avec de grandes difficultés financières. On y entre par une porte cochère dans un vestibule où se trouvent une table ovale, des fauteuils, un miroir. L'appartement se compose de huit pièces — l'office, la salle à manger, le salon et la chambre à coucher donnant sur le quai ; le vestibule, le cabinet de travail et la chambre d'enfants sur la cour où se trouvent les anciennes écuries du duc de Biron, favori de l'impératrice Anna, au XVIIIe siècle. Il y a encore trois chambres où habitaient les deux belles-sœurs du poète. N'ayant pas assez d'argent pour meubler son appartement au goût du jour, la famille Pouchkine vivait dans des meubles disparates. Meubles hérités ou acquis faisaient bon voisinage avec ceux d'autrefois et se mêlaient à ceux d'aujourd'hui. Dans le cabinet de travail du poète, nous pouvons découvrir l'atmosphère dans laquelle il vivait. Une table très simple recouverte de cuir, la table même où Pouchkine écrivait et sur laquelle nous retrouvons ses objets personnels : un coupe-papier double en ivoire, un porte-billets brodé de petites perles, une clochette, une lampe veilleuse en fer, un bougeoir, en fer également, et un cachet à lettres en fonte, avec l'inscription — A. S. Pouchkine. L'encrier, en bronze, est bien de son époque avec ses pieds

Empire, sa petite urne où poser la plume et l'encrier sur lequel s'appuie un nègre au torse nu. Comme pour démontrer combien le français était répandu, la carte de visite du poète est libellée dans cette langue. Parmi les objets plus anciens, nous trouvons, dans le vestibule, un coffret cerclé de fer forgé, hérité de son arrière-grand-père, le nègre de Pierre le Grand, Ibrahim Hannibal (Pouchkine y gardait ses papiers personnels), une canne, un sabre, souvenir du voyage. Mais Pouchkine n'avait guère le temps de jouir de son appartement car il sortait beaucoup. Ses belles-sœurs étaient en âge de se marier et il devait accompagner partout son épouse et ses deux sœurs. Ces nuits trop longues l'obligeaient à se lever à 2 heures de l'après-midi pour dîner vers 8 heures et ressortir pour toute une autre nuit. Autrefois mondain, Pouchkine désormais s'ennuyait dans les bals de Saint-Pétersbourg. Il ne s'animait qu'en présence de ses admiratrices éprises de poésie, et confiait à ses amis : « Je tourne dans le grand monde, ma femme est très à la mode, cela nécessite de plus en plus d'argent, mais l'argent c'est la création, et la création exige la solitude. »

Pendant l'été de 1834, Pouchkine emmena Nathalie et ses sœurs sur l'île Kamenni. Depuis une bonne dizaine d'années, le labyrinthe de petits îlots par lesquels Saint-Pétersbourg se prolongeait jusqu'au golfe de Finlande était devenu le lieu de villégiature de l'aristocratie pétersbourgeoise. Sur ces îles couvertes d'herbe, de bois et de jardins, sillonnées de ruisseaux, parsemées d'étangs, de lacs et de canaux, avaient surgi de somptueuses datchas et même un théâtre. Il ne s'y passait pas un jour sans que fussent organisés représentation, bal, pique-nique, ou promenade en barque. Aux premiers beaux jours, de longues caravanes de chariots y transportaient canapés, tables et même pianos venant de Saint-Pétersbourg. Les Russes, qui excellent dans les constructions en bois et découpent le sapin avec habileté, avaient fait des maisons des îles des petits bijoux dans le style helvético-moscovite ; on eût dit des chalets suisses en dentelle de bois.

Une promenade très à la mode était celle qui conduisait les élégants sur l'île Krestovski, où, au son de deux ou trois orchestres militaires, on se promenait le long d'une allée très large, recouverte de sable rouge et bordée de bancs peints en vert. Cette allée suivait la berge gauche de la petite Néva (Nevka).

Pouchkine aimait lire paisiblement sur l'immense balcon qui encerclait la datcha. Après des mois de frimas, c'était un voluptueux plaisir que de s'y prélasser au milieu des fleurs, on y discutait, on riait beaucoup, buvait du thé et prenait les repas. Les trois sœurs descendaient souvent dans le jardin où elles brodaient, assises sous les bouleaux. Parfois sa belle sœur Alexandrine obligeait Pouchkine à lire ses poèmes à haute voix pendant qu'elle faisait des confitures à l'ombre des chênes de la petite prairie jouxtant la maison. Nathalie appréciait peu ces moments et déclarait sans ambages : « Seigneur Dieu, que vous m'ennuyez avec votre poésie ! Mais continuez je vous en prie, pendant ce temps je vais jeter un coup d'œil à ma garde-robe. »

Alexandrine fixait alors son regard mélancolique sur Pouchkine, des yeux étranges et étincelants sous des cils noirs...

Sur toile de fond de cette vie sentimentale agitée, le 26 janvier 1834 Pouchkine relatait dans son journal : « Le baron d'Anthès et le marquis de Pina seront admis officiers. La garde impériale proteste. »

Né en 1812, Georges d'Anthès, originaire d'Alsace,

était arrivé à Saint-Pétersbourg à la fin de 1833, espérant y faire fortune. Il était porteur d'une lettre de recommandation du prince héritier de Prusse, le futur empereur Guillaume Ier.

Pendant le voyage le jeune garçon prit froid et s'enrhuma ; d'abord il n'y prit pas garde, comptant sur sa forte constitution, mais le mal empira rapidement et une inflammation aiguë l'obligea à rester dans un bourg perdu d'Allemagne. Les jours s'écoulaient lentement et l'ombre de la mort se faisait toujours plus menaçante au chevet du voyageur solitaire. Abandonné en terre étrangère, il voyait fondre avec anxiété ses maigres ressources... Soudain une animation inhabituelle emplit la modeste auberge. Le patron s'affaira, les servantes coururent en tous sens. C'était le convoi de l'ambassadeur de Hollande, le baron Heeckeren, de retour à son poste auprès de la cour de Saint-Pétersbourg. La rupture d'une berline le contraignait à une halte prolongée. Séduit par le jeune homme, le baron Heeckeren attendit la guérison de d'Anthès pour rejoindre la capitale. Cette rencontre ressemble fort à celle du célèbre aventurier du siècle des Lumières, Casanova, qui, à l'âge de vingt et un ans, rencontra dans les bas-fonds de Venise le puissant sénateur Matteo Bragadin. « Je serai votre femme », avait-il promis à Matteo, avant de jouer alternativement le rôle d'épouse et de fils adoptif de ce dernier.

Les contemporains de Pouchkine présentaient Heeckeren comme un vieillard épris d'un jeune éphèbe aux boucles d'or qui céda pour sa carrière aux assauts du diplomate. Un camarade de régiment de d'Anthès, le prince Alexandre Troubetskoï, fut encore plus précis : « Je ne saurais comment dire s'il était l'amant de Heeckeren, ou si Heeckeren était son amant...

« A l'époque ces rapports étaient très répandus dans

la haute société. A en juger par le fait que d'Anthès courtisait continuellement les femmes, il faut supposer que dans ses rapports avec Heeckeren il avait un rôle uniquement passif. »

Heeckeren adopta d'Anthès et s'occupa de la carrière du jeune homme, préfigurant ainsi les rapports entre Vautrin et Rastignac, mis en scène par Balzac.

Ainsi, d'Anthès semblait-il transgresser les normes sexuelles et séduisait aussi bien les hommes que les femmes, recherchant une série de conquêtes à Saint-Pétersbourg pour assurer son ascension sociale.

Pouchkine devait bientôt rencontrer cet officier affable. Le poète aimait à se rendre dans un restaurant français de la capitale russe, Dumé. Il y appréciait particulièrement les grands crus de Bordeaux et le champagne Veuve Clicquot. Dumé, de surcroît, proposait un savant et raffiné mélange de cuisine française et de cuisine russe. Pouchkine alla s'asseoir à la table de celui dont toutes les femmes murmuraient déjà le nom : Georges d'Anthès.

D'emblée, d'Anthès plut à Pouchkine. Sa conduite avait toujours quelque chose de théâtral. Il transformait en spectacle tout événement quotidien, aimait les mots d'esprit et charmait par des gestes inattendus. Sous cet aspect ils se ressemblaient, car tous deux étaient enthousiastes et spontanés. Pouchkine était amusé par l'esprit frondeur du jeune homme. En effet, en trois ans, d'Anthès reçut quarante-trois réprimandes de la part de ses supérieurs. Les succès de d'Anthès auprès des femmes n'égayaient pas moins Alexandre, lui-même connaisseur en la matière. En effet, ce joli garçon aux boucles blondes et à la taille élancée devint vite l'enfant chéri des dames de la société pétersbourgeoise, très attirées par les Français et la jeunesse. Impétueux, il aimait à se vanter de ses conquêtes. Un jour qu'un camarade de régiment le taquinait à propos de ses succès, d'Anthès répondit avec insolence :

— Mariez-vous et je vous prouverai sur-le-champ ce que je sais faire !

Le jeune homme cherchait donc consciemment la gloire du séducteur. Cette réputation brillante lui assurait une carrière militaire en le plaçant sur le devant de la scène.

Georges d'Anthès rencontra pour la première fois les sœurs Gontcharova dans le parc du palais de Pavlovsk. Le cavalier de la garde ne mit pas longtemps à se rapprocher des trois amazones ; celles-ci faisaient fureur par l'habileté et l'élégance avec lesquelles elles montaient les pur-sang des fameuses écuries appartenant à leur famille. Le bel officier français devint alors de plus en plus joyeux et galant.

Le 31 juillet 1834, les trois sœurs, accompagnées de trois dames, rejoignirent Krasnoïe Selo où le régiment des cavaliers de la garde fêtait la fin des manœuvres. Elles s'apprêtaient à admirer le feu d'artifice au son des fanfares. Soudain une violente averse les contraignit à se réfugier dans le logement du capitaine. Ce soir-là, Georges d'Anthès et Nathalie se trouvèrent en tête à tête, mais n'échangèrent que des paroles banales sans laisser apparaître leurs sentiments et pensées secrètes.

Dès lors, dans tous les spectacles et tous les bals, le jeune officier s'arrangeait pour être aux côtés de Nathalie. Il envoyait de nombreux billets par l'intermédiaire de Lise, la femme de chambre de Mme Pouchkine.

Au début le monde de Saint-Pétersbourg réagit avec indulgence : au fond, rien de neuf. Un admirateur de plus pour une belle et jeune dame n'étonnait guère la bonne société. La moralité héritée du XVIIIe siècle se mesurait encore à cette époque à une aune infiniment plus large : les amours des femmes mariées ne suscitaient pas de scandale. Les billets doux, les serrements de main, les baisers, les étreintes entre une dame et son chevalier servant faisaient partie d'une routine admise. A condition, bien sûr, qu'en public on ne dépassât pas les limites de la convenance.

Cependant, d'aucuns commencèrent à jaser : « Ils sont follement amoureux l'un de l'autre. » Ou encore : « Le baron dansait la mazurka avec Mme Pouchkine. Ils paraissaient si heureux en cet instant ! » Comment tout cela devait-il se terminer, ils l'ignoraient et ne voulaient ni l'imaginer, ni même y penser ; c'était tout aussi inutile que d'en parler. Cependant, chaque heure passée à côté de Nathalie remplissait le jeune Français d'un bonheur indicible.

Sophie Karamzine, l'amie de la famille de Pouchkine, fut un autre témoin de ces démonstrations : « Les yeux errants, fauves et distraits de d'Anthès lançaient des œillades au loin à Nathalie avec laquelle il a fini pourtant par danser la mazurka, et c'était pitié de voir la figure de Pouchkine vis-à-vis, encadré dans la porte, silencieux, pâle et menaçant. »

L'ambassadeur Heeckeren paraissait s'amuser de la situation. L'amour de son fils adoptif, une superbe femme, semblait exciter ses propres sens.

Pour mieux s'approcher de la maison de Pouchkine et détourner les soupçons du mari jaloux, Georges d'Anthès inventa tout un stratagème et entreprit une cour parallèle auprès de Catherine, la sœur de Nathalie.

Rien d'étonnant, dans ce contexte, que Pouchkine fût plus déprimé que jamais. La jalousie, la censure du tsar et les soucis financiers, le manque de soleil et la rigueur de l'hiver qu'il détestait : tout cela était mêlé. En proie à de vifs emportements il provoqua trois duels pour des prétextes somme toute futiles. La mort semblait déjà s'être emparée de son âme. A tel point qu'en mars 1836, quand s'éteignit Mme Pouchkine mère — qui avait été aussi mondaine que sa bru — il choisit sa place auprès de la défunte dans un caveau du monastère situé près des terres familiales.

Constatant avec amertume que la foule changeait souvent d'idole, il ne cessait de dire à sa femme : « Je ne suis plus populaire. » Le tsar, ayant déconseillé l'impression d'une pièce intimement mêlée aux luttes littéraires de Saint-Pétersbourg, chargea officiellement le poète, qui avait déjà fait des recherches d'archives sur la généalogie de sa propre famille, d'écrire l'histoire de Pierre le Grand. Mais à en juger par ses brouillons, Pouchkine avait depuis longtemps songé à écrire une grande œuvre, poème ou roman, dont Saint-Pétersbourg serait le théâtre, les mœurs de la capitale fournissant l'intrigue et les habitants de la ville, les acteurs. Au centre, un héros issu de cette aristocratie qui assiste à la décomposition de sa classe avec une lucidité impuissante, fière, amère, ironique, et, semble-t-il, désespérée. Pouchkine connaissait plus que quiconque le malheur d'avoir de l'esprit, dans un monde qui n'en a guère. Mais en attendant il fallait vivre ou plutôt survivre.

Sa revue littéraire, *Le Contemporain*, ne faisait pas recette et la nouvelle génération des écrivains déclarait qu'il appartenait au passé.

« Où est Pouchkine ? Que fait Pouchkine ? » demandaient alors ses amis et admirateurs.

Si Alexandre confessait à sa femme son désir de quitter l'ambiance malsaine de Saint-Pétersbourg qui mettait ses nerfs à vif et entamait sa légende, Nathalie ne voulait pas entendre parler d'aller vivre à la campagne (d'ailleurs la sœur du poète et son époux insistaient pour qu'on mît en vente la propriété paternelle de Mikhaïlovskoïe où il comptait se retirer).

Ce fut donc à cette époque que le roman vrai de cette vie se transforma en tragédie. La situation financière du couple devint catastrophique. Pour assurer le train de vie de sa famille, Pouchkine s'endettait de plus en plus, mettant en gage non seulement ses affaires personnelles, mais aussi celles de sa femme ou d'Alexandrine. Certes le tsar lui avait octroyé un prêt important, mais le remboursement de cet emprunt retenait la presque totalité de son salaire de *Kammerjunker*.

Dans cette conjoncture, d'Anthès s'insinua dans la vie conjugale de Pouchkine ou, pour être précis, dans la vie des deux sœurs Gontcharova, Nathalie et Catherine. Sa passion pour Nathalie fut-elle réciproque ? D'Anthès le laissait entendre dans une lettre à Heeckeren : « 14 février 1836...

« Nous avons eu une explication, la dernière fois que je l'ai vue, qui a été terrible mais qui m'a fait du bien ; car il s'agissait rien moins que de se refuser à un homme qu'elle aime... et je n'ai pas trouvé un mot pour lui répondre ; si tu savais comme elle me consolait, car elle voyait bien que j'étouffais et que ma position était affreuse, et quand elle m'a dit : "Je vous aime comme je n'ai jamais aimé, mais ne me demandez jamais plus que mon cœur car tout le reste ne m'appartient pas et je ne puis être heureuse qu'en respectant tous mes devoirs", je t'assure que depuis ce jour mon amour a encore augmenté pour elle... Elle et moi ne faisons qu'un... »

Cette déclaration ressemble bien à la réponse de Tatiana à Onéguine : « Je vous aime mais je ne vous appartiendrai jamais... » N'oublions pas que tous deux n'avaient que vingt-trois ans et que le mariage avec Pouchkine avait été arrangé. Même si elle lui demeurait fidèle, Nathalie n'était évidemment pas insensible à la fougue de d'Anthès, miroir de sa propre jeunesse. Elle n'imaginait pas que cette aventure allait tourner au drame.

Le 4 novembre 1836, plusieurs amis de Pouchkine reçurent une étrange missive, un pli adressé à leur nom dans lequel se trouvait une lettre cachetée adressée au poète.

Ecrit en lettres majuscules et en français, le court texte disait ceci :

« Les grand-croix, commandeurs et chevaliers du Sérénissime Ordre des Cocus réunis en grand chapitre sous la présidence du vénérable grand maître de l'Ordre, S.E.D.L. Narychkine, ont nommé à l'unanimité :

M. Alexandre Pouchkine coadjuteur du grand maître de l'Ordre des Cocus et historiographe de l'Ordre.

Le secrétaire perpétuel : comte J. Borch. »

Qui étaient Narychkine et Borch ? Narychkine était l'époux de la maîtresse attitrée du tsar Alexandre Ier et le comte Borch, un homosexuel renommé de Saint-Pétersbourg, marié depuis 1830 à une femme qui, selon le mot de Pouchkine, « couchait avec son cocher ».

Bien entendu, il s'agissait d'une lettre anonyme.

Jusqu'à présent, Pouchkine avait paru rester au-dessus de la mêlée. Cette fois-ci il entra dans une violente colère et se précipita chez sa femme afin d'éclaircir la situation. L'explication fut houleuse. Nathalie reconnut sa légèreté et son indulgence envers l'amour de d'Anthès et déclara à son mari qu'elle avait éconduit le jeune homme. Elle avoua tout de même qu'il ne cessait de la harceler.

Pouchkine refusa d'accabler son épouse. Cependant il réagit en homme de son temps : le même jour, d'Anthès recevait de sa part une lettre de provocation en duel.

Nathalie et ses deux sœurs prirent peur. Elles chargèrent leur frère cadet d'intervenir auprès du précepteur de l'héritier du trône, le très influent homme de lettres Joukovski, afin qu'il tente de dissuader Pouchkine de se battre.

Le même matin du 6 novembre 1836, le poète reçut un court message de l'ambassadeur de Hollande expliquant que son fils adoptif étant en manœuvre, il avait lui-même lu la lettre de provocation en duel et désirait rencontrer Pouchkine à ce sujet.

Après de multiples interventions, Pouchkine accorda à d'Anthès un répit de quinze jours. A bout de nerfs, il ne parvenait plus à rester immobile. Il sursautait à chaque instant, s'irritait des rires des enfants, ouvrait son courrier avec une agitation anxieuse et ne parvenait pas à trouver le sommeil. Le poète arpentait sa chambre les mains dans les poches. Parfois le sang lui montait si violemment à la tête qu'il courait se rafraîchir sous l'eau froide. Persuadé que le duel faisait partie de ses obligations d'homme public et que seul ce duel pouvait sauver son honneur, il était impatient de passer à l'action pour sauver la dignité de sa famille.

Les deux semaines qui suivirent furent marquées par un véritable ballet diplomatique destiné à dissuader Pouchkine. Finalement, en diplomate chevronné, le vieux baron trouva une issue favorable à la détente, en décidant d'Anthès d'épouser Catherine, la sœur de Nathalie. L'ambassadeur de Hollande comprenait bien qu'un tel duel compromettrait non seulement l'avenir de son fils adoptif mais aussi sa propre carrière.

D'aucuns pensaient que d'Anthès redoutait simplement ce duel et voulait y échapper ; d'autres, que l'empereur en personne lui avait suggéré d'épouser Catherine afin de clore l'affaire.

Chacune des trois sœurs vécut la perspective de ce mariage à sa manière. Alexandrine faisait de son mieux pour tenter d'apaiser son beau-frère, Catherine ne voyait qu'une chose : elle ne resterait pas célibataire et allait devenir l'épouse du bel officier français. Nathalie, elle, paraissait agacée par ces préparatifs. Ainsi en témoigne Sophie Karamzine : « D'Anthès a l'air très content, il est même possédé d'une fièvre de gaieté et de folie... Nathalie est nerveuse, concentrée, et a la voix convulsive lorsqu'elle parle du mariage de sa sœur ; Catherine ne touche pas terre de bonheur... Le public s'étonne, mais du fait que les lettres (les lettres anonymes et le cartel) aient très peu transpiré, on explique ce mariage très simplement. Pouchkine seul par son maintien agité, ses interjections mystérieuses à tout venant et sa manière de brusquer et de fuir d'Anthès dans le monde finira par éveiller des soupçons et des conjectures. »

De son côté, d'Anthès, pour calmer le jeu, évitait les Pouchkine et écrivait à sa future épouse : « Je vous aime, ma chère Catherine, et je veux vous le répéter de ma bouche avec cette sincérité qui est le fond de mon caractère... Je suis à vous, vous pouvez en être sûre, et ma conduite vous le prouvera, puisque vous doutez de ma parole. »

Rien ne parvenait à distraire les dames des salons pétersbourgeois des « inconcevables » et « incompréhensibles » fiançailles du beau Français. « Ruiner son avenir pour l'amour d'une femme... quel altruisme, quelle abnégation ! » murmuraient-elles, émues.

Et d'Anthès de devenir un héros romantique tandis

que Pouchkine s'attirait les foudres de la bonne société qui l'accusait de faire preuve d'un acharnement aveugle. Même des amis de Pouchkine se demandaient : « Mais que veut-il donc ? Il est fou ! Il fait le brave. »

A leurs yeux, il aurait dû s'estimer satisfait puisqu'il avait contraint le trop envahissant soupirant de sa femme à épouser « sa laide belle-sœur ».

Quoi qu'il en soit, le mariage eut lieu le 10 janvier 1837 ; le duel semblait oublié. Pouchkine n'assista pas à la cérémonie et Nathalie quitta l'assemblée avant le dîner d'apparat.

Mais l'attitude du jeune Français ne changea pas pour autant. Plus que jamais, il poursuivait Nathalie de ses assauts. A peine marié, il réussit une véritable performance en obtenant un rendez-vous en tête à tête avec elle par l'intermédiaire d'une des amies intimes de Nathalie, la belle Idalia Poletika, qui détestait Pouchkine.

Ce rendez-vous reste un argument majeur contre la jeune femme.

Plus tard, Nathalie elle-même raconta à la princesse Wiazemski qu'à cette occasion d'Anthès sortit un pistolet et menaça de se tuer si elle refusait de se donner à lui.

En public, Nathalie, bien sûr, tentait d'éviter d'Anthès mais ce dernier s'empressait toujours auprès d'elle. A peine arrivait-elle à s'éloigner du jeune homme que son père adoptif surgissait pour lui glisser à l'oreille quelques mots sur l'amour fou de son fils, capable de mettre fin à ses jours. Et, s'indignant de la froideur et de la cruauté de la jeune femme, il alla même lui exposer un plan de fuite détaillé. Que voulait-t-il ? Pousser à bout le poète et son épouse ?

Jouait-il avec ses sentiments pour mieux attiser les siens pour d'Anthès ?

La bonne société pétersbourgeoise faisait des paris : Pouchkine était-il trompé ou non ? Rien n'amusait plus des dames du monde que d'inviter tour à tour à dîner les protagonistes du drame.

Intuitif, Pouchkine était d'autant moins dupe que les bravades de son rival dépassaient les bornes. Ainsi lorsque, s'adressant à Nathalie lors d'un dîner, d'Anthès lui demanda si elle était satisfaite du pédicure que lui avait conseillé Catherine : « Il prétend que votre cor est encore plus beau que celui de ma femme ! » L'assistance nota bien ce calembour...

En toute simplicité Nathalie continuait de tout relater (ou presque) à son mari, aussi lui mentionna-t-elle ce jeu de mots. Fou de rage, Pouchkine, écrivit sur-le-champ au père adoptif de d'Anthès.

« 25 janvier 1837

Monsieur le baron,

Avant tout, permettez-moi de faire le résumé de tout ce qui vient de se passer. La conduite de M. votre fils m'était entièrement connue depuis longtemps et ne pouvait m'être indifférente ; mais comme elle était restée dans les limites des convenances et que d'ailleurs je savais combien sur ce point ma femme méritait ma confiance et mon respect, je me contentais du rôle d'observateur, quitte à intervenir lorsque je l'aurais jugé à propos... Un duel ne me suffit plus, et, quelle que soit son issue, je ne me jugerai pas assez vengé ni par la mort de votre fils ni par son récent mariage... »

Après cette deuxième provocation le duel devenait inévitable.

Pouchkine ne cacha pas à sa femme qu'il se battrait. Quand il demanda à Nathalie pour qui elle pleurerait, elle répondit : « Pour celui qui sera tué... »

Le 27 janvier 1837, Pouchkine se leva d'humeur gaie à 8 heures. Après le thé, il écrivit et déjeuna comme d'habitude à 11 heures, entre Nathalie et Alexandrine. Il ordonna qu'on lui apportât son manteau. Ayant déjà gagné le seuil de la maison, il se ravisa, revint sur ses pas et ordonna qu'on déposât la pelisse dans son bureau. Pouchkine venait de faire marche arrière et de franchir à nouveau la porte de sa demeure. Pour les Russes, c'est signe de malheur. Le poète, lui-même très superstitieux, savait que, dans la symbolique du pays, le seuil de la porte représente une frontière imaginaire entre la vie et la mort.

En ce début d'après-midi, le soleil baignait les pièces de la maison. Il semblait que le printemps précoce de Saint-Pétersbourg n'était pas loin. En marchant le long de la Moïka, le poète fut pris de frissons : mieux vaudrait à l'heure de la rencontre ne pas sortir cette fois sans manteau car un frisson au moment de tirer pourrait lui être fatal. Il se rendit à l'ambassade de France pour rencontrer le diplomate français d'Archiac, le témoin de d'Anthès.

Pouchkine lui déclara sèchement : « Il y a deux espèces de cocus, ceux qui le sont de fait savent à quoi s'en tenir ; d'autres le sont par la grâce du public, leur cas est le plus embarrassant, et c'est le mien. »

Ils discutèrent alors des modalités du duel dont les conditions furent fixées par écrit. « 1. Les deux adversaires seront placés à vingt pas de distance, à cinq pas des deux barrières qui seront distantes de dix pas entre elles... »

Les conditions imposées par Pouchkine étaient d'une sévérité exemplaire : le duel était organisé pour tuer.

Le poète rentra chez lui. Nathalie avait accompagné ses enfants chez des amis. La maison était silencieuse. Vers 15 h 30, vêtu cette fois de sa pelisse, Pouchkine rejoignait son témoin, Danzas, dans une pâtisserie voisine.

Le soleil avait poussé la bonne société de Saint-Pétersbourg sur les monticules enneigés des îles. De nombreuses personnes furent étonnées de voir le traîneau du poète se diriger vers la campagne à cette heure tardive. Le jour commençait à décliner quand le traîneau arriva à la datcha du commandant de la forteresse, lieu du rendez-vous (aujourd'hui encore les admirateurs du poète y viennent en pèlerinage). La neige était si épaisse qu'on y enfonçait jusqu'aux genoux. Pouchkine, assis sur une petite butte, regardait les préparatifs du duel avec une expression de totale indifférence. Il se leva brusquement et dit :

— Eh bien, en avez-vous enfin fini ?

Ayant mesuré le nombre de pas, les témoins jetèrent leurs manteaux sur la neige pour définir les barrières, chargèrent les pistolets et les remirent aux deux adversaires. Le témoin agita son chapeau. Les deux hommes avancèrent. Pouchkine s'était déjà arrêté devant sa barrière, tourné légèrement sur le côté, s'apprêtant à viser.

D'Anthès, lui, n'avait plus qu'un pas à faire pour atteindre le manteau de son témoin, quand un coup sec retentit dans le silence glacé.

Ce fut Pouchkine qui s'effondra. Il mourut le lendemain.

Depuis lors, il est considéré non seulement comme un symbole de Saint-Pétersbourg, mais comme l'une des plus grandes figures historiques de ce pays.

Dans les moments de désarroi, et même devant les terribles tragédies du XXᵉ siècle, les Russes avaient coutume de dire : « Quand il ne reste plus rien, il y a toujours Pouchkine... »

LES VOYAGEURS FRANÇAIS
AU BORD DE LA NÉVA

La personnalité du poète marqua à jamais l'atmosphère de la capitale de l'Empire des tsars. Désormais il y a l'histoire de Saint-Pétersbourg avant et après Pouchkine.

Mais l'énigme de cette ville insolite ne peut pas être déchiffrée sans un texte essentiel de Gogol.

« A l'entrée de la capitale, des octrois, bien sûr, et des gardes-barrières. La souveraine de la capitale, c'est la Néva. Aussi la grande artère où bat le pouls de la cité. Rien n'est plus beau que la perspective Nevski, du moins à Saint-Pétersbourg. Le Nevski est le cœur de la capitale. C'est ici qu'un habitant d'un autre quartier, n'ayant pas rendu visite depuis plusieurs années à un ami habitant les *Peski* ou l'octroi de Moscou, peut être certain de le rencontrer. S'étirant sur une longueur de quatre kilomètres, le Nevski est bordé de magasins aux enseignes multicolores, de l'imposant Gostinny Dvor, centre commercial occupant un vaste rectangle entre deux rues et dont les galeries abritent les promeneurs de la pluie, du palais Anitchkov, de la colonnade de la cathédrale Notre-Dame-de-Kazan... Le Nevski aperçoit, à travers les arcs du Quartier général, la place du Palais ; il côtoie le square où se dresse, sur son coursier, le tsar fondateur de la ville, et vient se coucher au pied de l'Amirauté, après avoir enjambé, dans sa foulée, deux rivières et un canal. Le monastère Saint-Alexandre-Nevski, fondé par Pierre le Grand, s'élance, droit comme une flèche, de la vénérable nécropole. Au-delà du Nevski, il n'y a plus que la Grande Néva qui sépare la cité de l'île Vassilievski. Rien ne vaut l'impression d'un jeune provincial arrivant dans la capitale. Non sans effroi, il aborde la grande ville qui se découvre à son regard neuf et le remplit souvent de terreur. Le Nevski est tout-puissant. C'est la seule distraction de Saint-Pétersbourg, par ailleurs pauvre en promenades. Combien sont propres ses trottoirs, et Seigneur ! combien de pieds y laissent leurs empreintes. Quelle rapide fantasmagorie se passe sur le Nevski dans une seule journée ! Combien de changements ne doit-il pas subir en vingt-quatre heures !

« Commençons par le petit matin. Saint-Pétersbourg tout entier sent le pain chaud ; des vieilles femmes, vêtues de robes et de manteaux déchirés, montent à l'assaut des églises et des passants charitables. Le Nevski, en ce moment, est vide ; les gros propriétaires de magasins et leurs commis dorment encore dans leurs chemises de toile de Hollande, ou savonnent leurs nobles joues, ou boivent leur café. Les pauvres s'assemblent aux portes des pâtisseries où un Ganymède ensommeillé, qui voletait la veille comme une mouche en portant le chocolat, sort, balai en main, sans cravate, et leur jette des tartes rassies et le reliquat des consommations. Les rues sont parcourues par des besogneux. Parfois, des moujiks traversent le Nevski, se dépêchant d'aller au travail dans des bottes si souillées de plâtre que, même le canal Catherine, connu pour sa limpidité, serait incapable de les décrotter. C'est le moment où il serait malséant aux dames de s'y promener, car le peuple russe aime s'exprimer en locutions si fortes que, même au théâtre, elles n'en entendraient pas de pareilles. Parfois, un fonctionnaire à peine éveillé déambule lentement, son portefeuille sous le bras. Puis le Nevski se remplit petit à petit de personnages dont chacun a ses propres occupations ou préoccupations. Les vieux et les vieilles agitent les mains ou se parlent à eux-mêmes, parfois avec des gestes assez éloquents.

« Voyager en voiture postale sur la route de Pétersbourg revient à se donner des jours entiers la sensation qu'on éprouve lorsqu'on descend les montagnes russes, à Paris... Cette fameuse route, la plus belle chaussée d'Europe, au dire des Russes et, je crois, des étrangers, il faut convenir qu'elle est bien soignée mais dure, et l'on tourbillonne dans la poussière avec l'étourdissante rapidité d'un ouragan... Cette route, plus large que les routes d'Angleterre, est tout aussi unie, quoique moins difficile. Et les chevaux qui vous traînent sont petits mais pleins de nerfs.

« Mais personne ne les écoute et ne rit d'eux, si ce n'est peut-être les gamins dans leurs tabliers de coton, portant des bouteilles vides ou des bottes cirées, et filant comme l'éclair le long du Nevski. A cette heureci, de quelque manière que vous soyez vêtu, même si vous avez sur la tête un képi au lieu d'un chapeau, ou si votre col sort démesurément de votre cravate — personne ne le remarque. A midi, sur le Nevski, c'est l'assaut des gouverneurs et précepteurs de toutes les nations, avec leurs élèves aux cols de batiste. Les "John" anglais et les "Koko" français marchent, donnant le bras aux enfants à eux confiés par les parents et leur expliquent avec sérieux que les enseignes, au-dessus des magasins, sont faites spécialement pour que l'on puisse comprendre ce qui est vendu à l'intérieur. Les gouvernantes, des "Miss" pâles ou des "Mlles" roses, s'avancent majestueusement derrière leurs légères et agiles petites filles, leur ordonnant de soulever un peu l'épaule gauche et de se tenir plus droites. Bref, à cette heure-ci, le Nevski est un Nevski pédagogique. Mais plus l'on s'approche de deux heures, plus diminue le nombre des gouvernantes et d'enfants. A la fin, ils sont complètement repoussés par leurs pères, qui s'avancent ayant à leurs bras leurs compagnes bigarrées, multicolores et aux nerfs fragiles. Peu à peu, se joignent aux précédents tous ceux qu'un sort favorable a nanti du titre de "chargés de missions exceptionnelles" et les fonctionnaires du département des Affaires étrangères, qui se distinguent par la noblesse de leurs occupations et de leurs habitudes... Tous ceux que vous rencontrerez sur le Nevski seront des gens "comme il faut". De deux à trois heures de l'après-midi dans la capitale ambulante, sur le Nevski a lieu la grande exposition des meilleurs modèles de l'humanité. L'un montre sa jaquette au col de castor, l'autre exhibe un très beau nez grec, le troisième, de remarquables favoris sur les joues, le quatrième, une paire de très jolis yeux et un chapeau étonnant, le cinquième, une bague talisman sur son petit doigt, le sixième, un petit pied chaussé d'un ravissant soulier, le septième, une cravate époustouflante, le huitième, des moustaches ahurissantes... Mais sonnent trois heures et l'exposition se termine. La foule est clairsemée. A trois heures, tout change. Le printemps refleurit sur le Nevski qui se recouvre des uniformes verts des fonctionnaires. A partir de quatre heures, le Nevski est vide. Une couturière quelconque le traversera en courant, avec un carton dans les mains, un original de passage qui se fiche des heures, une quelconque Anglaise, grande et longue, avec un réticule et un livre en main, quelques artisans, un Russe dans sa redingote à longs pans et à la taille haute, avec une barbiche étroite, qui vit toute sa vie en se pressant et sur qui tout bouge, le dos et les mains, les pieds et la tête, quand il passe poliment sur le trottoir... A peine le crépuscule tombe-t-il sur les maisons et sur les rues que le lampiste, se couvrant d'une natte en grosse toile, monte sur une échelle pour allumer les réverbères et, des fenêtres basses des magasins, surgissent des chimères qui n'osent pas se montrer pendant le jour.

« Le Nevski revient alors à la vie et au mouvement. C'est ce temps mystérieux quand les lampes prêtent à tout une merveilleuse et tentante lumière. Vous verrez alors beaucoup de jeunes gens, pour la plupart célibataires, vêtus d'habits chauds et de manteaux. Les pas s'accélèrent et deviennent irréguliers, des ombres allongées glissent sur les murs et la chaussée et touchent presque de leur tête le pont de la Police. Vous reverrez ici quelques-uns des vieillards qui, à deux heures, parcouraient le Nevski d'un pas majestueux et noble, mais, à cette heure, ils courent tout comme les jeunes et essaient de glisser un regard sous le chapeau de la dame aperçue au loin, dont les fortes lèvres et les fortes joues couvertes de rouge plaisent à bien des promeneurs et surtout aux commis des magasins... En quittant le Nevski et sa cohue, ils découvrent la capitale. Les maisons sont numérotées depuis le XVIIIᵉ siècle ; elles l'étaient jadis d'une façon chaotique. C'est en 1834 que fut prise la décision de les marquer comme cela se fait aujourd'hui, rue par rue, les numéros pairs d'un côté, les impairs de l'autre. A grands frais, on a remplacé les ponts de bois par des ponts de pierre et enfermé les cours d'eau dans des étaux de granit, bien que les rives éloignées du centre soient restées pendant longtemps non aménagées et servant d'entrepôts pour le fret transporté dans la capitale... »

Ce fut cette ville qu'allait découvrir le marquis de Custine en 1839.

CUSTINE OU
LE VOYAGE EN UNE
« LAPONIE BADIGEONNÉE »

Au début des années 1840, furent publiés en France deux ouvrages concernant les deux grandes puissances : *La Démocratie en Amérique* de Tocqueville et *La Russie en 1839* de Custine.

Si l'analyse de Tocqueville revêtait un caractère essentiellement politique, celle de Custine était le témoignage d'un voyageur sensible, démontrant une observation pertinente de tous les aspects de la vie à Saint-Pétersbourg.

De ce voyage de cinq mois et de « près de mille lieues », il rapporta un véritable journal formé de trente-six lettres et d'un résumé de ses impressions sur la Russie en général et sur Saint-Pétersbourg en particulier.

Ce livre, édité en 1843 à la Librairie d'Amyot, demeure un étonnant exemple d'intuition et de justesse du témoignage. Loin de proposer un portrait nuancé, Custine brosse une fresque terrifiante du despotisme régnant à Saint-Pétersbourg.

Avant son départ pour la capitale de l'Empire des tsars, le marquis de Custine (1790-1857) avait déjà une bonne expérience et une bonne connaissance des pays étrangers. Il était allé en Suisse et en Italie (1811-1812), en Angleterre et en Ecosse en 1822 où il rencontra Walter Scott, personnage historique. Stendhal et Sainte-Beuve avaient une haute opinion de ses récits de voyages et de la pertinence de ses jugements. « Vous êtes le voyageur par excellence », lui écrivit Balzac.

Custine se déclarait lui-même possédé par le démon du voyage et disait qu'il ne s'était réalisé qu'en voyageant. Sa devise était d'ailleurs « voir pour savoir ».

L'arrivée de Custine sur les bords de la Néva ne se fit pas sans encombre. Il y subit d'interminables formalités douanières et un interrogatoire des plus soupçonneux sur les raisons véritables de sa venue dans la capitale russe.

« Une séance de cour d'assises », notera-t-il. Voir le pays, lui déclara-t-on, n'était pas un motif de voyage. Et de le questionner sur ce qu'il voulait examiner à Saint-Pétersbourg, combien de temps il comptait y rester, n'avait-il pas une mission diplomatique, publique, secrète, ou encore quelque but scientifique ? Etait-il envoyé par son gouvernement pour observer l'état politique et social du pays, ou par une société commerciale ?

Le marquis ne pouvait guère avouer que les relations personnelles qui l'avaient porté à s'intéresser à Saint-Pétersbourg se trouvaient dans le cercle étroit de l'aristocratie homosexuelle.

Le prince K., une rencontre de voyage sur qui Custine restera discret, l'avait prévenu : « Le despotisme russe, non seulement compte les idées, les sentiments pour rien, mais il refait les faits, il lutte contre l'évidence et triomphe dans la lutte ! » Sur le moment, Custine ne le crut point. Il ne lui fallut cependant pas longtemps pour comprendre que l'« espionnage assez bas », les questions « importunes », « impolies », « choquantes » qu'il avait subis, provenaient « de gens toujours impénétrables eux-mêmes et dont les réponses ne sont que des faux-fuyants ». Pas long-temps non plus pour se mettre à réunir les clés pour déchiffrer l'énigme de Saint-Pétersbourg — secret, silence, mensonge, duplicité, feinte, fausseté, hypocri-sie, fraude, dissimulation —, avec lesquelles il allait dénoncer sans relâche la caractéristique la plus saisis-sante de la société où il se trouvait. Ses lettres étaient ouvertes, ses bagages fouillés et ses livres confisqués.

Lorsqu'il s'y rendit, la Russie était un pays peu connu par l'Occident.

Avant de partir pour Saint-Pétersbourg, Custine avait lu la grande histoire de Karamzine et avait déjà ses informateurs et ses contacts sur place.

En cette année 1839, le marquis assista au mariage du fils d'Eugène de Beauharnais, Maximilien, duc de Leuchtenberg, avec la fille de l'empereur, la grande-duchesse Maria Nikolaievna. Fort de ces contacts le marquis fut très vite introduit dans l'entourage du tsar. Notons en passant ces mœurs propres à Saint-Péters-bourg permettant à un voyageur français, un simple particulier, d'être invité à des cérémonies au palais d'Hiver avant même d'être présenté à la cour.

Ainsi Custine put-il examiner à loisir le tsar, l'expression sévère de Nicolas, « l'homme qui vou-lait être obéi quand d'autres auraient voulu être aimés » ; et le charme de l'impératrice : « La taille la plus élégante, et malgré son excessive maigreur, une grâce indéfinissable. »

Sachant les Pétersbourgeois moqueurs, froids, fins, spirituels, et ayant perdu au cours du trajet un de ses éperons, Custine aspira d'abord à se cacher parmi les invités groupés sur l'escalier du récent palais d'Hiver, « la plus grande et la plus magnifique habitation de souverain qui soit au monde ».

Il pénétra enfin dans la chapelle où tout étincelait d'or et de pierreries. Avant la bénédiction, les chœurs éclatèrent et deux pigeons gris furent lâchés :

« Je ne puis comparer ces clameurs sans accompagnement qu'au Miserere de la Semaine sainte dans la chapelle Sixtine, à Rome... Pour un amateur d'art, la musique de la chapelle impériale vaut à elle seule le voyage à Saint-Pétersbourg : les piano, les forte, les nuances les plus subtiles de l'expression sont observés avec un profond sentiment. »

Le jour suivant, 15 juillet, Custine retourna au palais avec quelques autres étrangers. « L'empereur nous accueillit avec une politesse recherchée et délicate », et, gommant ce qu'il avait dit sur cet « autocrate », Custine ajoute : « On reconnaissait du premier coup d'œil un homme obligé et habitué à ménager l'amour-propre des autres. »

Nicolas Ier dit quelques mots pour faire connaître au marquis qu'il le verrait sans déplaisir parcourir son empire. Puis vint le moment d'être présenté à l'impératrice et ce fut la célèbre conversation : « Je désire que vous voyiez beaucoup et bien, dit l'impératrice. — Ce désir de Votre Majesté est un encouragement », répondit Custine et il entendit : « Si vous pensez du bien, vous le direz, mais inutilement, on ne vous croira pas. Nous sommes mal connus et l'on ne veut pas nous mieux connaître. »

Les fastes continuèrent : « La fête qui suivit est l'une des plus magnifiques que j'aie jamais vue de ma vie. C'était de la féerie ! Tous les bals du palais commençaient par "la Polonaise", danse la plus en usage dans ce pays et qui ne dérange pas le cours des idées ; on se promène d'un pas solennel et réglé par la musique ; chaque cavalier mène une dame par la main ; des centaines de couples se suivent ainsi processionnellement à travers des salles immenses, parcourant tout le palais, car le cortège passe de chambre en chambre et serpente au milieu des galeries et des salons. Ce qui me parut plus admirable encore que la salle des dames du palais d'Hiver, toute dorée qu'elle est, c'est la galerie où fut servi le souper... La table était éclatante ; dans cette fête tout me semblait colossal... Mille personnes étaient assises à la fois à cette table servie dans une seule salle. » Parmi ces mille personnes plus ou moins brillantes, Custine nota la stature imposante du khan des Kirghizes, accompagné de sa suite, et « d'une vieille reine de Géorgie détrônée depuis trente ans ».

Nicolas Ier et son épouse avaient donné au marquis leur présentation des mœurs de Saint-Pétersbourg. Sensibles aux critiques étrangères, ils souhaitaient de Custine un rapport à l'Occident qui soit celui que le tsar lui-même aurait désiré faire. Mais le marquis perçut vite la mystification dans toutes ces précautions prises pour dissimuler les affaires d'Etat aux étrangers comme au peuple : « Personne n'était autorisé à atteindre le fond des choses. » En raisonneur, il déplorait que « femmes, enfants, serviteurs, parents, favoris, tous en Russie dussent suivre le tourbillon impérial en souriant jusqu'à la mort ».

Il était profondément choqué par la totale indifférence de la cour de Saint-Pétersbourg à la vérité et par sa volonté de vivre dans la dissimulation. Lui qui ne voulait en aucun cas déguiser ou édulcorer la réalité de la ville de Pierre, fut médusé par le mal que l'on se donnait pour gommer l'histoire de la ville et travestir les faits.

Mais les Pétersbourgeois se laissaient faire et Custine voyait en ce plaisir gratuit au mensonge, une « malignité observatrice, une causticité envieuse, une tristesse satirique », car la vérité était dangereuse à exhiber au bord de la Néva. Le système entier était fondé sur l'hypocrisie. Les peines étaient en complet désaccord avec le code pénal. La peine capitale avait été abolie, mais des milliers de gens mouraient dans les mines de Sibérie.

C'était une ville où la vie humaine et les êtres humains ne comptaient pas. La cruauté n'avait pas le même sens chez les Russes et chez les Occidentaux ; là-bas, mort et tortures étaient infligées froidement et sans aucune passion, ce qui contrastait avec la férocité des révolutionnaires français.

Custine trouvait ce « muet fanatisme » encore plus terrifiant. Les habitants de la ville de Pierre, eux, en étaient fiers. Etaient-ils à ce point soumis, ou était-ce là un aspect de leur nature profonde ?

Les Russes n'avaient aucune idée de la situation étrangère. Ils pensaient que les choses allaient partout de même ; que la libre pensée et la liberté d'expression n'existaient nulle part ailleurs. Custine les trouvait « vaniteux et ambitieux » en parlant de « l'orgueil de Saint-Pétersbourg ».

« Une immense ambition possédait l'âme du peuple russe ; elle était nourrie par la misère de la nation tout entière — nation conquérante, et inspirée par le désir d'infliger aux autres sa tyrannie. »

Custine y pressentait un danger pour l'Europe, déchirée par ses dissensions, désorganisée en face de cette grande puissance. « A Saint-Pétersbourg il est impossible d'être heureux, disait le marquis, et il y règne toujours une atmosphère d'espionnage. » Ceci nous amène tout droit vers le poème du chantre des malheurs pétersbourgeois, Nicolas Nekrassov, *Qui peut être libre et heureux en Russie ?*

A Saint-Pétersbourg, lit-on dans la 19ᵉ lettre, « le secret préside à tout, secret administratif, politique, social ; discrétion utile et inutile, silence superflu pour assurer le nécessaire ; telles sont les inévitables conséquences du caractère primitif de ces hommes, corroboré par l'influence de leur gouvernement. » « Ici, mentir c'est protéger la société, dire la vérité c'est bouleverser l'Etat. » Et encore : dans la capitale russe, « mentir c'est faire acte de bon citoyen, dire la vérité, même sur les choses les plus indifférentes en apparence, c'est conspirer. Vous perdrez la faveur de l'empereur si vous avouez qu'il est enrhumé du cerveau. La vérité, voilà l'ennemi, voilà la révolution ; le mensonge, voilà le repos, le bon ordre, l'ami de la constitution ; voilà le vrai patriote !... »

Pour d'autres visiteurs, il n'y avait aucun secret à percer, il suffisait de se laisser bercer de douces illusions. Ainsi n'y avait-il pas de différence pour eux entre Saint-Pétersbourg telle qu'elle était et telle qu'on voulait la montrer à l'Europe : « Pourvu qu'un étranger se montre niaisement actif — ironise la 15ᵉ lettre —, qu'il se lève de bonne heure après s'être couché tard, qu'il ne manque pas un bal après avoir assisté à toutes les manœuvres, en un mot, qu'il s'agite au point de ne pouvoir penser, il est le bienvenu partout, on le juge avec bienveillance, on le fête ; une foule d'inconnus lui serreront la main chaque fois que l'empereur lui aura parlé, ou souri, et en partant il sera déclaré un voyageur distingué. Il me semble voir le bourgeois gentilhomme turlupiné par le mufti de Molière. » « Les esprits les plus sincères perdent la liberté du jugement dès qu'ils entrent en Russie. »

Bref, pour Custine, Saint-Pétersbourg et ses palais

n'étaient qu'une « laponie badigeonnée » sur l'ordre d'un régime qui n'était lui-même qu'une « barbarie recrépie ». Il est vrai que le marquis, ne parlant pas le russe, ne pouvait avoir accès à la littérature et ne pouvait deviser qu'avec des représentants des couches supérieures de la société chez qui l'usage du français était courant. Son périple en Russie se limita à Saint-Pétersbourg, et à une assez brève visite à Moscou et à la foire de Nijni Novgorod. Ainsi conclura-t-il d'ailleurs son voyage : « J'ai mal vu, mais j'ai bien deviné. »

Chemin faisant, les dispositions de Custine envers Saint-Pétersbourg s'étaient dégradées. D'abord « voyageur », « philosophe », « amoureux de la vérité », puis « voyageur véridique » et « observateur expérimenté », il finit par dire carrément que, de « spectateur impartial », il se présentait désormais comme « observateur hostile ».

Aussi, ne cacha-t-il pas son soulagement en quittant définitivement la capitale russe : « Me voici hors de l'Empire de l'uniformité, des minuties et des difficultés. »

Se demandant pourquoi les voyageurs rescapés de l'Empire ne se réjouissaient pas plus ouvertement, il constata avec lucidité : « C'est ici que j'admire sans le comprendre le prestige que le gouvernement russe exerce sur les esprits. Il obtient le silence non seulement de ses sujets, c'est peu, mais il se fait respecter même de loin par les étrangers échappés à sa discipline de fer. »

Custine n'était pas disposé à se dérober. « Il est temps, expliqua-t-il dans le résumé de son voyage, que ces hommes qui démêlent avec tant de sagacité les vices et les ridicules de nos sociétés s'habituent à supporter la sincérité des autres. Le silence officiel qu'on fait régner autour d'eux les abuse, il énerve leur intelligence ; s'ils veulent se faire reconnaître des nations de l'Europe et traiter avec nous d'égaux à égaux, il faut qu'ils commencent par se résigner à s'entendre juger. »

Ainsi sa conclusion en forme d'avertissement annonçait-elle :

« Quand votre fils sera mécontent en France, usez de ma recette, dites-lui "Allez en Russie". C'est un voyage utile à tout étranger, quiconque a bien vu ce pays se trouvera content de vivre partout ailleurs. Il est toujours bon de savoir qu'il existe une société où nul bonheur n'est possible parce que, par une loi de la nature, l'homme ne peut être heureux sans liberté. »

BALZAC OU LES NUITS
DE SAINT-PÉTERSBOURG

Custine, dans ses entretiens avec divers interlocuteurs, créa un dossier accablant qui nourrira pour un siècle l'argumentaire des détracteurs de l'Empire des tsars.

Informé des critiques sévères que Custine rapporta de son voyage à Saint-Pétersbourg, Balzac prit ses distances avec lui au point de renoncer à lui adresser la dédicace de son roman *Le Colonel Chabert*.

Si Custine avait fondé toute sa démonstration sur la nouvelle opposition qu'il percevait entre la civilisation et la barbarie, Balzac préférait avancer son amour pour une sujette de l'Empire des tsars, Mme Hanska, comme cause de son attachement à « l'esprit de Saint-Pétersbourg ».

Le 15 novembre 1838, Balzac se déclarait à Mme Hanska sur ce point, sans ambages : « On ignore que je suis moujik de la terre de Pawofka, sujet d'une comtesse russe et admirateur du pouvoir autocratique de mes souverains. » En août 1840, il écrivait : « Me voilà faisant de la politique et me posant comme ami des Russes, que Dieu vous bénisse ! L'alliance russe est dans mes idées, je hais les Anglais ! »

Il concrétisa d'ailleurs cette prise de position en faveur de Saint-Pétersbourg dans *La Revue parisienne* où il rédigea une chronique politique intitulée « Lettres russes ». N'alla-t-il pas jusqu'à dire : « Pour un rien, je me ferais Russe, si... Mais le si est trop long à débrouiller. »

Balzac attendait une double autorisation pour visiter la capitale de l'Empire des tsars, celle des autorités russes, qui allait bientôt arriver, et celle d'Eve Hanska. Enfin, quand vint l'été 1843, elle lui confirma son invitation à venir la rejoindre à Saint-Pétersbourg.

Le 1er juillet, Honoré exposait ses états d'âme : « Je ne sais pas si je reviendrai. La France m'ennuie, je me suis pris d'une belle passion pour la Russie, je suis amoureux du pouvoir absolu, je vais voir si c'est aussi beau que je le crois. De Maistre est resté pendant longtemps à Saint-Pétersbourg, j'y resterai peut-être aussi. »

Balzac quitta Paris le 19 juillet, prit la mer le 21, et débarqua à Saint-Pétersbourg le 29.

Nikolaï Kisselev, le représentant russe à Paris, adressa une dépêche pour annoncer l'arrivée de l'écrivain : « Si le romancier Honoré de Balzac n'est pas encore à Saint-Pétersbourg, il y arrivera probablement incessamment, car il a fait viser son passeport le 2 de ce mois, afin de se rendre en Russie par Dunkerque. Comme cet écrivain se débat toujours dans les difficultés financières et qu'il est en ce moment plus gêné que jamais, il est bien possible qu'une spéculation littéraire soit un des objets de son voyage bien que les journaux affirment le contraire. Dans ce cas, on pourrait profiter des besoins d'argent de monsieur de Balzac qui possède encore une certaine popularité ici, ainsi qu'en Europe en général, afin d'utiliser la plume de cet écrivain pour donner un démenti de monsieur de Custine qui nous est hostile et calomnieux. »

Comme le rapporta René Benjamin, Balzac parcourut huit cents lieues en huit jours. En plus d'une petite malle, il avait un panier contenant pour la route, du biscuit de mer, du café concentré et une bouteille d'anisette. Il buvait de cette liqueur au nez des douaniers allemands en leur expliquant, dans un français plein d'éclat, que l'Allemagne était un pays mortellement ennuyeux.

Le même champ plat pendant douze heures : « Ce n'est pas supportable aux honnêtes gens ! »

Pendant ce voyage qui allait durer jusqu'au 29 juillet, Balzac rêvait sur un plan de Saint-Pétersbourg réalisé par Charles de Saint-Julien. Il y situait le quai de la Néva où il allait débarquer et déjà il avait appris ce que signifie « la grande et la petite Millione ».

Eve Hanska avait d'abord envisagé de le loger à l'hôtel Demourth, l'un des meilleurs de la ville, sur le canal de la Moïka près du poste de police, sur l'artère principale du quartier de l'Amirauté. Finalement, elle retint pour lui un meublé dans la maison Petroff, tenue par une veuve francophone.

Influencée par le ton des diplomates russes, Mme Hanska lui recommanda de garder un certain incognito, aussi sa vie mondaine allait-elle se résumer au minimum. La célébrité de Balzac fit malgré tout le reste. Si Mme Hanska avait fait l'erreur de le cacher, il était tout de même recherché par les plus grandes dames de la capitale, la comtesse Nesselrode, par exemple, épouse du ministre des Affaires étrangères et futur chancelier de l'Empire russe. En quelques mots, dans une lettre à son fils du 5 août 1843 elle nous donne une idée de la position de Balzac comme écrivain, de son rayonnement, de sa réputation :

« C'est un vaste champ que celui des sensations. Celui qui a le mieux décrit celles des femmes, Balzac, est dans nos murs, tout étonné, je suppose, de ce qu'on ne le recherche pas. Personne, à ma connaissance du moins, n'a fait la moindre démarche auprès de lui (...) il blâme l'ouvrage de Custine, ce doit être, mais il ne faut pas le croire sincère. »

La comtesse se trompait, Balzac attirait les femmes de Saint-Pétersbourg, et allait être invité par la plus prestigieuse d'entre elles, celle qu'on appelait la « Princesse de Nuit ». La princesse Galitzine faisait jaser tout Saint-Pétersbourg par ses somptueuses soirées qui ne commençaient qu'à minuit, sur lesquelles planait un mystère et auxquelles assistaient les plus grandes célébrités de la ville. Pouchkine fut souvent de la fête.

Convié à l'une d'elles, Balzac commit une de ces bourdes dont il était coutumier. Pour remercier la « Princesse de Nuit » de lui avoir envoyé une voiture pour venir le chercher, il déclara tout de go : « Ce sont les médecins qu'on envoie chercher et non les grands écrivains. »

Cette gaffe allait entrer dans l'histoire de Saint-Pétersbourg.

Comment pouvait-il savoir que les réceptions de la princesse Galitzine étaient la réponse à une sombre prédiction ? En effet, depuis qu'un voyant lui avait annoncé qu'elle connaîtrait la fin de ses jours à minuit, elle avait décidé de vivre tous rideaux clos dans son palais somptueux et de métamorphoser, sous ses candélabres illuminés, chaque nuit en journée de fête. Une fête interminable qui embrasait les passions de la ville et ne cessait jamais.

Balzac, enquêteur fiévreux de *La Comédie humaine* auquel aucun détail n'échappait, fut fasciné par les cochers de Saint-Pétersbourg aux longues barbes et aux caftans bleus que serraient des ceintures de couleur. Que de discussions sordides il dut soutenir pour le prix de la course ou de l'heure ! Mais dans la capitale russe, supposa-t-il, « les voleurs étaient au moins aussi nombreux que les policiers ». Balzac étudia avec attention cette cité considérée comme la ville la mieux bâtie d'Europe, l'aspect imposant des rues et ces soirées d'une douceur enivrante où il rencontrait des femmes qui connaissaient ses pages par cœur. Il s'attardait longuement devant des crépuscules féeriques et quand il se promenait au bras de Mme Hanska, en de longues flâneries sur la perspective Nevski, il cherchait ses livres aux étalages des librairies sous le regard d'Eve, attendrie par sa naïveté, sa bonté, son enthousiasme pour Saint-Pétersbourg.

Hormis l'impressionnant roman vrai vécu entre Balzac et Mme Hanska, il n'y a guère d'écrits de Balzac sur la Russie, surtout après les visites qu'il y fit. Il y a aussi un projet : une pièce sur Saint-Pétersbourg intitulée *Pierre et Catherine*, sur laquelle nous avons des renseignements grâce à la correspondance avec Mme Hanska.

Le 16 avril 1848, Balzac lui écrivait : « *Pierre et Catherine* est une grande œuvre à la Shakespeare, mais accompagnée d'un luxe effrayant de costumes et de décors. Ce sera la vie de Pierre le Grand et de sa deuxième femme : les tableaux de la répudiation, la mort de son fils, de la séduction du grand Vizir sur le Pruth, — du couronnement de Catherine seront des choses à attirer *tout* Paris. Il y aura 3 ou 4 vues de Pétersbourg. Le sujet de la pièce, littérairement parlant, est une femme du peuple montant d'acte en acte, d'échelon en échelon, jusqu'à être une grande impératrice pendant que dans le même temps le grand législateur baisse, à cause de son ivrognerie et de ses colères, et se dégrade au point d'être au-dessous de sa femme. La lutte entre ces deux forces finit par la catastrophe de la mort de Pierre... »

Balzac finalement renonça à ce projet, mais un autre grand romancier se chargea de faire découvrir aux Européens, du moins à une cantatrice française, « les mystères de Saint-Pétersbourg ».

DE LA NÉVA À LA SEINE

Au XIXᵉ siècle, les écrivains russes commençaient à être reconnus à l'étranger, notamment grâce aux ouvrages d'Ivan Tourgueniev que l'on surnommait « le géant doux de Saint-Pétersbourg ». Dans les *Récits d'un chasseur*, qui remportèrent un immense succès, il plaida avec talent pour l'abolition du servage en Russie. A l'exception de *Pères et fils*, les héros de ses romans étaient des femmes volontaires faces à des hommes effacés.

Quant à Tourgueniev lui-même, il rencontra l'amour de sa vie à Saint-Pétersbourg. Pour être près de sa bien-aimée il s'éloigna de ses amis de jeunesse qui prônaient des théories égalitaristes et s'installa définitivement en France, où il se lia d'amitié avec Victor Hugo, Gustave Flaubert et Emile Zola.

Tourgueniev n'était-il pas devenu français, lui qui écrivit ses meilleures pages en France dans une datcha à Bougival, relique russe reconstituée dans un paysage impressionniste des bords de Seine ?

Ce Russe de Paris donna certes l'impression de ne dédier sa vie qu'à une femme, mais il aima aussi profondément la France, gardant une affection ancestrale de la nature.

Ces sentiments venaient de son enfance, de l'époque où les Tourgueniev, gentilshommes campagnards, vivaient dans leur propriété près d'Orel. C'est là que naquit Ivan Sergueïevitch en 1818 et qu'il grandit. Ce pays est le cœur de la Russie mais on y sent que le ciel du Sud n'est pas loin.

Les demeures décrites dans tous les romans russes se ressemblent toujours un peu. Le plus souvent, elles sont constituées d'un corps de bâtiment en bois ou en brique avec un perron, une tourelle à clocheton et une aile. Les murs sont blanchis à la chaux et les toits verts. Le décor est toujours charmant, teinté de mélancolie et d'espoir, avec une allée de tilleuls et un verger qui descendent vers l'étang, toujours le même étang.

Bref, tout le contraire du décor solennel de Saint-Pétersbourg. Chacun vivait là avec ses drames refoulés et ses joies subites, les fêtes du village et les vieux serviteurs, les filles qui s'en allaient, les jeunes gens qui revenaient, le nuage qui passait, rose le matin, et celui du soir au beau gris perle.

Marqué dans sa jeunesse par une mère despotique, très cruelle à l'égard des serfs, sa mélancolie lui valut d'être parfois comparé à Pouchkine, qu'il rencontra alors qu'il était étudiant.

Avec son âme nomade, il vint à Saint-Pétersbourg, puis courut le monde. A l'âge des études sérieuses, Ivan Sergueïevitch fut à l'université de la capitale de l'Empire des tsars. Comme beaucoup de ses contemporains, c'est en Allemagne, pays de Kant et de Hegel, qu'on l'envoya achever sa formation. Déjà à Berlin, il montra ses premiers dons pour l'art d'écrire.

Les clés de l'enfance et du caractère de Tourgueniev se résument à ce constat : au commencement était la mère. Une mère inquiète parce qu'elle avait épousé un homme de dix ans son cadet. Une mère frustrée parce que ce mari était un séducteur et qui cherchait des compensations pour justifier son autoritarisme. Femme de tête, elle était brutale même avec ses propres enfants à tel point que ses fils Ivan et Nicolas songeaient à la fuir. L'amour d'Ivan pour la nature ne fut pas dicté par autre chose que l'habitude de faire des fugues en rase campagne où il recherchait les caresses qui lui manquaient.

Un soir à Paris, lors de l'un de ces fameux dîners en présence de Daudet, Flaubert et des frères Goncourt, Tourgueniev, revenant sur ses années de jeunesse, confia : « J'étais tout jeunet, j'étais vierge, avec les désirs qu'on a lors de ses quinze ans. Il y avait chez ma mère une femme de chambre, jolie, ayant l'air bête, mais vous savez, il y a quelques figures où l'air bête met une grandeur. C'était par un jour humide, mou, pluvieux, un de ces jours érotiques que vient de peindre Daudet. Le crépuscule commençait à tomber. Je me promenais dans le jardin. Je vois tout à coup cette fille venir droit à moi et me prendre — j'étais son maître et là, elle, c'était une esclave — par les cheveux de la nuque en disant "Viens !" Ce qui suit est une sensation semblable à toutes les sensations que nous avons éprouvées. Mais cette douce empoignade de mes cheveux avec ce seul mot, quelquefois cela me revient, et d'y penser, cela me rend tout heureux. »

Ainsi était le géant doux, qui mélangeait volontiers sentimentalité et sensualité. « Je me souviens, disait-il, qu'en ce temps-là, l'image d'une femme, le fantôme de l'amour, ne se dressait presque jamais dans mon esprit avec des contours bien définis. »

Avec Flaubert, son ami, il alla encore plus loin :

« Moi, ma vie est saturée de féminité. Il n'y a ni

livre ni quoi que ce soit au monde qui ait pu me tenir lieu et place de la femme. Comment exprimer cela ? Je trouve qu'il n'y a que l'amour qui produise un certain épanouissement de l'être... Tenez, j'ai eu, tout jeune homme, une maîtresse, une meunière des environs de Saint-Pétersbourg, que je voyais dans mes chasses.

« Elle était charmante, toute blanche avec un trait dans l'œil, ce qui est assez commun chez nous. Elle ne voulait rien accepter de moi. Cependant, un jour elle me dit : "Il faut que vous me fassiez un cadeau. — Qu'est-ce que vous voulez ? — Rapportez-moi de Saint-Pétersbourg un savon parfumé." Je lui apporte le savon.

« Elle le prend, disparaît, revient les joues roses d'émotion et murmure en me tendant les mains, gentiment odorantes : "Embrassez-moi les mains comme vous embrassez dans les salons les mains des dames de Saint-Pétersbourg." Je me jetai à ses genoux, et vous savez, il n'y a pas un instant dans ma vie qui vaille celui-là. »

A vingt-deux ans, Tourgueniev revint à Saint-Pétersbourg et quitta la capitale de nouveau, afin de renouer avec sa passion des paysages pastoraux de la Russie profonde. Il retrouva intacts les étangs, les cygnes, les vieux serviteurs, l'odeur du lin, du sarrasin comme le feuillage pâle des bouleaux, ses partitions mélancoliques. Pendant ce nouveau séjour auprès de sa mère Varvara Petrovna qui, maintenant, câlinait son fils, il allait trouver celle qui serait sa maîtresse, une couturière de sa mère, dont il aura une petite fille baptisée Pélagie. Lorsqu'il exprima une certaine inquiétude au sujet du traitement qu'allait recevoir sa maîtresse, sa mère lui répondit avec une curieuse indifférence : « Que tu es bizarre ! Je ne vois aucun mal, ni de ton côté, ni du sien. C'est une simple passion physique. »

Certains voient en Tourgueniev un être vulnérable voire indécis, plutôt mou. Lui-même renonça à toute carrière avant même d'avoir commencé. D'ailleurs sa mère l'encouragea à suivre sa pente : « Tu ne veux rien faire ? Dieu te bénisse. Ne fais rien. Vis tranquillement où tu voudras, comme tu voudras... Tu aimes écrire, te promener, chasser, voyager ? Qui t'en empêche ? Passe l'hiver à Saint-Pétersbourg, amuse-toi, va au théâtre. Le printemps, reviens à la campagne, l'été, nous voyagerons, en automne, tu chasseras. Vis et laisse-nous vivre auprès de toi. » Varvara Petrovna désirait garder une emprise totale sur son fils.

Mais Ivan était un personnage placide insaisissable, un séducteur languide qui ne craignait pas d'afficher sa faiblesse apparente tout autant pour satisfaire les vœux de sa génitrice que pour laisser venir à lui des femmes dont il éveillait ainsi le sentiment maternel.

Tourgueniev avait tout pour plaire. De haute taille, beau, riche, très cultivé, malgré des études distraites dans trois universités, il parlait cinq langues et s'était penché aussi bien sur la peinture que sur la musique. Il comptait parmi ses amis les écrivains les plus célèbres de Saint-Pétersbourg. Beau styliste et poète dans l'âme, chantre de la nature et de l'amour, des vertus de l'amour. Tourgueniev affichait une aisance étonnante avec les femmes de Saint-Pétersbourg. Cette attitude était différente de ses rapports avec les paysannes de son nid de gentilhomme, où dominait la simplicité de l'amour charnel. Avec les dames de la capitale de l'Empire, il pratiquait la valse éternelle de l'amour non accompli où la séduction n'aboutissait jamais.

La satisfaction supérieure, la « cristallisation » à la Stendhal, passa chez lui par la recherche d'une « Etrangère », attitude mise à la mode par Balzac.

Ainsi Ivan Tourgueniev allait-il aimer une Française : Pauline Viardot.

Il fut présenté à la cantatrice en novembre 1843, date devenue pour lui à ce point sacrée qu'il la célébra chaque année.

Tourgueniev marchait tête nue dans son grand manteau d'ours sur ce quai glacial de la Néva où souffle toujours le vent de la Baltique. Les canons rangés de l'autre côté du fleuve, sur le quai de la Bourse, avaient, sous la neige, perdu de leur aspect menaçant. La rudesse de ce cruel hiver Pétersbourgeois l'accablait davantage.

Qu'avait-il fait de sa vie ? Si peu. Que lui manquait-il le plus ? La chaleur de la demeure familiale, un matin de chasse en octobre, le thé parfumé et brûlant d'un soir de lecture auprès d'un samovar ou les baisers volés entre deux portes à la nouvelle et fraîche servante de sa mère, âgée de dix-sept ans à peine ? Il n'avait jamais retrouvé tout cela dans la capitale de l'Empire des tsars, toujours rattrapé par les conversations cosmopolites des grandes dames de la capitale à la pointe de toutes les modes politiques ou littéraires. En réalité Tourgueniev ne savait pas s'il aimait la ville de Pierre, en revanche, pour reprendre ses termes, il « aima aimer à Saint-Pétersbourg ».

Tourgueniev ne savait plus où il en était de sa vie en se rendant ce soir-là à l'Opéra-Italien qui venait de rouvrir. Parmi les cantatrices, on parlait d'une Pauline Viardot, fille du ténor espagnol Manuel García et sœur de María de la Felicidad, la célèbre Malibran, morte en 1836.

Qui étaient donc ces Viardot qui venaient d'arriver

à Saint-Pétersbourg ? Louis, destiné au barreau, s'était voué aux Lettres. Homme d'esprit cultivé et libéral, il s'était fait connaître en 1836 par une traduction de *Don Quichotte*. Deux ans plus tard, devenu directeur du Théâtre-Italien, il y avait engagé Pauline García et l'avait épousée en 1840.

Ce fut le début d'une longue vie de tournées en Europe qui les mena en Russie, après des voyages en Italie, en Angleterre, en Belgique et en Allemagne.

Pour quelques-uns de ses contemporains, Pauline Viardot était le contraire d'une beauté mais possédait un charme incomparable. Le jour de ses fiançailles avec Louis Viardot, un peintre avait dit au futur mari : « Elle est atrocement laide mais, si je la revois, je l'aimerai. » Henri Heine, quant à lui, la comparait à un « monstrueux paysage exotique » avec ses yeux saillants et ses traits trop forts. Pauline Viardot possédait par chance cet art particulier au génie féminin de métamorphoser ses défauts en attraits. Elle avait la beauté orientale, un visage au hâle d'ambre, de superbes cheveux sombres d'une inquiétante noirceur, des sourcils à l'éclat doux, comme celui de la zibeline, des yeux noirs ; sa bouche était ombrée d'un léger duvet brun. Son mariage avec Viardot avait été arrangé par George Sand qui avait tant d'affection et d'admiration pour la cantatrice qu'elle l'avait prise comme modèle pour son roman *Consuelo*.

Dès ses premières apparitions à l'Opéra-Italien de Saint-Pétersbourg, Pauline remporta un triomphe. On vit même des jeunes étudiants prendre le risque de traverser la Néva sur la glace encore fragile pour être certains d'obtenir des places et d'écouter leur nouvelle idole.

Aux premiers jours de novembre, Ivan Tourgueniev fut donc présenté à Pauline.

Et ce fut un coup de foudre. Saint-Pétersbourg alluma encore une fois le feu de l'amour, mais ce fut un amour bizarre, comme disait Tourgueniev lui-même, presque impossible à décrire.

Quelle opinion s'était-elle faite de ce grand garçon dont on disait qu'il était davantage un remarquable chasseur qu'un grand écrivain ? Ivan avait l'obstination des placides et Pauline fut peu à peu sensible aux sentiments qu'il exprimait avec tant d'exubérance. Pour la première fois, Tourgueniev semblait se montrer constant et, bientôt, il fut admis chaque soir dans la loge de la cantatrice, après la représentation.

Pauline, parée d'un peignoir blanc, était assise à même le parquet de sa loge sur une grande peau d'ours et trônait, telle une souveraine, sur ce trophée. Le droit de s'asseoir auprès d'elle sur une des pattes de l'ours était considéré comme le plus grand honneur. L'auteur des *Récits d'un chasseur* partageait ce privilège avec trois hommes : un comte, un général, et le fils du directeur du Théâtre impérial. Tourgueniev s'était vu désigner la patte trois et la coutume étant pour chacun de ces admirateurs de raconter une histoire, on peut concevoir qu'Ivan, brillant conteur, trouvait à cette situation beaucoup d'avantages. Les fleurs embaumaient la pièce et pour lui Pauline était associée à leur parfum. Par l'une des fenêtres, on voyait s'étendre au loin, derrière la rivière, l'immense tableau bleuté de la ville enneigée.

Peu à peu, la passion de Tourgueniev pour Pauline fut connue dans la capitale et l'on s'amusa de la violence avec laquelle, chaque soir, le géant doux du premier rang applaudissait à tout rompre sa belle à l'opéra.

Ce « locataire de la troisième patte » vécut auprès de Pauline une passion ininterrompue de quarante ans.

Lors de ses derniers instants, il ne reprendra connaissance que pour lui murmurer dans un souffle : « Venez plus près... plus près. Le moment est venu de prendre congé... comme les tsars russes. »

Il l'avait rencontrée dans un novembre pétersbourgeois, il la quitta dans le septembre français de 1883.

Mais quelle curieuse façon d'aimer ! Tourgueniev confia un jour l'impression qu'il avait d'avoir vécu toute sa vie « au bord du nid d'un autre ».

Fut-ce une relation charnelle ? Un lien parfaitement platonique ? Aujourd'hui encore, les spécialistes de Tourgueniev s'affrontent sur ce sujet que certains veulent physique et d'autres transi par l'idéalisation. Seule une personne connaît la réponse à cette énigme, et c'est Ivan Tourgueniev qui la donna dans une lettre à Pauline elle-même : « Je peux vous assurer que mon sentiment pour vous est quelque chose que le monde n'a jamais connu, quelque chose qui n'a jamais existé et qui ne se répétera plus. »

Ainsi Tourgueniev donna-t-il son cœur à Pauline sans jamais le reprendre. Il divulgua la mystérieuse vérité de cet étrange amour-amitié né au bord de la Néva dans un poème posthume en prose sans doute à elle destiné : « Quand je ne serai plus, lorsque tout ce qui était en moi sera dispersé en poussière. A l'ami absent tends cette main. Je ne pourrai la presser dans la mienne : ma main, inerte, sera sous la terre. Mais aujourd'hui il m'est doux de penser qu'alors peut-être, tu sentiras une caresse légère effleurer ta main. Et tu me verras, et des larmes couleront de tes paupières closes, comme celles qu'autrefois, tous deux émus par la Beauté, nous avons versées ensemble, ô toi, mon unique amie, toi que j'aimais d'un amour si tendre et si profond. »

L'été qui suivit l'hiver de sa rencontre à Saint-

Pétersbourg avec Pauline, Tourgueniev fit son premier voyage en France. Invité à rendre visite au couple, il se rendit dans la Brie en son château de Courtavenel, visite qui devait s'éterniser. Ainsi commença le long parcours de ce nomade à la quête de sa belle dame sans merci. C'est là, non loin du village de Pécy, qu'il devint l'ami du mari avec qui il partageait la même passion pour la chasse et la musique. Tourgueniev passa tout l'été dans cette campagne, à soixante kilomètres de Paris, comme il l'aurait fait s'il avait été l'hôte d'un de ses compatriotes. Chez les Russes, en effet, l'invité n'avait pas de limites de temps : dans nombre de domaines, l'éloignement, le froid, les loups étaient des raisons suffisantes pour que l'hôte retienne son invité. Les conversations étaient aussi un prétexte à rester car quelle denrée plus rare à la campagne pour les soirées d'été ou les matins d'hiver qu'un causeur éblouissant à l'esprit cosmopolite, à la culture sans frontière. En Seine-et-Marne, à Rosay-en-Brie, Tourgueniev aimait se promener en barque sur les douves, sa plume toujours posée sur le banc de l'embarcation pour écrire.

Autre lettre, dans la même année, mais cette fois à son ami Paul Annenkov pour confirmer les sentiments qu'il portait à Pauline Viardot : « C'est la seule femme que j'ai jamais aimée et que j'aimerai éternellement. » Amant de cœur, admirateur de la cantatrice qui, quand elle n'était pas avec lui, se repaissait dans les journaux du récit de ses triomphes à l'étranger, Ivan préférait, dès qu'il le pouvait, la suivre partout.

De nouveau à Paris, il s'installa 50, rue de Douai, dans un appartement situé au-dessus de celui des Viardot. Là est resté le souvenir d'une relique, le fameux divan, réplique du Samoson de sa propriété de Spasskoïe, sur lequel il passait le plus clair de sa vie. Aux murs, il avait accroché un paysage de Corot, mais ce qui comptait le plus c'était un profil de sa belle en bas-relief et un marbre représentant les mains de Pauline.

Ce n'est qu'en 1874 que Tourgueniev et les Viardot décidèrent de faire maison commune. Ensemble, ils achetèrent, à Bougival, une maison de campagne, Les Frênes, où ils passaient l'été. Etrangement, le contrat de vente reflétait la situation sentimentale de Tourgueniev auprès de la cantatrice. Si Pauline avait la nue-propriété, Ivan en avait l'usufruit à vie. N'en était-il pas de même de leur amour ? Une fois de plus, Ivan était une personne déplacée : jamais chez lui, toujours chez les autres, comme un oiseau sans nid.

Le domaine comprenait un parc de huit hectares et une villa à l'italienne qu'habitaient les Viardot et au-dessus de laquelle Ivan fit bâtir une datcha. C'était un chalet à deux étages construit dans un mélange de styles russe et suisse pour lui servir de résidence d'été. En septembre 1875, Tourgueniev s'y installait avec ses livres. Pauline Viardot était toute dévouée à l'écrivain vieillissant qu'était devenu Tourgueniev. L'exil mais aussi les cris délurés et gourmands du « déjeuner des canotiers » étaient l'occasion de conversations fort lestes entre ces hommes tous amoureux des femmes.

Fraternité virile, plaisanteries de régiment, langage dru des Goncourt, banquets impressionnistes et parties de canotage. Le soir à Bougival, il contait à Pauline ses journées, la subtilité de ses amitiés, les bonheurs de son parrainage littéraire, avec la même fougue et la même admiration qu'aux premiers jours, lorsqu'il était assis sur la troisième patte de l'ours. Ragaillardi par cette chaleureuse complicité avec les plus grandes plumes françaises, Ivan élabora un nouveau projet de livre. Il s'agissait d'un roman trait d'union entre Saint-Pétersbourg et Paris consacré à la différence entre les Russes et les Français : « Une jeune fille russe, qui a accepté les idées des nihilistes, quitte son pays et s'installe à Paris. Elle rencontre et épouse un jeune socialiste français. Pendant un certain temps, tout va bien dans ce ménage. Ils sont unis par la haine commune des lois et des cérémonies. Puis, la jeune femme rencontre un de ses compatriotes qui lui dit ce que font les socialistes russes dans leur véritable pays. Elle reconnaît alors que le but, les idées et les sentiments des révolutionnaires russes n'ont aucun rapport avec ceux des socialistes allemands ou français, et qu'un grand abîme la sépare du mari avec lequel elle croyait être en si parfait accord. »

Mais ce dernier projet était celui d'un géant encore debout que guettait une fin prochaine. Abattu par la maladie, Ivan pensait aux jours heureux avec Pauline, avec Viardot, à leur fille. Il se souvenait de tout ce qu'il avait fait pour que les affinités électives entre la France et la Russie fussent encore plus fortes.

Il appela Pauline près de son lit et elle ne le quitta plus. Avec des larmes dans les yeux, il lui demanda d'écrire sous sa dictée au premier étage du chalet de Bougival, dans cette étrange datcha peinte comme un reflet russe au milieu d'une toile impressionniste.

Ecrire, il voulait encore écrire et vivre. Sur son lit d'agonie, il lui confia : « Je voudrais écrire une histoire que j'ai dans la tête. L'amour à Saint-Pétersbourg. Cela me fatiguerait trop. Je ne pourrai pas. »

Elle le consola et lui sourit : « Dictez-la-moi, dit-elle. Je n'écris pas vite en russe, mais si vous êtes patient, je pourrai y arriver. — Non, non, dit-il. Si je dicte en russe, je m'arrêterai à chaque mot, à chaque phrase, pour choisir mon expression et je ne me sens pas capable d'un tel effort. Non, ce que je voudrais faire est de vous dicter l'histoire dans toutes les langues que nous savons, vous et moi, en me servant des expressions qui me viendront le plus facilement. »

DOSTOÏEVSKI OU
LE MALHEUR D'HABITER
SAINT-PÉTERSBOURG

Le règne de Nicolas Ier (de 1825 à 1855) marqua profondément la vie de Saint-Pétersbourg. La principale préoccupation du tsar était d'éliminer toute possibilité de contamination des idées de l'Occident dans toutes les couches de la société, donc une surveillance permanente de la pensée : censure, interdiction de voyager à l'étranger sans autorisation personnelle du tsar, russification intense par la langue et la religion, codification des lois existantes excluant toute réforme, extension de l'influence slavophile. Une véritable fermeture de Saint-Pétersbourg à l'Occident qui s'est durcie après les journées de juillet 1830 en France et surtout après les révolutions de 1848 en Europe. Ce resserrement du nationalisme russe stoppa l'évolution amorcée au XVIIIe siècle dont la capitale de l'Empire russe, ville « occidentaliste » par excellence, avait été le symbole. La conséquence en fut la défaite de la Russie qui conclut la guerre de Crimée en 1856. Mais, paradoxalement, on assista à Saint-Pétersbourg au développement de la pensée politique qui vivait sa période métaphysique où la réflexion l'emportait sur l'action ; l'éclosion de la littérature russe en même temps que de l'intelligentsia.

Une fois encore non pas un tsar mais un écrivain devint le personnage fétiche de Saint-Pétersbourg : Fedor Dostoïevski. Pourtant ce dernier déclarait sans ambages :

« Quel malheur d'habiter Saint-Pétersbourg, la ville la plus abstraite et la plus préméditée du monde. »

Pour lui, tout y était incertain, non seulement l'avenir mais surtout le destin de Saint-Pétersbourg voire de l'Empire.

C'est en partie une influence de la géographie car aucune digue ne protège la ville. On y est littéralement encerclé par cette cinquième colonne de canaux et d'affluents, si bien qu'en réalité, on habite sur une île, une parmi les cent un îlots du delta. Ce sentiment d'incertitude demeurera au centre de son œuvre.

Dostoïevski naquit en 1821 à l'hôpital des pauvres où il connut les formes les plus envenimées du malheur, un spectacle dont il ne devait jamais se détourner. Son père, un médecin militaire retraité, était attaché à cet établissement. Sa famille appartenait à cette petite noblesse où se recrutait le peuple des fonctionnaires subalternes. Le médecin avait de nombreux enfants, la vie était rude. Après des premières études dans une pension de Moscou, il obtint que les deux aînés, Michel et Fedor, fussent admis à l'école des ingénieurs militaires de Saint-Pétersbourg.

Mais Dostoïevski ne garda pas longtemps ses torsades d'ingénieur. Sous l'influence de Pouchkine, de Gogol et des romanciers français, tels que Balzac, Eugène Sue, George Sand, il donnait sa démission un an plus tard, pour se consacrer exclusivement aux professions littéraires. A la mort de son père, le maigre patrimoine dispersé entre les enfants fut vite dilapidé et le jeune Fedor dut supplier les journaux et les libraires pour trouver quelque traduction. En vain. La misère le rattrapait.

De caractère irritable et instable, déjà malade, victime de ses nerfs ébranlés et épileptique, il se croyait tourmenté par tous les maux. L'âme à fleur de peau, indompté, Fedor Dostoïevski observait les bassesses de la vie à Saint-Pétersbourg avec une compassion qui lui noyait le cœur pour cette catégorie assez complexe d'habitants que l'on désignait sous le vocable de *raznotchintsy*, « de conditions diverses ». C'étaient des citadins d'origines variées, petits-bourgeois, marchands, artistes. Ayant achevé leurs études et ne désirant pas entrer dans l'administration comme fonctionnaires, ces gens ne pouvaient avoir un statut déterminé. Il en arrivait un grand nombre de province, qui cherchaient des débouchés à Saint-Pétersbourg. Ils se faisaient souvent instituteurs ou précepteurs. Ceux qui avaient obtenu des diplômes correspondant devenaient infirmiers ou employés dans divers établissements. Un nombre assez important se destinait au journalisme et à la littérature ; ainsi naquit au XIXe siècle la littérature des *raznotchintsy* dont l'éclat relatif donnera naissance aux écrivains de Saint-Pétersbourg des années 1860.

En fait, l'intelligentsia russe est née de ces *raznotchintsy*. Dans son premier roman, *Les Pauvres Gens*, Dostoïevski avait déjà exposé toute la nature de cette couche sociale. Tout y était : sa sensibilité maladive, son besoin de pitié et de dévouement, son désenchantement, les blessures de son orgueil farouche.

Ce garçon de vingt ans avait conçu une tragédie envoûtante. L'histoire en est bien ordinaire pour le Saint-Pétersbourg de l'époque, deux personnages appuient leur misère l'une contre l'autre pour s'aimer et s'aider à ne pas mourir. Un petit commis de chancellerie, usé par les années et les soucis, lutte contre la détresse matérielle torturé par son amour-propre. La femme y guide l'homme avec une force de caractère à toute épreuve. Ebloui par cet ouvrage, le plus célèbre critique de sa génération, Bielinski, l'interpella : « Comprenez-vous bien, jeune homme, toute la vérité de ce que vous avez écrit ? Non, avec vos vingt ans, vous ne pouvez pas le comprendre. C'est la révélation de l'art, le don d'en haut : respectez ce don... »

Dans les années 1840, dans la capitale de l'Empire se formèrent des cercles d'étudiants. Ces jeunes gens se rassemblaient pour lire et parler de Fourier, Louis Blanc, Proudhon. Vers 1847, ces réunions s'ouvrirent à des publicistes, à des officiers ; ils se relièrent entre eux sous la direction d'un ancien étudiant, l'auteur du *Dictionnaire des termes étrangers*, l'agitateur Petrachevski. Deux courants se dessinèrent alors parmi les affiliés ; les uns se rattachaient aux décembristes de 1825 ; se bornant à rêver à l'émancipation des serfs et une constitution libérale. Les autres allaient plus loin, devinrent les « nihilistes », réclamant la ruine radicale du régime pour faire triompher le socialisme et l'athéisme. L'auteur de *Pauvres Gens* fut bientôt assidu à ces réunions. A vrai dire il comptait parmi les modérés car pour lui il ne pouvait émaner que spiritualité et compassion d'une théorie politique. Et le jugement prononcé contre lui par la suite ne relevait que de charges bien insignifiantes : sa participation « à des entretiens sur la sévérité de la censure ».

Petrachevski et ses compagnons n'eurent pas le temps de mettre sur pied une organisation. La police veillait. Le gouvernement, face aux événements mondiaux, devenait de plus en plus réactionnaire.

La rigueur extrême de la répression ne fut due qu'à

l'irritabilité accrue du gouvernement. Ce cercle fut trahi à l'occasion d'un banquet donné en l'honneur de Charles Fourier au cours duquel on prêcha la destruction de la famille.

Le 23 avril 1849 à cinq heures du matin, trente-quatre suspects furent arrêtés. Les deux frères Dostoïevski étaient du nombre. Le jeune écrivain fut reconnu coupable d'avoir lu, lors d'une réunion, la lettre que le critique littéraire Bielinski avait adressée à Gogol. Les prévenus furent conduits à la citadelle et mis au secret dans les casemates du lugubre ravelin Alexis, lieu hanté par un passé macabre. Ils y restèrent huit mois en attendant leur interrogatoire.

Dostoïevski écrira plus tard à son frère relâché faute de preuves suffisantes : « Pendant cinq mois j'ai vécu de ma propre substance, c'est-à-dire de mon seul cerveau et de rien autre. Penser perpétuellement et seulement penser, sans aucune impression extérieure pour renouveler et soutenir la pensée, c'est pesant [...]. J'étais comme sous une machine à faire le vide, d'où on retirait tout l'air respirable. »

L'un des prisonniers nota dans ses souvenirs la seule consolation dont ils bénéficièrent de la part d'un jeune soldat de la garnison, de faction dans le corridor qui, de temps en temps, entrouvrait le judas et chuchotait : « Vous vous ennuyez n'est-ce pas ? souffrez avec patience. Le Christ aussi a souffert. »

Le 22 décembre, on vint chercher les prévenus, sans les instruire du jugement rendu contre eux en leur absence par la cour militaire. Ils n'étaient plus que vingt et un ; les autres avaient été relaxés. On les conduisit sur la place de Semenovski où un échafaud était dressé. Tandis qu'on les groupait sur la plateforme, Dostoïevski communiqua à l'un d'eux, Monbelli, le plan d'une nouvelle à laquelle il travaillait dans sa prison. Par un froid de −21 °C, les criminels d'Etat durent quitter leurs habits et écouter en chemise la lecture du jugement qui dura une demi-heure. Comme le greffier commençait, Dostoïevski dit à son voisin : « Est-il possible que nous soyons exécutés ? » Cette idée se présentait alors pour la première fois à son esprit. Son voisin répondit d'un geste, en lui montrant une charrette chargée d'objets dissimulés sous une bâche, qui semblaient être des cercueils. La lecture finit sur ces mots : « ... sont condamnés à la peine de mort et seront fusillés. » Le greffier descendit de l'échafaud, un prêtre y monta, la croix entre les mains, et exhorta les condamnés à se confesser. Un seul homme, un marchand de Saint-Pétersbourg, se rendit à cette invitation ; les autres se contentèrent de baiser la croix. On attacha au poteau Petrachevski et deux des principaux conjurés. L'officier fit charger les armes à la compagnie rangée en face et prononça les premiers commandements. Comme les soldats abaissaient leurs fusils, un pavillon blanc fut hissé devant eux ; alors seulement, les vingt et un apprirent que l'empereur avait réformé le jugement militaire et commué leur peine en déportation. On détacha les chefs ; l'un d'eux, Grigoriev, qui fut frappé de crise de folie, ne retrouva jamais ses facultés.

A l'inverse du pauvre homme, Dostoïevski affirmait qu'il serait immanquablement devenu fou dans la vie à Saint-Pétersbourg, si cette épreuve et celles qui suivirent lui avaient été épargnées. Dans toutes ses œuvres ultérieures, reviendra le récit ou le rêve d'une exécution capitale, et il s'acharnera à l'étude psychologique du condamné qui va mourir avec une intensité particulière où l'on sent le cauchemar qui hantait son esprit.

L'arrêt impérial, moins rigoureux pour l'écrivain

que pour les autres, réduisait sa peine à quatre ans de travaux forcés, ensuite l'inscription au service comme simple soldat, avec perte de la noblesse, des droits civils. Les condamnés montèrent séance tenante dans des traîneaux pour quitter la capitale de l'Empire, le convoi s'achemina vers la Sibérie. « A toutes les horloges des tours de Pétersbourg, minuit sonnait. La nuit était terrible, nuit de novembre humide et brumeuse, pluvieuse, neigeuse. Le vent sifflait dans les rues désertes, soulevait, plus haut que les chaînes du pont, l'eau noire de la Fontanka, frappait les réverbères du quai, qui répondaient à ces sifflements par un grincement aigu, plaintif... »

Ainsi en 1850, Fedor Dostoïevski entrait dans la « Maison des morts » d'où il reviendra pour devenir l'auteur des *Possédés*, des *Frères Karamazov* et de *L'Idiot*.

L'époque changeait de visage.

A Tobolsk, après une dernière nuit passée en commun, ils se dirent adieu ; on les ferra, on leur rasa la tête, on les dirigea sur des destinations différentes. Ce fut dans cette prison d'étape, qu'ils reçurent la visite des femmes des décembristes.

« Dès que venait le crépuscule, je tombais par degrés dans cet état d'âme qui s'empare de moi si souvent, la nuit, depuis que je suis malade, et que j'appellerai frayeur mystique. C'est une crainte accablante de quelque chose que je ne sais définir ni concevoir, qui n'existe pas dans l'ordre des choses, mais qui peut-être va se réaliser soudain, à cette minute même, apparaître et se dresser devant moi, comme un fait inexorable, horrible, difforme. »

En 1854 seulement, Dostoïevski retrouva une liberté bien relative en entrant comme simple soldat dans un régiment de Sibérie.

Deux ans après, en 1856, le règne d'Alexandre II apporta le pardon. Promu officier d'abord et réintégré dans ses droits civils, Dostoïevski fut bientôt autorisé à donner sa démission. Il lui fallut encore de longues démarches pour obtenir la grâce de retourner en Europe, et surtout la permission d'imprimer à Saint-Pétersbourg.

Pendant ses quatre ans d'exil en Sibérie, Dostoïevski s'était rapproché de la religion. Il n'avait alors qu'un ouvrage en sa possession : les Evangiles, qu'il lisait chaque nuit, sous la lanterne du dortoir. Il apprit aussi à d'autres à le lire. Et, après le travail du jour, tandis que ses compagnons de fers demandaient au sommeil la réparation de leurs forces physiques, Fedor implorait des Evangiles un bienfait plus nécessaire encore à ses yeux, la réfection des forces morales, le soutien de l'âme.

Angoissé, malade et rongé par la passion du jeu, Dostoïevski devint de plus en plus sensible au mysticisme et aux idées nationalistes, tout en restant populiste et démocrate de conviction. Il a porté le roman psychologique à un tel niveau d'introspection que certains vont jusqu'à voir en lui le précurseur de Freud et de la psychanalyse.

Enfin, en 1859, après dix années d'exil, Dostoïevski rentra à Saint-Pétersbourg frémissant d'impatience et d'espoir. Il n'était pas seul car il avait épousé en Sibérie la veuve d'un de ses anciens complices. Cependant, cet amour était malheureux car la jeune femme avait ailleurs un attachement plus vif, et peu s'en était fallu qu'elle ne s'engageât vis-à-vis d'un autre homme. Après les douloureuses circonstances qui l'avaient conduit aux travaux forcés en Sibérie, il revenait avec, pour reprendre ses termes, « le besoin typiquement pétersbourgeois de chercher le bonheur dans la souffrance ». Jusqu'à 1865, il se laissa absorber par le journalisme.

L'abolition du servage en février 1861 fut la première réforme du tsar Alexandre II. Cette réforme, attendue depuis longtemps, fut suivie de la réorganisation de l'administration et du système judiciaire puisque la Russie ne comptait plus que des hommes libres.

Saint-Pétersbourg était en pleine expansion, la main-d'œuvre y arrivait des quatre coins de l'Empire ; la population masculine excédait la population féminine dans la proportion de deux pour un, la prostitution était florissante, les orphelinats débordaient.

A l'inverse des autres auteurs russes passionnés de la nature, Dostoïevski se concentrera non sur les splendeurs, mais sur les misères de la ville de Pierre.

La psychologie, l'âme humaine, retiendront toute sa pensée, ses visions favorites seront les banlieues, les rues pauvres, le jardin de l'hospice, les distractions craintives des « humiliés » et des « offensés ».

Dostoïevski nous convie à une traversée de Saint-Pétersbourg constamment sombre, fréquemment écœurante, quelquefois macabre.

La France, une fois encore, allait indirectement jouer un rôle dans l'histoire de Saint-Pétersbourg et, en quelque sorte, dans le destin de Dostoïevski.

Les jeunes femmes de la capitale de l'Empire russe s'enflammèrent à l'idée de « s'émanciper ». Sous leur slogan, identique à celui de la République française : liberté, égalité, fraternité, se cachait le désir farouche de se libérer du joug familial et de l'autorité du père et du mari. Le milieu littéraire, comme toujours en Russie, fut à l'avant-garde de ce mouvement appelé « mouvement des Emancipées ».

C'est dans ce contexte qu'en 1857 une jeune fille

de dix-sept ans débarqua à Saint-Pétersbourg. Née de parents paysans, Apollinaria, ou Polina pour les intimes, avait hérité de son père un caractère combatif. Ce dernier avait commencé une vie de serf chez le comte Cheremetiev pour devenir par la suite un marchand prospère, propriétaire de plusieurs usines de textile. Son but fut toujours de donner une éducation exceptionnelle à ses deux filles, Nadejda et Apollinaria. Ce fut d'ailleurs une réussite puisque Nadejda devint la première femme médecin en Russie.

Polina s'installa dans un appartement confortable de la rue Tverskaïa au cœur de Saint-Pétersbourg, sous l'œil vigilant de sa gouvernante. Mais, la jeune fille désira changer cette petite vie tranquille rythmée par des cours de danse dispensés par un professeur particulier.

En effet, elle entreprit d'aller écouter des conférences publiques à l'université où elle devint une sorte de *pasionaria* du mouvement révolutionnaire estudiantin. Ainsi mena-t-elle deux années d'une existence tourmentée avant de rencontrer Dostoïevski.

A quarante ans, Dostoïevski était déjà un écrivain chevronné marqué par une mentalité originale, ses conférences avaient du succès auprès de la jeunesse. « C'était un homme de taille moyenne, mince et légèrement voûté, au visage ingrat dominé par un front immense et éclairé par des yeux extraordinaires : petits, très enfoncés, d'une couleur indéterminée et d'une indéfinissable expression, triste, intense, aiguë, qui provoquait par l'intensité de cette tristesse et de cette acuité une sensation de gêne et de malaise. Les yeux d'un homme qui souffre. » Ainsi la jeune fille le décrivit-elle le jour de leur rencontre à Saint-Pétersbourg. Elle avait vingt-deux ans.

Les coups de six heures retentirent à la pendule du

vestibule quand Dostoïevski rentra chez lui. Il se secoua un peu pour rejeter la neige qui s'était posée sur son chapeau, sur son col, sur son manteau, sur sa cravate, sur ses bottes ; mais il ne pouvait encore se débarrasser de ses sentiments étranges, de son obscur ennui.

Un coup de canon tonna au loin. « Quel temps ! » dit-il. Pour lui, tout dépendait de la lumière, du soleil. « J'aime le soleil de mars à Pétersbourg, particulièrement au crépuscule, par un soir de gel, un soir clair, bien entendu. La rue est illuminée d'un coup, inondée d'une claire lumière. Toutes les maisons semblent aussitôt se mettre à scintiller. Leurs couleurs, jaune, gris et vert sale, perdent en l'espace d'un instant toutes leurs ombres : comme si l'âme les illuminait. Les matinées de Pétersbourg, les plus prosaïques, semblerait-il, sont de tout le globe terrestre les plus fantastiques du monde. Tantôt le visage de la ville était sans nuage, éclairé, léger, tantôt sombre, aliéné, morne. Comme chaque être vivant, Pétersbourg subit les fléaux du temps, de la fatigue, de la destruction. Que de malheur a habité Pétersbourg. C'est une ville de fous qui exerce une influence insupportable sur l'âme d'un homme. »

En ce mois de mars, le vasistas était ouvert, laissant entrer par la double fenêtre l'humidité déjà printanière de la neige mêlée de pluie. Quelqu'un frappa à la porte du vestibule.

— Qui est là ? lança Dostoïevski, mais il n'y eut pas de réponse.

L'écrivain laissa passer quelques instants avant de répéter sa question : à nouveau le silence. On frappa alors une seconde fois. Dostoïevski se leva et alla ouvrir. Une jeune fille se tenait sur le seuil dans un manteau droit. Des gouttes d'eau luisaient sur son visage et ses cheveux roux qui dépassaient de son chapeau. Sans le quitter des yeux, elle dit :

— Je suis Polina. Je suis venue vous voir.

Dostoïevski fut assez surpris, mais eut, bien sûr, une réponse aimable :

— Je vous en prie, je suis très flatté. Mais je dois vous dire tout de suite que les bruits parvenus jusqu'à vous sont certainement exagérés ; je crains fort qu'il n'y ait en moi rien d'intéressant.

— En tout cas, permettez que j'entre, ne me laissez pas comme ça sur le seuil, dit-elle sans baisser les yeux. Si vous êtes flatté, alors faites-moi entrer.

Elle entra et, devant la glace dont le tain gris argent était piqué par endroits, elle défit son chapeau et arrangea sa chevelure, comme si elle avait été chez elle, enleva son manteau, le jeta sur une chaise et apparut vêtue d'une robe en flanelle à fleurs mauves puis s'assit sur le divan et lui ordonna, en reniflant de son petit nez mouillé de neige et de pluie : « Donnez-moi vos livres dans la pochette près de mon manteau. »

Dostoïevski obtempéra. Il avait envie de sourire, tant il était ravi et perplexe. Et, docilement, l'écrivain commença à parler de ses livres.

Elle sentait encore l'air frais du dehors et cette odeur le troublait. Comme le troublaient cette assurance mêlée à la jeunesse toute féminine que respiraient ses traits, son regard franc, ses beaux bras ronds, et tout ce qu'il embrassa du regard, tout ce qu'il ressentit lorsque sous sa robe, où se devinaient des genoux pleins, à l'arrondi parfait, il découvrit ses mollets au galbe bien dessiné par des bas gris très fins et ses petits pieds étroits dans des escarpins découpés et vernis.

Elle s'installa commodément sur le divan, comme si elle s'apprêtait à rester encore longtemps. L'écrivain lui posa des questions sur ce qu'elle avait entendu dire de lui : de qui le tenait-elle, et qui était-elle, où et avec qui vivait-elle ? Elle parlait en phrases brèves :

— Ce que j'ai entendu sur vous et de qui je le tiens ? Aucune importance. Si je suis venue, c'est bien plutôt parce que je vous ai lu et j'apprécie votre génie propre à Saint-Pétersbourg. Quant à moi, je suis la fille d'un marchand ; je n'habite pas loin de chez vous.

Puis la jeune fille fit infuser le thé, essuya les tasses et les petites cuillères. Elle mangea un gâteau et but une tasse de thé puis elle s'enfonça plus profondément encore et tapota le divan à côté d'elle.

— Et maintenant, venez vous asseoir là...

Dostoïevski en fit cette description dans son journal : « Elle s'est approchée de moi, jeune fille svelte avec de grands yeux d'un bleu grisâtre, les traits bien dessinés entourés d'un casque de tresses rousses. Sa voix grave quelque peu lente, sa chair ferme dégageait une étrange union entre force et féminité. »

La propre fille de l'écrivain porte un regard plus prosaïque sur cette rencontre :

« Pauline est venue de la province profonde où elle avait des parents riches qui lui envoyaient suffisamment de fonds pour qu'elle puisse vivre à sa guise à Saint-Pétersbourg. Chaque automne elle s'inscrivait à l'université mais jamais elle ne passait un examen ni n'assistait à un cours, elle assistait seulement aux conférences en se faisant courtiser par les étudiants, signait des pétitions, appelait à manifester. Elle était la première à porter le drapeau noir en chantant *La Marseillaise*, conspuait les cosaques, battait les policiers qui lui rendaient ses coups, passait la nuit à la maison d'arrêt et quand elle revenait à l'université, les étudiants lui faisaient un accueil triomphal en la portant au nues et en la considérant comme victime du "tsarisme dégoûtant".

« Polina était dans tous les bals, dans les grandes soirées littéraires estudiantines, tantôt valsant et tantôt philosophant à propos des nouveaux ouvrages.

« A l'époque l'amour libre était à la mode et cette jeune et jolie fille suivait l'air du temps.

« En entendant parler du succès de Dostoïevski, elle s'empressa de partager la nouvelle passion de ses amis, se mettant toujours à ses côtés, le flattant, mais l'écrivain n'y prêtait pas attention, aussi lui écrivit-elle une lettre de déclaration. C'était une lettre simple, naïve et poétique, on aurait pu croire que cela émanait d'une jeune fille fleur bleue éblouie par le génie.

« Dostoïevski fut naturellement touché par la missive. Elle était arrivée à point nommé au moment où il en éprouvait le besoin. Son cœur avait été brisé par la trahison de sa deuxième femme. Il se méprisait en tant que mari trompé et ridiculisé et soudain une jolie jeune fille lui offrait son amour. »

Bien entendu ce récit n'est pas tout à fait objectif et surévalue le rôle politique réel de Polina.

L'allégation concernant l'amour est bien entendu grotesque car dans son journal Dostoïevski précisa à propos de Polina : « Tu m'as attendu jusqu'à vingt-trois ans. » L'écrivain (pour utiliser ses propres termes) la forma aussi bien sensuellement que sur le plan littéraire. En somme un cas de figure classique.

Leur « romance à Saint-Pétersbourg » commença par un échange de lettres enflammées et des rencontres secrètes. Dostoïevski raconta à son amie sa jeunesse, ses souffrances, ses succès vertigineux durant leurs longues promenades à travers les rues de la capitale.

Polina était subjuguée par la vision de cette ville unique, sans pareille. Dostoïevski, lui, évoquait les

« états d'âme » de la capitale russe, comme s'il s'agissait d'un être vivant, toujours changeant, caractériel et capricieux. L'écrivain parlait du « masochisme typiquement pétersbourgeois », qui d'ailleurs correspondait parfaitement au caractère de la jeune fille.

Et si Dostoïevski, selon Pauline, « la tracassait » sur le plan physique, la jeune amie de l'écrivain le « harcelait moralement », trouvant l'amour charnel « humiliant ». Bref, comme souvent chez les héros des romans de Dostoïevski, ils s'aimaient et se haïssaient à la fois.

« Apollinaria, nota-t-il dans son journal, est un monstre d'égoïsme. Son égoïsme et son narcissisme sont sans pareils. Elle exige que les autres soient parfaits et ne pardonne pas la moindre imperfection, tout en se privant des moindres obligations envers les gens. »

Plus tard il raconta ses déboires personnels à travers l'héroïne du roman *L'Idiot*, Nastasia Phillipovna : « Et voilà que quelqu'un vient pour souiller, blesser, enflammer débaucher pour s'en aller ensuite. Mille fois j'ai voulu me jeter dans le lac mais j'étais lâche, je n'ai pas eu la force. »

Dostoïevski ne pouvait pas vivre hors de son cher Saint-Pétersbourg, tandis que Polina ne rêvait que de Paris. Elle n'hésita d'ailleurs pas à y partir sans lui. Sur les bords de la Seine, elle ne tarda pas à s'énamourer d'un homme, jeune Espagnol qui « ressemblait à un toréador ». Mais ce voyage ne fut pas de longue durée et l'heure de la séparation sonna : « Je lui ai donné un dernier baiser enflammé, raconta Polina (dans un récit d'une simplicité exemplaire), je me suis retenue pour ne pas éclater en sanglots. »

Elle se tourna alors vers son amant délaissé : « J'aurais voulu te voir, écrivit-elle à Dostoïevski,

pour parler de la Russie et de Saint-Pétersbourg. »
Toujours impitoyable, la fille de l'écrivain commenta :
« Au printemps, Polina signala à Dostoïevski la fin
malheureuse de sa passade ; son amant parisien l'avait
quittée et elle suppliait mon père de venir à sa rescousse à Paris. Ce dernier hésita, puis finalement se
rendit dans la capitale française. Polina n'hésita pas
alors à jouer la comédie de la maîtresse déchue et
menaça de poignarder son amant espagnol. Dostoïevski lui conseilla plutôt de l'accompagner en Allemagne, ce qu'elle fit. »

De retour à Saint-Pétersbourg, Polina fixa les turpi-
tudes de son cœur dans son journal d'une manière
détaillée : « Je lui racontais qui était mon amant. Il
en ressentait un dégoût mais me disait qu'il était heureux que j'existe et m'a proposé de le suivre en Italie où il me traitera comme une sœur. »

Cette description n'est pas conforme à une réalité
plus nuancée. A cette époque, en effet, la première
femme de l'écrivain était en train de mourir. Malgré
une liaison avec une autre femme, il ne trouva pas
mieux que de proposer à Polina le mariage.

Fin connaisseur des allées sombres de l'âme
humaine, Dostoïevski avait bien compris qu'elle était
décidée à lui faire subir tout le mal que son Espagnol volage lui avait fait endurer.

Mais Dostoïevski ne cherchait-il pas lui-même la
souffrance ? Le 6 septembre 1863, toujours dans son
journal, il écrivait : « Tu ne sais pas ce qui m'est
arrivé, j'ai été pris par le désir farouche de te baiser
les pieds. A quoi bon m'exclamai-je ? Afin que tu
esquives ce geste... »

Pendant cinq ans, de 1861 à 1866, ils allaient vivre
les contradictions de leur amour comme sur un vol-
can. Et, tandis que l'écrivain transcrivait leurs rela-

tions dans ses ouvrages, Polina notait imperturbablement dans son journal : « Dostoïevski a encore voulu coucher avec moi, que c'est dégoûtant ! »

Fedor persistait cependant à vouloir l'amener à partager sa vie et ses angoisses :

« Je ne t'invite pas à un bonheur banal », écrivait-il, mais ces dramatiques appels au secours demeureront sans réponse. Le jour de la mort de sa première femme, le 15 avril 1864, l'écrivain demanda encore une fois Polina en mariage, elle refusa de nouveau, puis, maudissant Saint-Pétersbourg qui avait engendré Dostoïevski, « ce phénomène bourré de contradictions », elle quitta la ville de Pierre pour la province profonde où elle devait exercer le métier d'institutrice.

Une autre femme entra alors dans la vie de l'écrivain à Saint-Pétersbourg, Anna Snitkina, une jeune sténographe, prête à tous les sacrifices pour accompagner un génie. (Il se remariera plus tard avec cette personne intelligente et courageuse, qui l'aidera à sortir de ses embarras matériels.)

En apprenant cette liaison, Polina brûla les lettres de Dostoïevski. Pourtant son image reviendra comme une hantise dans les romans de l'auteur ; dans *Le Joueur*, Nastasia Phillipovna, dans *L'Idiot*, Grouchenka, et dans *Les Frères Karamazov*.

Mais l'esprit « contradictoire et tordu » de Saint-Pétersbourg allait rattraper Polina car elle devait rencontrer un étudiant qui allait devenir un grand philosophe, Vassili Rosonov. Le jeune garçon, âgé de dix-sept ans, passionné de la ville de Pierre et fervent admirateur de Dostoïevski, s'éprit tout naturellement d'elle. Les vingt ans qui les séparaient n'avaient pour lui aucune importance.

Polina n'apporta jamais le bonheur aux hommes qui l'accompagnèrent, cependant elle demeura une grande inspiratrice devant l'Eternel et marqua l'œuvre de ces deux écrivains.

La rupture de Dostoïevski avec Pauline consommée, une suite d'années lamentables commencèrent pour l'écrivain. Il fut d'abord obligé de cesser d'imprimer son second journal. Ecrasé sous le poids des dettes que laissait l'entreprise, il avait perdu coup sur coup sa femme et son frère Michel, associé à ses travaux. Pour échapper à ses créanciers l'écrivain quitta Saint-Pétersbourg et partit pour l'étranger, traîna en Allemagne et en Italie une misérable vie ; malade, sans cesse arrêté dans son travail par des crises d'épilepsie, il ne revint sur les bords de la Néva que pour solliciter quelques avances de ses éditeurs. Tout ce qu'il vit en Occident le laissa assez désabusé ; une seule chose l'avait affecté, une exécution capitale vue à Lyon ; cette scène lui remit en mémoire l'exécution de la place de Semenovski, qu'il fera raconter à satiété par les personnages de ses futurs romans. Pourtant, il écrivait à cette date : « Avec tout cela, il me semble que je commence seulement à vivre. C'est drôle, n'est-ce pas ? Une vitalité de chat ! »

Durant cette période tourmentée de 1865 à 1871, il composa trois grands romans, *Crime et Châtiment*, *Souvenirs de la maison des morts* (récit autobiographique où il évoque le cauchemar de la déportation et la dégradation morale des condamnés), puis *L'Idiot*, où il raconte son simulacre d'exécution. Vinrent ensuite *Le Joueur*, *Les Possédés*, *Les Frères Karamazov*, qui achevèrent d'asseoir sa notoriété.

Le premier marque l'apogée du talent de Dostoïevski et représente une ode à Saint-Pétersbourg. En effet, les rues, les odeurs et les gens de la capitale nourrissent la trame très simple de cet ouvrage.

Le héros du roman imagine un crime ; il le prépare,

206

l'effectue, se protège quelque temps contre les recherches de la justice et est amené à se livrer lui-même, il expie. Comme le souligne Vogüé, « ce qui séduit, c'est le caractère, même s'il applique son énergie au mal, parce qu'il promet un guide et garantit la fermeté du commandement, le premier besoin d'une association humaine ».

Avec la publication des *Possédés* et le retour de Dostoïevski à Saint-Pétersbourg, commença la dernière période de sa vie, de 1871 à 1881. Elle fut un peu moins sombre que les précédentes. Sa popularité grandissait, le succès de ses livres lui permettait de se libérer. Repris par le démon du journalisme, il collabora d'abord à une feuille de la capitale et finit par se donner un organe bien à lui, qu'il rédigeait tout seul, le *Carnet d'un écrivain*. Dans cette publication mensuelle l'auteur déversait toutes ses idées politiques, sociales et littéraires et racontait des anecdotes et des souvenirs de sa vie. Cette encyclopédie, qui fut la grande affaire de ses dernières années, renferme son acte de foi perpétuelle dans les destinées de la Russie, une glorification de la ville de Pierre qui fut à l'origine de son œuvre.

LE SIÈCLE D'ARGENT

Au début du XXe siècle, dix-neuf îles reliées par des nouveaux ponts, entrecoupée par des canaux et par le large lit de la Néva, la ville semblait flotter entre ciel et eau. En hiver durant d'interminables mois, l'eau prenait la dureté du cristal et les habitants étaient frappés de plein fouet par les vents violents et les tempêtes de neige qui avaient balayé les plaines.

De même que l'architecture, très occidentalisée, les manières et la culture de la société de Saint-Pétersbourg rappelaient plus celles de Paris. Les gens du monde parlaient entre eux le français et non le russe. Les femmes suivaient la mode parisienne et étaient célèbres pour la profondeur audacieuse de leurs décolletés, de même que pour la quantité et la qualité des diamants qu'elles portaient avec panache, même en plein jour. Les palais s'ornaient de tableaux superbes et de meubles importés de France. L'ordonnancement des jardins avait la beauté classique des parterres de Versailles. Le ballet, l'opéra, la musique symphonique, le théâtre multipliaient les manifestations ; tout était de très haute qualité et les artistes, de renom international.

Si, au XVIIIe siècle, l'imitation de l'Occident s'arrê-

tait aux maquillages et aux modes de l'aristocratie
(« Ces Russes sont des singes ! s'écria un noble français après un bal au palais d'Hiver. Comme ils se sont
vite adaptés ! Ils surpassent notre cour ! »), au
XIXᵉ siècle, en revanche, Saint-Pétersbourg, avec ses
nouveaux riches, sa haute société, son demi-monde,
était une ville européenne par excellence qui regardait avec dédain d'autres capitales.

Dans ce décor de rêve, deux mondes s'affrontaient,
celui de l'autocratie dans ces palais étincelants, et
celui de la rue dominée par des révolutionnaires qui
voulaient en finir avec le système tsariste.

Le terrorisme fit de la capitale de l'Empire son
champ d'action privilégié, car ses cibles furent les plus
hauts personnages de l'Etat.

Un premier attentat commis à Saint-Pétersbourg
contre Alexandre II en 1866 resta un acte isolé. A partir de 1878 et avec la naissance de l'organisation Terre
et Liberté, les attentats se multiplièrent. L'empereur
fit l'objet d'une chasse à l'homme (à laquelle même
le palais d'Hiver n'échappa pas avec l'explosion de
février 1880) jusqu'à son assassinat le 1ᵉʳ mars 1881.

Les successeurs d'Alexandre II, son fils
Alexandre III (1881-1894), puis son petit-fils Nicolas II (1894-1917), étaient profondément attachés au
principe slavophile d'« orthodoxie, autocratie, nationalisme ». Cette doctrine n'était guère compatible
avec la réalité d'un empire multiconfessionnel, multi-
national et en cours de laïcisation. Les problèmes
internes ne pouvaient donc être résolus que par la
force.

Alexandre III éprouvait une certaine méfiance
envers l'Etat républicain français et des délais furent
nécessaires à la signature de l'alliance franco-russe
entre 1881 et 1894. En revanche, l'enthousiasme des

Français pour Saint-Pétersbourg ne se démentit jamais. Le succès de l'emprunt russe pourrait en être une preuve, mais surtout l'accueil délirant de Nicolas II à Paris en 1896.

En 1894, Nicolas II avait succédé à son père le tsar Alexandre III, mort prématurément. Agé de vingt-quatre ans, le nouvel empereur dut assumer un pouvoir autocratique contesté, dans un pays en pleine mutation.

Trois ans plus tard, l'initiateur de la Conférence de la Paix réunie à La Haye en 1899 donna à la Russie un rôle international de premier plan. L'engouement pour les premières manifestations organisées par Diaghilev montre avec quel enchantement fut perçue l'expression d'un art venu de Saint-Pétersbourg et ignoré de l'Occident.

Ni la France, ni l'Europe n'avaient conscience du danger qui menaçait l'Empire. Pourtant, des grèves commencèrent à Saint-Pétersbourg et s'étendirent dans tout le pays. Les manifestations d'étudiants se multiplièrent au point de devenir quasi permanentes. Des révoltes paysannes sporadiques entretenaient la tension dans les campagnes et le mouvement ouvrier se développait dans les villes offrant un terrain propice à l'action des deux principaux partis d'opposition : les socialistes-révolutionnaires et les sociaux-démocrates.

La répétition des attentats, le climat d'insécurité qu'ils instaurèrent contribuèrent à forger une image inquiétante de Saint-Pétersbourg, dans laquelle l'élite de l'Empire n'était plus en sécurité. Les terroristes clandestins, déguisés en hommes du peuple, faisaient face aux agents de l'Okhrana, la police tsariste, qui cherchait à infiltrer les organisations révolutionnaires en essayant de placer ses agents à leur tête.

Tout devint illusion : les identités sociales se transformèrent en un trompe-l'œil. Cette époque incertaine donna une pléiade de grands écrivains et d'artistes : Nina Berberova, Mérejkovski, Zénaïda Hippius, Blok, Anna Akhmatova, Benois, Chagall, Chaliapine, Meyerhold, Diaghilev...

Ces figures mythiques de Saint-Pétersbourg furent les fleurons de cette ère brillante (1895-1915) baptisée par le philosophe Berdiaev « âge d'argent ». Ces poètes et écrivains partageaient les mêmes thèmes : le sentiment de la crise et l'attente mystique.

Le personnage symbolique de ces années reste le poète Alexandre Blok qui, avec ses yeux tristes et son superbe casque de cheveux ébouriffés, avait tout d'une beauté romantique. Ses confrères le trouvaient même « indécemment beau ».

Pour comprendre l'impression suscitée par ses poèmes, il faut se rappeler le contexte de cette période et garder à l'esprit qu'un poète aux dons prophétiques était le personnage central de la civilisation de Saint-Pétersbourg.

Il recevait chaque jour des centaines de lettres de jeunes admiratrices désireuses de devenir son égérie. A une époque où n'existaient ni le show-business ni la télévision, cette bohème intellectuelle faisait rêver la jeunesse. Blok était en somme « le Delon de l'âge d'argent », selon le mot de Georges Nivat.

Quoi qu'il en soit, le « monde terrible et bizarre » de Saint-Pétersbourg fut l'axe fondamental de son œuvre qui brossait des images préfigurant le surréalisme.

Dans son journal, Blok s'est remémoré tous les événements intimes à l'origine de son œuvre. Les visions se multipliaient durant ses promenades à travers la ville de Pierre : Liouba, sa fiancée, s'interposait dans ces apparitions. « Elle » lui apparaissait, et il l'identifiait à l'âme du monde captive.

L'« été symbolique » de 1901 vit le transfert de cet éros mystique sur la fiancée de Blok, Liouba Mendeleïeva, issue comme lui d'une célèbre famille universitaire pétersbourgeoise. Ils étaient amis d'enfance et se retrouvaient souvent pour jouer, dans le cercle domestique, des pièces de théâtre. Tous les deux étaient riches, jeunes et si bien faits qu'aux concerts et dans les restaurants on les suivait des yeux.

Liouba avait la beauté slave : le visage rayonnant, de superbes cheveux, des yeux à l'éclat doux ; une bouche attirante aux lèvres d'un incarnat de pêche ; quand elle sortait, elle mettait le plus souvent des robes de velours et des escarpins assortis avec des boucles dorées. Cette association insolite fut emblématique pour le Saint-Pétersbourg du début du XXᵉ siècle.

En août 1898, Blok avait mis en scène quelques passages de *Hamlet* devant des amis et les villageois voisins. Enveloppé d'un manteau noir corbeau, l'épée au côté, il tenait lui-même le rôle d'Hamlet. Liouba était Ophélie — elle portait une robe blanche à encolure carrée, avec une garniture lilas clair sur l'ourlet et aux ouvertures des longues manches bouffantes. A sa ceinture pendait une aumônière lilas, brodée de perles. Dans l'épisode de la folie, ses cheveux dénoués, légèrement ébouriffés et cernés de fleurs, lui descendaient jusqu'aux genoux. Dans ses mains une grande gerbe de roses mauves. Et sur les planches Blok demanda la main de Liouba.

Leurs noces furent célébrées avec une austérité patriarcale le 17 août 1903 au village de Tarakanovo, dans une vieille église de l'époque de Catherine II, une blanche église de pierre au milieu d'une prairie verte. A la sortie, les villageois offrirent aux jeunes époux deux oies blanches ornées de rubans. Puis le cortège se dirigea vers leur maison dans des troïkas décorées de guirlandes de chêne. (Plus tard, toujours en troïka, ils firent une sorte de pèlerinage symbolique à Tsarskoïe Selo « pour honorer la mémoire des grands amoureux de Saint-Pétersbourg d'antan ».) Pendant le repas de noce, une foule de paysannes pomponnées chantaient devant le petit manoir des chants à la gloire du couple. Et là, tandis que les jeunes gens montaient les escaliers de la terrasse, la vieille nourrice les fleurit de houblon. Plus d'un vit dans ce mariage le présage d'insondables événements. Un témoin de la mariée, le noble polonais Rozwadowski, y reconnut une révélation divine et, de retour en Pologne, se retira dans un couvent.

A l'époque le Tout-Saint-Pétersbourg fut sincèrement persuadé que Liouba était rien de moins qu'une incarnation terrestre de la Belle Dame. Avec une ardeur infantile, d'aucuns tourmentaient Liouba, cherchant des références théologiques dans ses vêtements, ses gestes, ses coiffures. Tout cela se doublait, bien entendu, d'une veine d'ironie : les hommes de lettres aussi prenaient parfois en plaisanterie les schémas rigides de leur mysticisme.

La fiancée était consciente que son couple marchait sur des sables mouvants ainsi que le révèle cette lettre récemment mise au jour : « Savez-vous bien que vous me considérez comme une idée abstraite ; vous avez imaginé toutes sortes de choses belles et bonnes autour de moi ; et cette fiction qui n'a d'existence que dans votre imagination m'a cachée à vous, a caché l'être vivant, l'âme vivante ; votre regard était ailleurs. » D'ailleurs tous les admirateurs de Blok furent étonnés qu'il se mariât. Ainsi, la poétesse

Zinaïda Hippius lui écrivit-elle : « En réalité, vous (c'est-à-dire vos vers) n'êtes absolument pas fait pour le mariage, et tous nous sommes chagrinés par cette disharmonie — tous, semble-t-il, sans exception. »

Dans ses *Mémoires*, Liouba précise que leur mariage resta « blanc » pendant quelques mois : habitué aux prostituées (et périodiquement victime de maladies vénériennes), Blok expliquait à son épouse qu'ils ne devaient pas se rapprocher. Plus tard le mariage fut quand même consommé, très épisodiquement, de 1904 à 1906, date à partir de laquelle les deux époux rompirent leurs liens charnels. Les Blok n'étaient donc pas « de vrais époux » et leurs amis avaient parfaitement raison de dénoncer leur « mensonge ».

Comme autrefois avec Tourgueniev, la mère du poète joua un rôle déterminant dans cette histoire. Absent de la vie de Blok et divorcé d'avec sa mère, le père du poète était mort prématurément. En réalité le véritable amour de Blok fut cette mère, originale mais déséquilibrée, sujette à des accès de nervosité pathologique. Créature fragile et hystérique à l'affection maladive, elle était prédisposée à des crises d'exaltation religieuse et à de sombres accès d'angoisse qui la poussaient souvent jusqu'au bord du suicide. Chez Blok, le sentiment de « paradis perdu » s'explique autant par cet attachement excessif que par le tourment de sa maladie — la syphilis — et par une sorte de surmoi particulièrement élaboré suscitant le culte de la famille, et tout d'abord de sa propre génitrice. De ce lien exceptionnellement fort à une mère naquit à la fois l'idéalisation de la Femme et l'impossibilité pour Blok de réaliser concrètement cet amour.

Sa vie à Saint-Pétersbourg s'organisa donc entre une

mère adorée et une épouse sexuellement étrangère, qui menait librement sa vie d'actrice.

Lié à sa femme par le souvenir d'un amour mystique et par un étrange sentiment de « responsabilité » et de « devoir joyeux », le poète continuait à visiter régulièrement des prostituées. Il eut quelques passions passagères, dont deux laissèrent de profondes traces dans son œuvre. En 1907, pour l'actrice de Saint-Pétersbourg N. Volokhova. (Remarquons en passant que grande et svelte, les cheveux et les yeux noirs, de grands « yeux ailés », un sourire éclatant, Volokhova avait une splendeur d'icône.) Son inclination pour les tziganes fut à l'origine d'un nouvel engouement quand, en 1914, Blok s'éprit de l'actrice Liouba A. Delmas, qui interprétait Carmen au Théâtre du Drame musical.

Affublé d'une épouse inerte, le poète, abandonné par ses forces, ne compta plus que sur l'ange. Seule sa mère croyait à l'énergie de son fils.

Au début du siècle, l'air du temps à Saint-Pétersbourg fut dominé par les passions de Blok, par ses errances nocturnes et sa négation de toute politique. Il s'affirma dans trois grands thèmes : le thème des masques, le thème de la tempête de neige, le thème de la perception brouillée. L'homme « ironique » (tel qu'il l'était) s'inspira — pour utiliser les termes fumeux propres à l'époque — d'« une entité féminine qui représente le monde idéal ». Plus tard les tumultueuses vicissitudes de Saint-Pétersbourg contribuèrent à atténuer les traces de ce quiétisme mystique dans lequel le poète s'engluait.

Les amères défaites de la Russie dans la guerre avec le Japon et l'échec de la révolte de 1905 arrachèrent son imagination du point mort auquel elle était clouée. Et, petit à petit, il se détacha de son indifférence pour regarder la vie en face. Habitant un quartier populaire de Saint-Pétersbourg (dans une maison construite à côté d'une grande caserne entourée d'usines et de masures ouvrières), Blok put suivre de près le grouillement fébrile de ces journées orageuses. Ce furent les événements de 1905 qui provoquèrent chez lui un changement radical, en particulier le sombre « Dimanche sanglant » où les troupes cosaques fauchèrent l'humble foule qui se rendait chez le tsar avec icônes et bannières, pour implorer justice.

Les durs du régime les utilisèrent alors comme prétexte pour éliminer les éléments réformateurs au sein du pouvoir, en imposant ce slogan : « Ne ménagez pas les cartouches ! » Mais cela n'arrêta pas les révolutionnaires. Les principales unions professionnelles se créèrent à travers tout le pays ; le drapeau rouge fut hissé sur le cuirassé *Potemkine* ; les partis révolutionnaires et les syndicats organisèrent la première grève politique générale de l'histoire de la Russie qui devait aboutir à l'insurrection armée.

Désormais le rouge planait, menaçant, au bord de la Néva, avec une insistance forcenée, comme l'étendard de feu sur le manège symbolique. Cette orgie de rouge introduit dans ses poésies un frisson d'apocalypse, l'agitation extrême d'une ville au bord de la débâcle. « Notre réalité de Saint-Pétersbourg, écrivit Blok, se déroule dans une clarté rouge. Les jours retentissent de plus en plus de cris, de drapeaux rouges flottant au vent ; le soir, la ville, un instant assoupie, est ensanglantée par le crépuscule. De nuit, le rouge chante sur les vêtements, sur les joues, sur les lèvres des femmes de mauvaise vie. Seul le matin frais chasse la dernière rougeur des visages. »

Le Saint-Pétersbourg de Blok, funeste agrégat de tavernes, tripots, restaurants et lupanars, est une mosaïque de déceptions, une fulguration spectrale au milieu des brouillards, un réseau confus de lignes fluctuantes et ivres. Les héroïnes évanescentes de ce cycle sont les prostituées des rues projetées sur une aura de parabole biblique, des apparitions ambiguës qui acquièrent parfois le sublime métaphysique de créatures humiliées par un sort. Comme déjà Dostoïevski, Blok s'ingéniait à capter la banalité mystérieuse de Saint-Pétersbourg, à découvrir la substance secrète qui se cachait sous sa désolation habituelle.

Le poète souffrit physiquement de la stagnation et de la réaction qui suivirent la révolte de 1905.

Les concessions du pouvoir — le 17 octobre 1905, Nicolas II signa un manifeste marquant formellement la fin du pouvoir absolu en Russie — et l'utilisation de la force accompagnée par les réformes proposées par Stolypine, tuèrent dans l'œuf le mouvement de révolte, obligeant les révolutionnaires à prendre de nouveau le chemin de l'exil. Brillant administrateur, ancien gouverneur de Saratov, ministre de l'Intérieur, puis Premier ministre, Stolypine était mal aimé par ses contemporains. La gauche le haïssait, le considérant comme l'homme de la terreur massive ; la droite le soupçonnait d'ouvrir la voie des réformes visant à saper les bases mêmes de l'Empire. Stolypine voulait consolider le régime tsariste, non seulement par des mesures policières, mais aussi par une série de transformations politiques, sociales et surtout économiques. Aujourd'hui il est considéré comme l'homme d'Etat russe le plus remarquable du XXe siècle, qui chercha à rendre la révolution inutile et ainsi prévenir la catastrophe nationale. D'ailleurs, l'actuel président russe, Poutine, se place volontiers dans la tradition réformiste à la Stolypine associant les réformes authentiques à l'ordre policier.

Mais Blok, comme d'autres personnages phares de Saint-Pétersbourg, n'aimait guère Stolypine. A cette époque, années de paresse, d'étouffement, d'ennui clinquant, son pressentiment de la catastrophe s'accrut démesurément. Il fut pris d'un sentiment de nausée, de mélancolie funèbre. L'humour noir chez Blok n'était pas une propension littéraire mais un filigrane obscur de sa vie, jour et nuit, nuit et jour. Se détachant de plus en plus de la famille satisfaite des esthètes, le poète se plongea dans le grouillement des tavernes, des cabarets, des boîtes de nuit avec orchestres tziganes. Il avait le désir d'errer, de se perdre dans les recoins abjects et reculés de la périphérie de Saint-Pétersbourg, allant à l'aventure, flânant par les rues désolées flanquées de taudis crasseux, à la lueur des réverbères qui vacillait dans le brouillard.

Durant ces années de vie effrénée, de dissolution absurde, assailli par des accès d'angoisse il buvait, se soûlait. Les yeux vitreux, gonflés, il sortait avec des artistes de variété, des prostituées. Puis l'excès tourna à la torture, sa vue s'obscurcit de noires hallucinations. Des frissons de honte, de dégoût, de rancœur tenaillaient et brisaient sa conscience affaiblie. Un vent de folie nordique de Saint-Pétersbourg déformait à ses yeux les apparences de la réalité.

A la lecture du journal de Blok, nous plongeons au cœur de ce désespoir. Combien d'escapades en voiture, combien de fêtes à travers l'abîme des nuits en compagnie de femmes de rencontre : « Je lui arrache les dentelles et batiste, dans ces mains rudes et ces talons aigus il y a je ne sais quelle force, quel mystère. Les heures avec elle sont pénibles, stériles. Je la reconduis. Quelque chose de sacré comme si c'était votre propre fille, une enfant. Elle disparaît dans une rue inconnue et ignorée, sourde nuit, je paie le cocher. Un froid mordant, tous les bras de la Néva sont pleins, il fait nuit partout, comme à six heures du soir, comme à six heures du matin, quand je rentre à la maison. La journée est perdue, naturellement. Un bain, marcher, il y a quelque chose qui fait mal dans la poitrine, on a envie de gémir, parce que cette nuit éternelle détient et décuple toujours le même sentiment — jusqu'à la folie. On a presque envie de pleurer » (10 novembre 1911).

Ce journal nous présente des tableaux désolants de la banlieue de Saint-Pétersbourg à l'époque. 28 février 1912 : « Promenades vespérales (reprises après une longue interruption) dans des endroits lugubres où les voyous cassent les réverbères, un jeune chien me colle aux talons, il y a des fenêtres voilées de rideaux. Arrive une fillette, qui halète comme un cheval : elle est phtisique, c'est sûr — elle suffoque d'une toux sourde, fait quelques pas, se plie... Monde terrible. »

24 mars 1912 : « Hier près d'une maison de Kamenny Ostrov, les portiers tourmentaient un rat blessé. Il avait peut-être été mordu à la tête par une chatte ou par un chien. Tantôt il se sauve, cherchant à s'aplatir sous une motte de neige, tantôt il tombe sur le flanc. Il sème des gouttes de sang sur son passage. Il n'a nulle part où aller. Je m'imagine ses yeux. »

11 avril 1912 : « Quelle tristesse — presque à pleurer. Nuit sur le vaste quai de la Néva non loin de l'Université ; à peine visible parmi les pierres, un enfant, un garçonnet. La mère (une « simple d'esprit ») l'a pris dans ses bras, il s'accroche à son cou avec ses menottes — effrayé. Ville terrible, ville funeste, ça vous serre la gorge. »

Blok tenta de se dépêtrer des filets visqueux du « monde terrible de Saint-Pétersbourg » en cherchant une diversion dans des activités non littéraires. Il fréquenta alors Luna-Park, se lançant en traîneau sur les pentes neigeuses des « montagnes russes » ; il dévora des romans policiers ; s'exerça à la gymnastique suédoise ; s'intéressa aux premiers vols des aviateurs, au cinéma, aux questions politiques et surtout à la boxe française qui jouissait alors d'un grand crédit dans les salles de la capitale de l'Empire des tsars. Les règles et principes de ce sport lui revigorèrent l'esprit et l'encouragèrent à créer. Jugeant avec la sûreté d'un expert de la valeur artistique des champions, il écrivait à sa mère le 21 février 1911 : « D'une génialité authentique, seul est doué l'un de ceux que j'ai vus, le Hollandais Van Rijl. Il m'inspire beaucoup plus qu'une vedette littéraire. » Ainsi les concours de boxe française et les virages audacieux des aviateurs équivalèrent-ils aux inventions poétiques ; s'insérant, pour Blok, dans l'« orchestre universel des arts ».

LES TOURS D'IVOIRE
DE SAINT-PÉTERSBOURG

Au début du XXᵉ siècle, la vie artistique de Saint-Pétersbourg se concentrait dans trois salons.

On se rappelle avant tout autre celui de Dimitri Merejkovski et de Zinaïda Hippius, dans le « Dom Mourousi » sur la perspective Liteïny, la maison appartenant au prince Mourousi, un grand dignitaire de l'Empire des tsars. Là, dans une atmosphère de serre, où les briques rouges des murs et les épais tapis étaient illuminés par les flammes de la cheminée, se réunissaient des poètes, des philosophes et des représentants du clergé, pour débattre, dans des discussions ardentes, impétueuses, de problèmes liturgiques et confessionnels.

Les poètes décadents y prêtaient la main aux coadjuteurs du Synode et aux casuistes de l'Académie ecclésiastique. L'hôtesse, Zinaïda Hippius, était une éminente personnalité du Tout-Pétersbourg. Poétesse distinguée et femme fatale, à mi-chemin entre Colette et Anna de Noailles, Zenaïda Hippius publiait des poèmes philosophiques, exerçant son esprit caustique dans les conversations mondaines et jouant à broyer le cœur des hommes sous l'œil amusé de son mari, l'écrivain Merejkovski. Elle était rousse, coquette, ravissante. Nina Berberova, toujours à la recherche des faits insolites, va plus tard jusqu'à évoquer dans *C'est moi qui souligne* ses innombrables dessous roses, célèbres dans le Tout-Paris de l'immigration au début des années 1920.

« Pelotonnée sur un sofa moelleux, Zenaïda, en tunique blanche, scrutait ses hôtes à travers son face-à-main tandis qu'ils rivalisaient de subtilité, étalant les chicanes et les finesses d'une scolastique tortueuse. »

Elle avait des yeux splendides aux étincellements verdâtres, des cheveux d'or rouge qui lui descendaient jusqu'aux genoux, lui couvrant la taille et les flancs, et au cou les grains d'un rosaire avec une grosse croix noire. Elle portait un parfum à base de tubéreuse et fumait des cigarettes aromatiques qu'elle tirait d'un coffret laqué de rouge. Telle une froide reine orientale, Zenaïda Hippius attisait les controverses théologiques, fascinant l'assistance de ses paradoxes et de ses énigmes. Blok aussi fut pris dans ses filets, à l'époque de son mysticisme narcotique.

En revanche, au cours des réunions qui se tenaient dans un autre salon littéraire le dimanche chez Fiodor Sologoub, on ne discutait que de poésie et de technique poétique. Sologoub habitait l'île Vassili, dans le bâtiment de l'école élémentaire, dont il était l'inspecteur. Dans son studio glacé aux meubles recouverts de cuir, sous une clarté voilée, on lisait timidement des vers et on écoutait les jugements solennels du poète, souvent acerbes et sans pitié. Les honneurs de la maison, c'était Olga, sa sœur, qui les faisait, identique à lui par l'aspect, « silencieuse et sévère ».

Ainsi Blok devint-il une vedette fréquentant ces cercles. Cependant, la bonne société littéraire préférait surtout l'appartement de son confrère Viatcheslav

Ivanov. En 1905, après un long séjour à l'étranger, ce dernier et sa femme s'installèrent définitivement dans la capitale de l'Empire. Dès l'automne, leur salon littéraire devint le plus illustre.

Chaque mercredi, dans l'appartement du poète érudit, au sixième étage, rue Tavritcheskaïa, se rassemblaient, en une sorte de banquet platonicien, écrivains et artistes, intellectuels et philosophes pour disputer, de minuit aux premières clartés de l'aube, de symbolisme, d'« anarchie mystique », de mystères helléniques, de théâtre collectif. Mélange de mage et de professeur allemand, Ivanov présidait aux assemblées avec l'austérité d'un fétiche, s'efforçant de concilier les thèses opposées en une harmonie supérieure, en un syncrétisme universel.

L'âme des réunions était la femme du poète, Lydia Dimitrievna Zinovieva-Annibal : vêtue de tuniques multicolores, elle apportait dans cet aréopage sa vivacité exubérante, si différente du calme apollinien et de l'académisme raffiné d'Ivanov.

A la pointe du jour, terminées les discussions, on lisait des poésies. Blok lui-même déclamait les siennes. Dans sa longue redingote, la cravate molle nouée avec une nonchalance étudiée, nimbé de cheveux d'or cendré, il était alors, dans les années 1906 ou 1907, l'incarnation même d'une beauté romantique. Lentement, il s'approchait d'une table éclairée de bougies, regardait tout autour de lui avec des yeux de pierre, restant de marbre tant que le silence n'était pas absolu ; et il attaquait, tenant la strophe avec une maîtrise tourmentée, ralentissant à peine à la rime. Il avait la diction ensorcelante, et lorsqu'il finissait une poésie, sans un changement dans la voix, d'un seul coup on avait l'impression que ce délice avait cessé trop vite et qu'il fallait encore rester à l'écoute.

La « tour » d'Ivanov fut pendant quelques années (de 1905 à 1912) une sorte de laboratoire spirituel de Saint-Pétersbourg où se faisaient et se défaisaient gloires, courants et fortunes. Blok y évoluait comme dépaysé, « comme Dieu dans un lupanar », selon l'expression d'Ivanov. Là il découvrit pour la première fois la vanité onctueuse du monde artistique, bourbier d'envie et de médisance, et la fausseté des rapports entre gens de lettres : fausseté dont il parlera plus tard avec dédain dans les poésies *Druz'iàm* (Aux amis) et *Poety* (Les Poètes).

L'univers d'Ivanov était un monde aveugle et menacé comme un « œuf sur un jet d'eau », un Parnasse opiacé, où les acolytes du symbolisme s'amusaient à des combats oiseux, à de vaines querelles. Changeant la nuit en jour, tressant d'impassibles discussions en suspens dans le temps comme des toiles d'araignées de symboles et des arabesques de paroles vides, les hôtes de ce salon se détournaient de la tragique réalité d'une Saint-Pétersbourg désolée et sans armes.

Ivanov disait de lui-même qu'il était un « bâtisseur de ponts » et tel fut effectivement son rôle au cours des réunions très fréquentées qu'il organisait dans son appartement.

Thème de la conférence ce soir-là : « L'avenir de la Russie : évolution ou révolution ? » Les invités étaient rassemblés autour du piano à queue sur lequel une femme était enroulée sur elle-même, les membres contorsionnés. Le corps se redressa, long, délié, et apparut le visage de la poétesse Akhmatova avec sa frange sombre et son nez aquilin.

Chez les Ivanov on parlait belles-lettres, philosophie, art, croyance, politique dans une ambiance intime et amicale où la tolérance était de mise. Le vin, mais aussi la gaieté et l'élégance de la maison aidant, on s'enivrait d'idées, de bons mots, des paysages de Saint-Pétersbourg et de musique aussi car le compositeur en vogue, Scriabine, venait souvent se produire chez Ivanov. Mais la nuit s'achevait toujours sur la poésie.

En tant que chef de file de l'école symboliste russe, Ivanov le Superbe se plaisait à remarquer de jeunes talents. Il faisait et défaisait les renoms. Chaque semaine, des poètes intimidés venaient au 3, rue de Tauride déclamer leurs vers en public sous l'œil impassible du « maître ». Suivait un long moment de suspense pendant lequel ce dernier arpentait la pièce sans mot dire, les mains dans le dos, le regard inspiré, tirant parfois une bouffée de son fume-cigarette tandis que chacun se taisait, alerte et tourmenté, attendant le jugement.

Ivanov reprenait vers par vers le poème déclamé, le commentait pour finalement lancer un nouveau nom...

Ces « décadents » (selon les termes de l'époque) vivaient leur œuvre et leur œuvre se nourrissait de leur biographie. Eros était toujours l'un des thèmes de prédilection du maître de maison mais on ne l'abordait jamais avant minuit. A partir de là, certains gestes, certains regards étaient presque de mise. Ils semblaient anticiper sur les débats au programme : « L'amour est-il égoïste ? », « Désir et sentimentalité »...

La théorie était souvent accompagnée d'exercices pratiques. Ainsi le peintre Alexandre Benois s'était-il épris de Zénaïda Hippius alors que celle-ci n'avait d'yeux que pour Filosofov, le cousin et ami « très intime » de Diaghilev. Pendant ce temps, le mari d'Hippius, Merejkovski, était absorbé par une conversation avec un vieux-croyant qui lui décrivait une scène des veillées suivies d'un suicide collectif. Et le poète blasé Kouzmine, dandy repensé à la russe au sourire triste et aux grands yeux cernés, devint adepte des « amitiés particulières », autrement dit de l'homosexualité, après avoir passé deux ans à Venise comme moine pénitent.

Quant à Lounatcharski — futur commissaire à la Culture de Lénine —, il affirma haut et fort que le prolétariat était tout simplement « la réincarnation de l'Eros antique »... Et pour changer de sujet, le peintre Alexandre Benois réalisa la mise en scène du *Pavillon d'Armide*, un des spectacles de la tournée des Ballets russes de Diaghilev.

Toutes les tendances littéraires et même politiques y étaient représentées de la droite dure jusqu'aux bolcheviks. Pédagogue habile et fin psychologue, l'hôte des « mercredis » savait tenir ses proches sous son charme et faire éclore leur personnalité.

Mais il y avait un revers à la médaille. A cette époque, la vie spirituelle et sentimentale de Saint-Pétersbourg était complexe et contradictoire. On se laissait séduire par le mot d'ordre appelant à transformer l'art en vie. Cette attitude entraîna des psychodrames confus, sinon douteux. Ivanov lui-même ne les provoquait pas directement mais il tentait d'y trouver quelque justification métaphysique. Toujours teintés d'érotisme, ces artifices furent replacés dans des pièces composées avec brio.

Un coup cruel vint le frapper au plus fort de cette activité abondante : en octobre 1907, sa femme et une inspiratrice de ces étranges réunions, Lydia Zinovieva, disparaissaient soudainement. Cette double mort provoqua dans ce milieu une crise profonde, exprimée dans des poèmes brûlants de passion.

En 1913, Ivanov épousa Véra, la fille d'un premier mariage de son épouse défunte. C'est à elle qu'il dédia le dernier recueil de ses poèmes.

A cette époque, le flambeau de la bohème fut repris par un autre poète dont le désir était de supplanter Ivanov dans l'histoire sentimentale et artistique de Saint-Pétersbourg : Maximilien Volochine.

Esthète par excellence, il fut un orfèvre en matière de littérature occidentale. Pourtant, son physique majestueux, cheveux fous, barbe fleurie sur une haute stature, en faisait l'archétype même du Russe éternel.

Pour le peintre Benois, la fascination qu'exerçait Volochine sur les deux sexes était d'une nature particulière. Elle provenait de la vision tour à tour différente que Volochine avait de lui-même. Chaussant ses petites lunettes rondes de myope, il se conduisait comme un grand garçon volubile au cœur timide d'où émanait une sorte de bonne volonté maladroite, à la manière de Pierre Bezoukhov, personnage géant myope et tendre de *Guerre et Paix* de Tolstoï.

Parfois, au contraire, il avait du mal à s'arracher à la contemplation de son grand corps, tant il lui paraissait correspondre dans sa perfection au canon de la beauté grecque. C'est du passage subit de ce premier état au second que naissait son immense séduction, mettant en exergue son attachante humilité et son orgueil olympien. A ces variations raffinées, il ajoutait la puissance de son tempérament.

Allemand par le sang, russe par l'âme, français par la culture, ce qui créait autour de lui la plus grande admiration était qu'on avait du mal à comprendre la diversité de ses dons. Il rappelait un seigneur de la Renaissance placé dans le cadre sublime de Saint-Pétersbourg.

Peintre, ses visions pouvaient s'apparenter (d'après

Benois) à certains paysages de Poussin ou de Turner. Poète, il avait les accents d'un génie, il était aussi un philosophe original et un journaliste d'exception. Il savait encore d'une manière prodigieuse pousser les êtres au pinacle. C'était un éducateur-né, un parfait pédagogue et il n'avait peur d'aucune de ces mystifications où se révélait son effrayante maîtrise. Comme chez Serge Diaghilev, l'humain était son instrument, mais si le fondateur des Ballets russes jouait sur les deux sexes, c'est aux femmes exclusivement que Volochine réservait la force de ses pouvoirs occultes. Mais ce serait banaliser les conséquences de son attraction que de prétendre qu'il cherchait seulement à dominer les femmes. Au contraire, c'est en reconnaissant la portée du rayonnement inhérent à sa nature qu'il allait créer, à travers elles, la chaîne de son emprise durable et secrète. Les femmes formées par lui allaient agir à leur tour sur des hommes épris d'elles, sans toujours mesurer à quel point elles subissaient en vérité l'influence de Volochine. Pourtant, ce grand poète n'était pas un manipulateur conscient. Mais la vitalité contagieuse de son intelligence produisait naturellement des effets comparables aux ondes qui succèdent au jet d'un caillou dans l'eau. Le charisme qui émanait de lui n'était pas né d'une nature elle-même motivée par des forces obscures, mais, à l'inverse, d'un être rayonnant et bon, naturellement salutaire.

En effet au fil des années le portrait de Volochine prend des dimensions toujours plus grandes à la lumière de son influence sur la vie réelle de Saint-Pétersbourg à cette époque, car nous ne pouvons occulter son ambition suprême d'être « sculpteur de personnalités d'envergure ».

Combien de fois, au soir tombant, dans son appartement, sous la lueur jaune de la lampe qui éclairait la forêt murale de ses vieux papiers cachant dans les recoins les missives de Claudel, les lettres de Gorki, les épais dossiers de Romain Rolland, celle qui avait été la princesse Koudachev, veuve d'un officier de l'armée blanche, avant d'être l'inspiratrice de l'auteur de *Jean-Christophe*, me confirma ce qu'elle devait, c'est-à-dire presque tout, à Max Volochine.

Une autre grande dame, la poétesse Marina Tsvetaieva, n'a-t-elle pas écrit dans son essai sur Volochine : « Il provoquait par son excès de vie l'amour chez les femmes et l'amitié chez les hommes. Il était à la fois un créateur d'êtres, de rencontres et de destins. Ce qui le qualifiait par-dessus tout, c'était *sa joie de donner*. Trois mots dominaient sa vie : magie, mythe, mysticisme. »

Ainsi était Volochine, d'origine noble, né en mai 1870. Après le collège, il entreprit des études de droit à l'université d'où il fut exclu pour avoir participé à une manifestation d'étudiants. Il vécut longtemps entre Saint-Pétersbourg et Paris et, en 1900, il collabora aux revues symbolistes, tout en définissant son art comme « néo-réaliste ». En 1917, Volochine quitta Saint-Pétersbourg pour s'établir définitivement dans sa propriété de Koktebel dans le sud de la Russie, qui dans ces années de tourmente devint à la fois « sa tour », un havre de paix et un point de ralliement pour les écrivains en péril.

Face aux événements tragiques de son époque, Volochine se voulait au-dessus de la mêlée, désirant surmonter sa vision apocalyptique de la Russie, par un retour aux pures injonctions de l'esprit.

Maître jardinier de la féminité, Volochine avait su composer un bouquet grandiose. Il réunissait avec un si grand discernement son parterre de grâces que certains allèrent jusqu'à prétendre que sa maison était devenue la haute école des poètes et écrivains russes. En effet, tantôt dans son appartement à Saint-Pétersbourg tantôt dans sa propriété de Koktebel, le génial touche-à-tout recevait des jeunes filles dont la splendeur physique n'était pas le seul argument dans ces séjours dédiés aux jeux de l'esprit.

Max Volochine considérait leur beauté comme une simple parure de ce qui pour lui était primordial, les degrés de leur intelligence et l'intensité de leur talent. Il connaissait les étapes successives de « ses universités d'amour » ; longues conversations sur les œuvres immortelles, désignation du chef-d'œuvre qui correspondait à leur caractère propre, lecture après dîner, devant l'assemblée, des pages qu'elles avaient écrites, conseils personnalisés sur la conduite d'une vie, d'après la fine étude psychique que le maître de maison leur avait consacrée, et fêtes masquées dans la nuit où elles pouvaient exprimer sans frein l'extravagance qui les caractérisait et toutes les folies interdites qui leur passaient par la tête. Au moment de ces fêtes improvisées où les gestes les plus spontanés et les initiatives les plus fantasques étaient salués par l'approbation générale, le maître Volochine pouvait délier ces belles disciples déchaînées de l'influence de ses discours, en leur jetant brièvement : « Sois toi-même. »

Bien entendu, les récits de ces soirées folles, accompagnés des plus noires rumeurs à Saint-Pétersbourg, allaient accréditer l'idée que Volochine était un organisateur de bacchanales. Il faut dire que la façon dont il psalmodiait des poèmes la nuit, de la plus haute terrasse de sa maison qu'on appelait la « Tour Volochine », avait de quoi effrayer les passants que les cris de nuit, les chants et les sarabandes autour des feux ne contribuaient pas à rassurer. La présence de ces jeunes femmes au visage doré par le soleil, portant d'insolites costumes masculins avec des culottes bouffantes à la turque, autour d'un mage vêtu d'une longue chemise de damas dont dépassaient à peine d'étranges pantalons qu'il avait coupés à mi-cuisses pour une raison connue de lui seul, avait de quoi dérouter les bourgeois honorables qui, nuitamment, venaient enquêter sur ses demeures qu'ils disaient hantées. Bientôt, un bruit persistant se mit à courir à Saint-Pétersbourg : Volochine était un satrape assoiffé de chair fraîche et un ordonnateur de messes noires. C'était bien loin de la vérité. Combien de véritables chefs-d'œuvre sont-ils nés de séjours dans sa maison, combien d'artistes formés auprès de lui, combien de carrières de créateurs parties de là ?

La poétesse Anna Akhmatova apporta un témoignage aussi précieux qu'ironique sur les méthodes de séduction, les manèges et les manœuvres d'encerclement de Max Volochine : elle se moquait carrément de sa façon de séduire celles qu'elle appelait « les demoiselles d'archives ». Elle souriait de ces oies blanches fascinées par le vol de l'aigle qui les abasourdissait de compliments et de comparaisons flatteuses, d'effets oratoires destinés à flatter leur vanité en éveil. Elle rapporta comment elle écouta le témoignage ému de l'une des futures victimes du mage :

« Avec exaltation, d'une voix qui s'étrangle, elle me parle de Maximilien. Il a dit à l'une, dis-je en l'interrompant : Vous êtes la muse de ces lieux, à l'autre : Vous êtes, vous, Sapho. — Comment le savez-vous ? s'écrie la demoiselle, stupéfaite de ma perspicacité.

— Je viens à l'instant de l'inventer. »

En fait, Max adorait séduire. C'était sa deuxième vocation.

Ainsi Volochine devint-il une sorte de doyen d'une université libre de talents naissants, une pépinière de princes de la poésie et un parterre d'inspiratrices au jardin des délices. Homme, mage, sage, il régnait en maître sur des femmes. Et pourtant un être humain peut-il avoir tout contrôle sur ses semblables ?

Max Volochine savait créer, c'était justement le bouillonnement de la création. Plus tard, la littérature russe et le monde aussi sauront combien de grands talents sont nés sous l'influence de sa baguette magique, combien de vies d'artistes splendides ou fragiles y ont pris leur départ.

Ossip Mandelstam, poète génial, mort dans les camps staliniens, Marina Tsvetaieva, déesse des poétesses, qui se suicidera par désespoir dans l'impasse communiste de 1941, Maria Duvivier, poétesse franco-russe, future comtesse Koudacheva, future Mme Romain Rolland, Ilya Ehrenbourg, poète et chantre du dégel, Sofla Parnok, la Sapho russe, combien d'âmes et combien de noms sont aujourd'hui appelés les « fantômes de Volochine » !

Mais le démon de midi allait frapper ce poète dans la plénitude de ses quarante ans. C'est en démiurge que Volochine voulut créer l'être parfait, la poétesse idéale, le modèle absolu. A l'atelier de ses secrets, il échafauda alors une formidable mystification, un énorme mensonge qui devait éblouir tout Saint-Pétersbourg.

Dans cette entreprise surhumaine, l'ordonnateur fondait son chef-d'œuvre sur les sables mouvants de l'identité estompée, allant jusqu'à cacher son château de cartes derrière des paravents eux-mêmes peints en trompe-l'œil. Au paradis des faux-semblants que devint Saint-Pétersbourg au début du XXᵉ siècle, le magicien se retrouvait heureux, manipulant en coulisse son jeu de marionnettes dont la plus belle était un être humain délicieux et fragile.

D'Elisabeth Dimitrieva, petite femme obscure, professeur d'histoire, jolie niaise un peu boiteuse, Max Volochine décida de faire son Rastignac en jupon. Et le Vautrin de la littérature russe allait réussir au-delà de ses espérances. Il la dota d'abord d'un nouveau nom, Tchérubina de Gabriac. Puis, cet ordonnateur des messes noires de la poésie proposa à sa dulcinée un pacte avec le diable : « Vous devenez la matière même de ma création et je fais de vous la plus grande poétesse russe. » Il la modela, la modifia, la « sculpta » si bien que, lorsqu'elle entra en scène sous les habits neufs du mensonge et les apparences envoûtantes de l'imposture, elle intrigua et fascina d'emblée l'opinion publique. Ce fut Marina Tsvetaieva qui, ayant refusé à Volochine le même rôle, accepta de frapper les trois coups en honneur de la nouvelle vedette :

« Aristocrate, pas russe, évidemment ! Belle, évidemment ! Catholique, cela va sans dire ! Riche, intensément ! Une lord Byron au féminin, même en oubliant sa discrète claudication. Elle incarnait alors les signes extérieurs du bonheur accompagné de pureté et de désintéressement ; tout ce qui, inévitablement, va conduire au malheur. »

Le luxe romantique du désastre intérieur s'ajoutant au prestige de la beauté et aux privilèges de la fortune faisait le triomphe de ce qui est la substance même de la poésie de Saint-Pétersbourg : la recherche du « malheur par-dessus tout ».

Dans l'esprit obsédé de publicité de Volochine, il s'agissait que sa création incarnât ce romantisme dont l'apparence extérieure somptueuse cachait un cœur appauvri et brisé.

Le premier instrument qu'utilisa Volochine pour

sacrer son faux personnage en vraie poétesse, fut le journal *Apollon*, un mensuel édité à Saint-Pétersbourg et lu dans toute la Russie. En une pleine page, sur son instigation, la poétesse inconnue d'origine franco-écossaise adressait au journal une magnifique lettre armoriée, griffée d'une agile et noble écriture féminine qui présentait ses premiers vers. Elle y parlait de Ronsard, d'un amour comblé à l'âge de treize ans, révélait qu'en une prémonition adolescente elle avait su que son destin serait accompli à dix-sept. La beauté de sa poésie qu'ornait le mystère de sa personne produisit un effet extraordinaire.

Tout Saint-Pétersbourg, curieux de la connaître, attendait ses nouveaux poèmes. L'imposture première avait parfaitement fonctionné d'autant plus qu'en adressant au journal ses premiers vers, l'auteur inconnu avait accompagné sa lettre d'une moisson de fleurs séchées. Même la grande poétesse russe Marina Tsvetaieva effaça de son cœur toute jalousie pour saluer la performance avec sincérité : « Il y avait dans ses vers à la fois les images d'Akhmatova et ma touche personnelle, mais cela avant elle et avant moi, et venant d'une femme inconnue. »

Mais comment cette trop belle histoire, ce conte de fées brillant et triste, commencèrent-ils véritablement ?

Il faut remonter à 1910 à Paris. Dimitrieva n'avait que dix-sept ans. Dans l'atelier d'un peintre russe, dans le quartier du Luxembourg, chez Gourevitch, elle rencontra un poète russe encore sans renom à peine plus âgé qu'elle, Nicolas Goumiliov.

Il était de petite taille. De son visage émanait une expression extrêmement décidée que son corps confirmait par des gestes résolus. Au coin de ses lèvres étaient déjà inscrits l'accent de l'amertume et les plis de son malheur futur. Il parla toute la nuit de la Vierge Marie et acheta pour Dimitrieva des œillets roses. Il était encore célibataire mais sa future femme, Anna Akhmatova, se trouvait aussi à Paris. Elisabeth Dimitrieva, celle que Nicolas allait aimer, dira de lui plus tard : « Je ne l'avais pas vu depuis quelque temps mais l'expression de son visage ne m'avait jamais quittée, comme celle du mien était restée gravée dans sa mémoire. »

Paradoxalement, ce fut Max Volochine qui les réunit. Toujours en 1910, mais quelques mois plus tard, il organisa une grande conférence sur la littérature à l'Académie des beaux-arts de Saint-Pétersbourg.

« C'était la soirée de ma vie, écrivit Elisabeth. Nous sommes allés dîner dans le restaurant préféré des artistes et gens de lettres, et nous y sommes restés jusqu'à l'aube. J'ai retrouvé Goumilev et, toute la nuit, nous avons compris que nous étions déjà complices au-delà du peu de mots que nous avions échangés. Même si nous n'avons évoqué que trois sujets : son voyage en Afrique, les lions et les crocodiles. » Et elle ajoutait : « Il m'a demandé la permission de m'accompagner... Et tous les deux nous avons compris que c'était la Rencontre, la jeune passion qui sonne comme le cristal. »

Nicolas révéla à son tour : « Je regarde sans crainte les yeux qui nous entourent parce que j'ai trouvé une Amie avec un A majuscule et je l'ai tout de suite reconnue au milieu de la tribu des signes. » Elisabeth consigna encore : « Puis, nous nous sommes retrouvés presque chaque soir pour ces conversations interminables, des promenades de nuit, avec les marches au petit matin dans une ville rose et grise. J'ai compris que c'était un grand poète et je ne voulais pas le faire entrer dans le quotidien. C'est pour cela que j'ai refusé ses offres de mariage. Il m'appelait "Lily", juste comme pour rappeler le doux tintement d'un petit clocher d'argent. Chez lui, il y avait une volonté de fer, un besoin de dominer qu'il exprimait dans l'amour physique. Chez moi s'élevait le désir têtu de le faire souffrir. Il était jaloux, il saisissait mes doigts minces comme pour les briser pour ensuite pleurer à mes pieds et embrasser le bas de ma robe blanche. C'était à Saint-Pétersbourg. »

Mais au mois de mai, le couple se rendit dans le Sud : « Dieu, le destin ou la malchance avaient voulu nous réunir tous les trois, Max Volochine, Nicolas et moi. Le grand Max était pour moi un amour inaccessible. Nicolas, qui avait mon âge, était comme un adolescent, élan du printemps. Je n'aurais jamais imaginé que Max puisse porter son regard sur moi.

« Le destin et les choix de la fortune ont fait que, dès ce moment, l'image de Max est entrée en moi.

« Tout ce qui pour une petite fille apparaissait comme un miracle est enfin advenu. Je n'ai rien caché ni à l'un ni à l'autre. Max m'a dit avec une tristesse infinie : "Choisis toi-même, mais si tu choisis Nicolas, je te mépriserai."

« Le sort est jeté, mais Nicolas restera à tout jamais pour moi ces œillets roses et parfumés qu'il m'a offerts. Je lui ai demandé de partir. Il l'a fait en pensant que ce n'était de ma part qu'une simple saute d'humeur ou un caprice passager. Alors j'ai vécu les deux mois les plus heureux de ma vie. Pourquoi est-ce que je faisais souffrir Nicolas ? Pourquoi est-ce que je ne l'ai pas définitivement rejeté ? Non, ce n'était pas l'avidité de les posséder tous les deux, ni une soif affolante de séduction qui me guidait, non, simplement j'étais possédée par deux âmes, l'une avait choisi Max, l'autre Nicolas. »

Ainsi Volochine et Dimitrieva commencèrent-ils leur mystification.

« Pourquoi ces deux hommes, Nicolas et Max, sont-ils arrivés et repartis en même temps de ma vie ? Enfin, Nicolas a cessé d'accepter sa souffrance. Son amour s'est transformé bientôt en haine. Dans les couloirs de la rédaction du journal qui éditait ses vers il m'a arrêtée pour me dire : "Pour la dernière fois, je vous demande votre main." Je lui ai répondu par un non tranchant. Alors il est devenu extrêmement pâle et m'a dit : "Maintenant, vous allez me connaître." »

Peu après, Nicolas se rendit au restaurant de La Tour, un des plus connus de la capitale, et lança à la cantonade des monstruosités au sujet de la jeune femme.

La haine avait dévoré l'amour.

A Saint-Pétersbourg, Max Volochine ne pouvait plus supporter les injures de Nicolas Goumiliov qui faisaient les choux gras de la ville. Dans le décor bleu et or du théâtre Mariinski eut lieu une scène pénible. A l'occasion de la représentation du *Faust* de Gounod, les poètes et collaborateurs du journal *Apollon* s'étaient réunis dans le foyer du théâtre encore orné des décors de l'opéra précédent, *Orphée*, de Gluck, Goumilev était aux côtés du poète Alexandre Blok et du romancier Alexis Tolstoï. Alors que Chaliapine entonnait un air, Max avait déjà pris sa décision. Mais il attendit que Chaliapine eût achevé sa brillante prestation pour gifler Nicolas selon les règles qui précèdent le duel. Un geste fort, bref et inattendu. A la vue de cette scène, le poète Annenski cita Dostoïevski : « Il avait raison, le bruit d'une gifle ressemble à une claque sur la surface de l'eau. » Max Volochine lança alors à son ancien ami avec fureur : « Vous avez compris ? — Oui », répondit l'offensé.

Le lendemain, le duel fut organisé près de l'endroit même où avait eu lieu la fatale rencontre entre Pouchkine et d'Anthès, dans la banlieue de Saint-Pétersbourg. La légende va jusqu'à prétendre que le même type de pistolet — provenant de l'armurerie Kourakine — fut utilisé. Alexis Tolstoï compta les quinze pas devant séparer les adversaires. Goumilev tira le premier et la balle frôla la tête de Volochine, mais quand ce fut à Max de viser, son pistolet s'était enrayé. Le comte Tolstoï leur proposa alors de se serrer la main et d'oublier leur différend, ce qu'ils refusèrent...

MAÏAKOVSKI :
LA RENCONTRE FATIDIQUE

Dans les années 1910, les duels et l'amour absolu firent partie de l'effervescence de Saint-Pétersbourg qui battait son plein. Des expositions de tableaux d'Art nouveau s'ouvraient à la suite les unes des autres, celle du *Monde de l'art*, de la *Toison d'or*, du *Valet de carreau*, de la *Queue d'âne*, de la *Rose bleue*. En même temps que les noms russes, Somov, Larionov, Gontcharova, apparaissaient les noms français de Bonnard et de Vuillard. Aux expositions de la *Toison d'or* où, dans les salles obscurcies par les rideaux tirés, se répandaient, comme dans des serres, une odeur de terre provenant de la multitude des pots de jacinthes disposés partout, on pouvait voir les œuvres de Matisse et de Rodin. La jeunesse de la capitale suivait ce bouillonnement culturel marqué par le désir de rupture avec le passé symbolisée par les « futuristes ».

Les actions de ce mouvement ne se limitaient pas à la littérature ou à la peinture, elles concernaient aussi les mœurs et même l'amour. Tout devait être orienté « vers l'action concrète immédiate, contre les formes aliénantes du *byt* », c'est-à-dire du quotidien figé.

Provocateur, toujours habillé d'une manière originale, le jeune poète Maïakovski fut le chef de file des futuristes. Il aimait s'afficher avec des femmes très maquillées pour se faire remarquer. La bonne société littéraire de la Tour Ivanov ne se privait d'ailleurs pas de le fustiger ; on le traitait de « fauteur de troubles » et d'« ouligan ».

En cet automne 1913, ce colosse contestataire rejoignait la joyeuse compagnie d'étudiants réunis pour une soirée dans un appartement bourgeois du centre de Saint-Pétersbourg. Il était vêtu de son fameux chandail de couleur jaune vif imprimé de bouches souriantes en forme de fleurs.

Une fois de plus il allait s'amuser à étonner ces jeunes gens qui parlaient politique, littérature et, parfois, questions sexuelles en vogue. Au milieu de l'assemblée se trouvait une collégienne de seize ans à l'air sage. Elle fut quelque peu effarée à la vue de ce colosse iconoclaste. Tout en l'écoutant déclamer ses poèmes, elle égrenait nerveusement son collier. Il y avait un peu d'une Lolita avant l'heure dans cette jeune fille soigneusement mise. On eût dit qu'elle sortait d'une gravure de mode, du chapeau aux bottines en passant par son long manteau droit. Elle s'appelait Ella Kagan. Ses traits étaient réguliers, de grands yeux lui mangeaient le visage, ces mêmes yeux qui plus tard allaient être immortalisés par Aragon.

Soudain le collier céda sous la pression de ses doigts et toutes les perles se répandirent sur le sol. Ignorant que cet impromptu allait marquer sa vie, Maïakovski délaissa sa poésie et se mit à genoux sur le tapis pour aider la petite Ella à les ramasser. Fidèle à sa réputation, il profita de l'ombre pour poser sa main sur celle de la jeune fille. Troublée et fière, elle ne la retira pas. Le poète proposa alors de la raccompagner et lui téléphona maintes fois avant d'obtenir la permission d'aller rendre visite aux Kagan.

Les parents d'Ella habitaient un grand appartement et possédaient une datcha dans les environs. Son père était avocat et sa mère musicienne. Ils avaient deux filles. Lili, l'aînée, était plus belle qu'Ella. Son port altier, ses beaux cheveux roux rejetés en arrière, ses yeux perçants subjuguaient les hommes. La famille accepta de mauvaise grâce cette nouvelle fréquentation de la cadette.

Pour lui, c'était un nouveau coup de foudre, pour elle simplement une nouvelle relation. La jeune fille ne se posait pas de questions et traitait Maïakovski d'une manière aimable, mais sans excès. Pourtant, elle écrira plus tard :

« J'aimais Vladimir avec les forces fraîches de l'enfance qui rendent possible la concentration totale sur un seul être, gratuitement, sans rien demander en échange, sans connaître son malheur, noyée dans l'immense joie d'une présence, me contentant d'une apparition fugitive, d'un son de voix... Sans jalousie, sans griefs, sans exigences, sans rivalité, avec pour seule peine : l'absence ; pour seul espoir : le voir, l'entendre ! Pendant deux ans, je n'ai pas eu une seule pensée dont soit absent Vladimir, je ne suis jamais sortie dans la rue sans penser que je pourrais le rencontrer, je ne vivais que par lui. C'est bien lui qui m'a tout appris de l'amour. Même l'amour physique. »

Vladimir et Ella se promenèrent souvent ensemble, dans les mêmes endroits légendaires de Pétersbourg décrits dans les chapitres précédents. Durant l'été, ils visitaient souvent le parc de Tsarskoïe Selo ou revenaient (à la demande de la jeune fille) sur les traces de Dostoïevski, dans les rues désertes d'août 1914. La politique était souvent au centre de leurs conver-

sations car la guerre avec l'Allemagne était déjà décla-
rée.

Un soir, Ella demanda à Maïakovski, mystérieuse :
— Je vous plais ?

Il regardait les bleuets qu'elle avait accrochés à sa
robe neuve et rit d'attendrissement.

— Et ces bleuets, ils vous plaisent ? ajouta-t-elle.

— Vous êtes tout entière comme ces bleuets.

Elle baissa les yeux et pouffa. Elle balançait doucement ses jambes, ses lèvres encore enfantines
étaient entrouvertes. Maïakovski souleva doucement
son chapeau, lui renversa la tête en arrière et
l'embrassa. Ella reviendra à plusieurs reprises dans ses
romans aux instants originels vécus au bord de la
Néva, où « le plaisir noya tous les détails ».

Elle raconta plus tard comment elle eut la révélation du génie du poète : « Tard dans la nuit, devant
la palissade d'une villa quelconque dans le faubourg
de Saint-Pétersbourg, Maïakovski m'avait récité ses
vers... J'étais folle d'émotion, de la découverte de
quelque chose que j'avais eu à côté de moi depuis si
longtemps et que j'ignorais totalement. »

Bouleversée, elle dira : « Un sentiment d'émerveillement et d'amitié profonde m'a envahie. » Et elle
n'aura de cesse de défendre ce tumultueux talent. « Je
voulais prouver, écrivit-elle, démontrer, avec toute
l'exaltation d'une jeune fille de moins de dix-sept ans
qui croit que la poésie est la grande affaire de sa vie,
ce qui était lumineux pour moi — son génie. »

En 1915, le père d'Ella mourut. Cette subite disparition la rapprocha de son « oncle Vladimir ». Elle
décida donc d'introduire Maïakovski chez son beau-
frère et sa sœur, Ossip et Lili Brik, qui bénéficiaient
d'une grande influence dans les cercles poétiques. Ils

habitaient le centre de Saint-Pétersbourg, rue Joukovski.

Le 15 juillet 1915 — une date des plus joyeuses, consigna Vladimir Maïakovski — le poète fit son entrée chez les Brik. Lili demanda discrètement à sa sœur que son invité ne fît point de lecture ; elle fut cependant obligée d'entendre ses vers. Fière de son ami, la cadette l'encouragea à s'exprimer.

Debout au milieu d'une enfilade de salons, Maïakovski tenait un petit carnet à la main. Il ne jeta qu'un coup d'œil sur le livret et énonça d'une voix contenue son poème, *Le Nuage en pantalon*. Son regard se posait de temps à autre sur Lili. Quand il eut fini, il écrivit sur la couverture du livret : « A Lili Iourevna Brik. »

Ainsi l'un des plus grands poèmes de la littérature russe fut-il dédié à la sœur d'Ella.

Parfaitement à l'aise après sa démonstration, il demanda du thé. Bouleversée à son tour par ce moment « à jamais inoubliable », la sœur aînée se dirigea tremblante vers le samovar fumant. La petite Ella triomphait. L'époux de Lili, quant à lui, ne fut pas moins ému car il avait saisi immédiatement l'envergure du poète.

Oubliant les yeux d'Ella, Maïakovski venait de tomber sous le charme indicible de Lili. Il décelait en cette jeune femme ce qu'il avait toujours cherché : une inspiratrice flamboyante et volontaire. Ils se promenèrent souvent à travers Saint-Pétersbourg. Comme une somnambule, elle marchait, la tête appuyée sur son épaule. La Néva était noire et les arbres du jardin d'Eté fuyaient dans le ciel plein d'étoiles. Nuit claire et magique, silencieuse aux ombres infinies des arbres dans les brèches d'argent, pareilles à des lacs.

Ces promenades déclenchèrent chez le poète un torrent de sentiments.

Lili était belle, très belle, la tsarine éblouissante de Sion, comme la surnomma d'emblée le poète. Elle avait de grands yeux bruns, des traits réguliers et de lourds cheveux roux tombant nattés jusqu'à la chute des reins. Le coup de foudre fut réciproque.

A la suite de cette rencontre, Maïakovski écrivit une avalanche de poèmes et commença un livre qu'il ne termina jamais. Il voulait l'appeler *Les Sœurs, le roman au bord de la Néva*...

Lili naquit le 30 octobre 1891. Elle fut bercée toute sa jeunesse par le talent de sa mère pianiste. Ainsi Debussy, Schumann et Tchaïkovski accompagnèrent-ils l'enfance des deux sœurs.

A treize ans, encore écolière, elle avait rencontré son futur époux Ossip dont le père était joaillier. Remarquée par tout le monde, elle attira même le regard perçant du redoutable Raspoutine rencontré par hasard dans un train de banlieue. Huit ans après, le 12 janvier 1912, le rabbin la mariait à Ossip. Ils étaient alors « riches et jeunes, aimaient porter de beaux vêtements, sortir et aller au théâtre ». (Lili demeurera sensible aux robes bien coupées et aux fourrures de prix jusqu'à la fin de sa vie.)

Un pacte plus amical qu'amoureux unissait la belle rousse à son époux intellectuel. Un peu chétif, atteint d'une calvitie débutante, il scrutait l'univers avec son monocle et développait des théories sur l'amour au pluriel. Selon Ossip, « la complicité et la liberté se devaient d'être essentielles au regard des petites infidélités ».

Ainsi à Saint-Pétersbourg naquit un autre amour emblématique du XXe siècle. Maïakovski ne pourra plus vivre sans les Brik, et toute son œuvre lyrique sera dès lors inspirée par Lili. Elle expliquera plus tard : « Tout d'un coup, il ne rentra plus chez lui, abandonnant son linge, ses vêtements et même sa dame de cœur... Il m'a attaquée, c'était une véritable offensive... »

Ossip Brik était considéré par le poète comme son mentor. L'époux de Lili ne se révolta pas lorsque sa femme lui annonça sa liaison avec Maïakovski et déclara avec une émotion teintée d'admiration :

— Je te comprends parfaitement. Comment lui refuser quoi que ce soit ?

Ossip s'était vite aperçu que le poète exigeait la réciprocité dans les rapports amoureux : « Maïakovski comprenait l'amour ainsi : si tu m'aimes, tu es avec moi, pour moi, toujours, partout et en toutes circonstances. Tu ne peux en aucun cas être contre moi, même si je suis injuste et cruel. Toute fluctuation ou changement est une trahison. Il faut m'aimer constamment, comme une loi naturelle qui ne connaît pas l'exception. »

Lili écrivit dans ses *Mémoires* : « Tous ces ragots sur l'amour à trois ne correspondent pas vraiment à la réalité. J'ai aimé, j'aime et j'aimerai toujours Ossip Brik plus qu'un frère, plus qu'un mari, plus qu'un fils. Je n'ai jamais lu quelque chose sur cet amour dans la poésie ni dans la littérature. Cet amour n'a pas empêché mon amour pour Maïakovski, c'est juste le contraire, s'il n'y avait pas eu Ossip, je n'aurais sans doute pas pu aimer Maïakovski d'une manière si forte, je n'aurais pas pu l'aimer si Ossip ne l'avait aimé lui aussi. »

Elle affirma également plus tard que ses liens avec Ossip Brik étaient devenus exclusivement amicaux à partir de 1915, alors que, vers la fin de sa vie, elle exprimera le contraire au poète russe Voznessenski :

« J'aimais faire l'amour avec Ossip (elle utilisa un terme beaucoup plus cru), alors nous enfermions Maïakovski dans la cuisine, qui, voulant se joindre à nous, s'acharnait sur la porte en pleurant. » Cette confession d'ailleurs avait beaucoup heurté son interlocuteur. Mais Maïakovski aimait Lili telle qu'elle était.

Maïakovski conçut lui-même les règles de cette amour au pluriel ; chacun se devait de rester fidèle « dans l'essentiel » malgré l'infidélité de chair. Dans la journée, ils avaient quartier libre, mais la fin de l'après-midi et souvent la nuit appartenaient aux « amis ».

Maïakovski niait tout instinct de propriété dans les rapports intimes. Il voulait également se débarrasser de préjugés tels que la « jalousie » et se confectionner une morale hors des sentiers battus et des règles convenues.

En tout cas, entre 1915 et 1917, Lili et Maïakovski vécurent au bord de la Néva des années de passion.

Pendant ce temps, Saint-Pétersbourg devint Petrograd. A vrai dire depuis une dizaine d'années l'adjectif Saint avait progressivement disparu du nom de la ville, et lorsque éclata la Première Guerre mondiale, les sentiments germanophobes le russifièrent. En changeant le nom de la capitale en pleine guerre contre l'Allemagne, le gouvernement du tsar voulait supprimer toute référence à la langue de l'ennemi.

A l'époque, Ella quitta la ville de Pierre et s'installa avec sa mère à Moscou où elle poursuivit ses études d'architecture et s'intéressa aux mathématiques. Cependant, « un grand vide » habitait son âme et elle revint régulièrement au bord de la Néva.

Sa correspondance avec Maïakovski laissait entrevoir son désarroi : « J'ai tellement de regret que maintenant vous n'ayez plus besoin de moi. Si vous saviez comme c'est dommage, je me suis tellement attachée à vous [...]. »

Partagé entre la tendresse lyrique et l'affection paternelle, Maïakovski lui répondait en signant invariablement : « Celui qui t'aime toujours. L'oncle Volodia. »

Dans ses lettres aux accents de confession, Ella écrivait : « Je me sens très seule et personne ne m'est cher. Ne m'oublie pas au moins, toi qui m'es proche. Je me souviens toujours de toi et je t'aime... De toi, oncle Volodia, j'accepterais tout : seulement tu ne veux pas ! »

Etait-ce une tentative de reconquérir le cœur du poète ?

Dans le cas des sœurs Kagan, l'idée d'égalité des sexes triomphait. Pendant cette période révolutionnaire, l'indépendance morale de la femme semblait acquise. Ella et Lili faisaient valoir leur droit de s'interroger sur leur propre vie.

Malgré cette démarche libertaire, une étrange rivalité teintée de complicité s'installa entre les deux sœurs : chacune voulait rester dans l'histoire de la littérature comme la muse, l'inspiratrice du grand poète.

Quand Ella venait à Petrograd elle souffrait beaucoup de l'insupportable second rôle que lui avait attribué sa sœur aînée, la véritable étoile adulée et courtisée. « Personne ne m'aime, écrivait-elle. J'ai beaucoup mûri cet été, ma seizième année s'est achevée, on dit que c'est la meilleure. Quand je regarde autour de moi, je ne vois que des couples ; il n'y a que moi qui fais exception. Personne ne veut de moi... »

Ses obsessions suicidaires inquiétèrent Maïakovski ; il lui répondit sur un ton sévère et sarcastique : « J'ai une irrésistible envie de te pendre à cause de ton sinistre état d'âme. »

Le poète lui demanda de venir plus souvent le voir à Petrograd, mais pendant plusieurs mois la jeune fille évita le contact avec lui. Elle ne vint qu'à la fin de 1916. Ce séjour dans la « Venise du Nord » fut assez houleux. Les querelles des deux sœurs se terminèrent par des reproches adressés à Maïakovski. Chacune d'elles l'accusait de ne pas lui porter assez attention. Excédé par ces scènes, le poète lança avec fureur à Ella :

« Allez au diable, toi et ta sœur ! »

Lorsqu'il raccompagna Ella à la gare, il faisait encore clair sur Petrograd. L'atmosphère était glaciale. Le ciel limpide tirait peu à peu sur le vert, annonçant la nuit. La jeune fille pleura beaucoup sur le quai et dans le train. A travers ses larmes, elle voyait danser les sommets des clochers dressant par intervalles leurs silhouettes délicates.

Deux mois plus tard commençait la révolution.

Maïakovski passa l'année 1917 à Petrograd avec Lili et Ossip. Il fluctua beaucoup au gré des événements. « Faut-il adhérer ou non à la révolution ? » Ni le poète, ni ses amis ne s'étaient même posé la question, et tous trois se plaisaient à plonger, comme ils disaient, « dans ce chaos cosmique de l'Histoire ».

En revanche des divergences politiques apparurent entre Ella et sa famille. A la différence de sa sœur, à l'époque Ella considérait la révolution comme un « phénomène épouvantable » et ne cachait pas ses sentiments antibolcheviques.

Durant l'hiver 1918, elle rencontra un élégant attaché militaire français, André-Marie Triolet, qu'elle épousa pour fuir loin de Petrograd, à Tahiti (elle y demeura jusqu'en juillet 1920).

Ella allait désormais s'appeler Elsa Triolet.

Pendant cette période, Maïakovski voulait participer aux transformations économiques et politiques préparées par les bolcheviks. Il avait l'ambition d'« inventer une forme nouvelle à la condition humaine ».

Maïakovski cherchait à briser la famille traditionnelle qui, dans la Russie ancienne, était une des structures de base, sur les plans politique et religieux. La révolution proclamée était aussi destinée à en finir avec l'esclavage domestique dénoncé par Marx et comparé par Engels à la lutte des classes. Pour eux, l'homme jouait dans la famille le rôle du bourgeois ; la femme celui du prolétaire.

A Pétrograd, Maïakovski avait en réalité plusieurs aventures parallèles. Cependant, dans ce tohu-bohu, il construisit autour de Lili une sorte de forteresse commune, un abri pour leur attachement inaltérable : Lili était prête à accepter les à-côtés de Maïakovski si ses rivales n'essayaient pas de prendre sa place de muse. Paradoxalement, c'était Ella qui reprochait à Maïakovski d'avoir des aventures. Il coupait toujours court en déclarant : « Je n'ai jamais trahi Lili. »

Ossip vivait à côté de Lili, comme un ami plus âgé, admiratif et légèrement condescendant. Il était parfaitement à l'aise dans ce rôle et prenait parfois l'allure d'un médiateur ou d'un arbitre. Maïakovski l'appréciait beaucoup, ainsi que l'exprima plus tard Elsa Triolet : « Ossip Brik, avec son immense culture, son amour et sa science de la poésie, a été un constant stimulant pour lui. » Ce prince consort avait néanmoins pour maîtresse attitrée la femme d'un cinéaste et, sur ce plan-là, n'avait rien à envier ni à son épouse, ni à Maïakovski.

Pendant ces années difficiles le poète et les Brik

vivaient dans l'unique chambre glaciale ou Maïakovski écrivit ces vers immortalisant leur amitié :

> Douze
> archives carrées de logis,
> à quatre
> Là-dedans,
> Lili,
> Ossia,
> moi ;
> et le chien
> Chtchenik.
> J'ai
> beaucoup
> rôdé par les pays chauds,
> mais c'est seulement
> dans cette chambre-là
> que j'ai
> su ce que c'est
> la bonne chaleur
> des amours,
> des amitiés,
> d'une famille.

LES FANTÔMES DE PETROGRAD

1917 fut l'année charnière de l'histoire mouvementée de la ville de Pierre. Beaucoup des protagonistes de notre récit se retrouvèrent pour la dernière fois sur les bords de la Néva.

En février 1917, des troubles spontanés se produisirent dans la capitale de l'Empire russe. L'armée envoyée pour réprimer l'agitation refusa d'obéir et bascula dans le camp des insurgés. Le tsar perdit le contrôle de Petrograd. Le 15 mars, pour tenter de sauver la dynastie, Nicolas II abdiquait en faveur de son frère, le grand-duc Michel, mais celui-ci renonça au trône. Ce fut la fin de la dynastie des Romanov.

Lénine, réfugié en Suisse, rentra à Petrograd pour préparer la prise de pouvoir par les bolcheviks. En octobre l'insurrection armée minutieusement préparée par ses soins triomphait. A l'ouverture du Congrès des soviets de toute la Russie, Lénine prenait la tête du gouvernement soviétique.

Terrible hiver de 1917-1918, lorsque tout vogua vers l'inconnu. Tirs sporadiques, perquisitions, rondes de nuit. Des rues sans trams, des gens chargés de gros sacs qui avaient des dizaines de verstes à parcourir chaque jour.

Au début, une partie des intellectuels de Petrograd interpréta ce grand bouleversement comme « une catharsis de l'humanité et une transfiguration du globe terraqué, comme un incendie universel qui transformerait les racines de l'être ». On concevait aussi la Révolution en termes de météorologie, la comparant à « un ouragan gigantesque, à une bourrasque de neige, à un tourbillon effréné de forces irrationnelles ».

Ce maximalisme romantique portait à des dimensions cosmiques les événements d'Octobre. Mais très vite on fut obligé de corriger le tir.

« La terreur, les guets-apens, le retour aux visages sauvages, ou plutôt à la perte des visages, aux démons libérés, le sang, le sang, le sang », raconta la poétesse Anna Akhmatova que nous avons rencontrée pendant les jours heureux vécus dans la « Tour Ivanov » décrits dans un chapitre précédent. Quelques mois plus tard, son premier mari, le poète Nicolas Goumiliov (nous l'avons abandonné après son duel avec Volochine) déclarait : « La Russie est un tramway égaré ! »

Dans l'horreur de cette guerre civile Volochine connut, lui aussi, les déchirements de sa séparation d'avec Marina Tsvetaieva, sa disciple préférée qui s'enfuit à Paris. Elle sera peut-être une des plus grandes poétesses du XXᵉ siècle. Dimitrieva alias Tchérubina de Gabriac, son coup de foudre éphémère et l'instrument de sa plus grande mystification, finira également ses jours loin de Petrograd devenue Leningrad, isolée et oubliée dans le désert du Turkestan, au crépuscule de la terreur stalinienne.

Elle laissera ce bref testament. « Deux éléments dans le monde étaient saints pour moi : la poésie et l'amour. J'ai payé cher le mal que j'ai fait à Nicolas

Goumiliov, à tout jamais j'ai été privée de l'amour et de la poésie ; ce qui est resté ce n'était que des fantômes de Saint-Pétersbourg. »

Quant à Nicolas Goumiliov, il allait être victime de la terreur rouge.

En ce début de 1918 ce poète de trente-quatre ans vivait avec sa nouvelle femme Olga, selon les mœurs de l'époque, à la Maison des Arts de Petrograd, dans ce qui avait été la luxueuse salle de bains de l'ancien propriétaire, une vaste pièce aux murs décorés de cygnes et de lotus.

D'origine noble, et de tendance néo-classique, ce garçon plein de vie et de gaieté, la tête rasée, aux yeux étroits d'un scribe de l'antique Egypte, ne cachait pas son peu de goût pour l'idéologie marxiste-léniniste qui s'imposait sur les bords de la Néva depuis octobre 1917.

Pendant les événements de février-mars 1918, il avait cru, comme beaucoup d'universitaires, à la chute imminente du régime bolchevique, et accepté en secret de rédiger quelques textes contre-révolutionnaires.

Le 3 août 1918 en pleine nuit, on frappa à la porte des Goumilev. Olga, qui avait encore l'air d'une fillette avec son long cou mince et ses yeux de gazelle effrayée, alla ouvrir. C'était la police. Depuis deux heures, la Tcheka, police politique des Soviets, opérait ainsi à travers la ville. Le lendemain, tout Petrograd lut sur des affiches qu'un complot avait été découvert, que soixante et une personnes, dont seize femmes, y étaient impliquées et que le poète Goumilev était du nombre. Il ne tenta pas de le nier d'ailleurs.

Ses amis cherchèrent alors à le sauver. Ainsi Gorki plaida-t-il sa cause auprès du chef redouté de la police de Lénine. En vain. « Pouvons-nous fusiller les autres, et faire exception pour lui, sous prétexte qu'il est poète ! C'est impossible », trancha Dzerjinski, l'impitoyable chef de la Tcheka.

Le 16 août, au petit jour, à la lisière d'un bois, Goumilev tombait sous les balles, le chapeau sur les yeux, une cigarette aux lèvres, devenant dans l'opinion russe le symbole des martyrs des bolcheviks, si bien qu'à l'annonce de son exécution dans les rues de Petrograd, les passants effrayés dirent :

« Ils ont même osé faire cela. Massacrer la poésie ! »

DE SAINT-PÉTERSBOURG
À LENINGRAD

Maxime Gorki, le plus grand des écrivains proches des bolcheviks, s'était arrêté sur la perspective Nevski à deux pas de sa demeure, pour contempler le manège des gamins. Comme des fourmis, ils étaient partis à l'assaut de cette grande maison de bois abandonnée qui se dressait à l'angle de la rue, propriété sans nulle doute d'émigrés qui avaient réussi à fuir la révolution à temps. Déjà elle avait perdu ses portes et ses fenêtres. Maintenant les gosses s'attaquaient aux poutres, pendant que l'un d'entre eux faisait le guet. Qu'un milicien apparaisse, et ils s'éparpillaient comme des moineaux, quitte à revenir dès l'alerte passée.

Une lueur de gaieté et d'attendrissement pétillait dans l'œil de Gorki. Ce grand bonhomme au dos voûté, le nez en canard, les pommettes saillantes, les moustaches jaunes de morse, le front ridé comme un vieux singe, tous le connaissaient ici, et savaient qu'ils pouvaient compter sur son indulgence complice.

Si ces enfants démolissaient ainsi les chambranles, les marches d'escaliers, et les emportaient sur leurs chétives épaules, c'est qu'ils avaient froid, comme tous les habitants de Petrograd (beaucoup disaient encore Pétersbourg) en cet hiver 1919-1920, et que le combustible était devenu de plus en plus rare. Mais qu'est-ce qui n'était pas introuvable sur les bords de la Néva !

La « Venise du Nord » — que l'armée blanche menaçait encore de faire tomber en octobre — n'était plus peuplée que de fantômes grelottants et affamés. Pour survivre, il fallait lutter avec l'énergie du désespoir, faire la queue des heures pour avoir un peu de bois, de charbon, de pétrole — car il n'y avait plus d'électricité —, brûler ses derniers meubles ou les vendre contre quelques pommes de terre gelées. Encore heureux quand les magasins avait quelque chose à offrir. Il y eut des mois où on ne trouvait que de la saccharine, d'autres que du chou. Et vint le moment où l'on n'eut que des épluchures de pommes de terre.

On pouvait voir passer, courbée sous un sac, la belle actrice Liouba, du Théâtre du Peuple, la femme du poète Alexandre Blok, une privilégiée, revenant de la coopérative du Théâtre où on lui avait versé sa ration de sel, de farine, de pétrole.

Pas question de prendre un tramway, une voiture, il y avait belle lurette que les derniers chevaux avaient été mangés. Les cercueils se louaient, il fallait les rapporter pour les suivants. Dans les hôpitaux, on empilait les cadavres, trois en largeur.

A l'école, élèves et professeurs gardaient leurs manteaux et leurs bonnets. La tragédie de la Russie se confondait avec les ruines de la capitale. Dans les maisons, plus d'eau, les canalisations ayant éclaté sous le gel. On ne se lavait plus. Les plus courageux se brûlaient la peau dans la cendre pour se nettoyer. Les cours se remplissaient d'excréments. Seuls les poux prospéraient. Les plaies, des plaies qu'on ne pouvait guérir, faute de médicaments, de pommades, la moindre égratignure risquaient de s'infecter. Tout le monde avait les mains bandées de chiffons sales. Sur les jambes, les veines éclataient...

Alexis Gorki reprit sa promenade à travers cette ville morte, cette capitale détrônée par Moscou, mais où il avait choisi de vivre depuis son retour de Capri en 1914.

En effet, après la prise du pouvoir par les bolcheviks, Lénine décida, en 1918, de transférer la capitale de Petrograd à Moscou.

Rien ne pouvait entamer la foi révolutionnaire de l'écrivain. Ces magnifiques palais déserts aux grilles de bronze arrachées, ces maisons ouvertes à tous vents, ces boutiques autrefois luxueuses vides aux vitres brisées, ces êtres décharnés qui titubaient dans la neige épaisse, tout cela était le prix qu'il fallait payer pour que « se lève l'aube de fraternité » qu'il prophétisait depuis des années. Gorki savait qu'il était l'homme phare de Petrograd, l'auteur adulé des années 1900 qui avait cautionné la révolution prolétarienne ici et à l'étranger, celui qui avait demandé à tous ses amis écrivains, artistes, savants, de ne pas déserter, de ne pas suivre les émigrés, lorsque la guerre civile, la terreur, le blocus, la famine s'étaient abattus. Celui qui devait faire le pont entre la génération des Dostoïevski, Tolstoï, Tchekhov, et le blé nouveau.

Des hésitations, des angoisses, il en avait encore. Il avait trop vécu parmi les masses au cours de sa vie errante pour ne pas craindre obscurément la brutalité de cette lame de fond populaire.

Que le sort ait choisi les Russes, hier encore à demi sauvages, pour la plus grande révolution de l'histoire, était un honneur bien redoutable. Il l'avoua à son ami Romain Rolland : « Les combattants les plus faibles, les moins expérimentés, fils d'un peuple économiquement et culturellement arriéré, épuisés par un passé qui a été plus cruel que celui des autres peuples, se trouvent placés à la tête des nations dans la lutte finale pour le triomphe de la justice. Sauront-ils assumer leur tâche ? »

Gorki l'espérait. Il voulait le croire. Mais à condition que toutes les forces intellectuelles du pays y collaborent. Et que les bolcheviks au pouvoir n'entravent pas ses efforts. Or la guerre civile avait durci Lénine et ses compagnons. Les prisons s'emplissaient de ces membres de l'intelligentsia que Gorki voulait voir rallier la Révolution. Gorki tenta de les défendre en 1918 dans le journal *La Vie nouvelle* qu'il éditait à Petrograd. Mais Lénine interdit qu'il en poursuive la publication. Pourtant le leader soviétique était son ami. A plusieurs reprises, il avait été son hôte à Capri. Et Gorki, dont les œuvres étaient traduites dans le monde entier, les pièces jouées dans de nombreuses capitales et qui touchait d'importants droits d'auteur, alimentait généreusement depuis des années la caisse du Parti bolchevik. Mais les temps n'étaient guère à la mansuétude.

La Révolution régnait, certes, à Petrograd mais elle n'était pas encore maîtresse de la Russie et pouvait encore être balayée par les armées blanches.

Gorki était un rêveur idéaliste : mieux valait qu'il laisse les politiques mener leur combat et traquer les réactionnaires. Le romancier de *La Mère* ne se découragea cependant pas, même si ses yeux couleur des steppes s'emplissaient souvent de larmes. Pourtant, il avait un jour déclaré : « Je hais les faiblards. Et d'abord ces intellectuels de Petrograd, ces artistes, qui savent si mal s'adapter à ces heures cruelles »... On le plaisantait d'ailleurs souvent sur cette émotivité excessive : « Il pleure en écoutant *L'Internationale*. Il pleure à la lecture des manuscrits qu'on lui soumet, aux films qu'il va voir, au récit des souffrances qu'on lui fait. Ses propres œuvres lui arrachent encore des larmes. » Railleur, Maïakovski alla jusqu'à annoncer dans un journal qu'il était prêt à vendre bon marché un gilet fraîchement trempé des larmes de Gorki !

Gorki habitait au centre de la ville près des quais de la Néva. Son appartement se situait au sixième étage. On y montait par l'escalier de service. Nulle part d'ailleurs on n'empruntait plus le grand escalier. Toutes les entrées principales étaient closes. Peut-être pour mieux résister au froid. Dans les appartements, il n'y avait guère que la cuisine qui soit chauffée. Chez Gorki, rare privilège, un poêle qu'on alimentait avec des caisses éventrées, trônait dans la salle à manger. Et il y avait toujours foule autour. Des parents, des amis, mais souvent aussi des inconnus venus solliciter Gorki, dont la générosité était bien connue. Près du samovar, veillait l'actuelle compagne d'Alexis, Marie Andrieva, une ancienne actrice qui avait quitté son général de mari quinze ans plus tôt pour suivre Gorki en exil, et régnait aujourd'hui sur le Grand Théâtre de Petrograd. Il y avait là des gens qui étaient venus pour une heure, et couchaient dans la maison depuis huit jours, acceptant sans vergogne le gîte et le couvert. Et puis il y avait les habitués, le poète Maïakovski venait parfois jouer aux cartes, inséparable de ses amis les Brik, l'énorme silhouette du chanteur Chaliapine, cheveux jaunes et œil d'aigle, et bien d'autres encore. On y vit même Chagall venu chercher un appui pour son Ecole des beaux-arts de Vitebsk, où ses vaches et ses ânes caracolant dans le ciel n'étaient pas très prisés des autorités locales. Gorki l'écouta, promit, intervint avec sa bonne volonté coutumière. Mais au fond il comprenait mal cette peinture d'avant-garde, les constructivistes comme Malevitch et ses carrés noirs sur fond blanc. Chagall me confia sa déception : « En entrant chez Gorki, j'aperçus des tableaux si dénués de goût que je crus m'être trompé de porte ! »

Souvent le fils de Gorki, Maxime Pechkov, était de la fête. Il avait la lourde tâche de ravitailler les ouvriers de Petrograd, et faisait des descentes dans le Sud pour trouver des vivres, n'en rapportant parfois que de l'avoine et des têtes de chevaux.

Se nourrir devint l'obsession de tous au bord de la Néva. Et pour manger, il fallait prouver son utilité sociale, relever d'un organisme d'Etat, qu'on soit matelot de la Baltique, savant ou jeune accouchée. Les plus habiles cumulaient plusieurs rations. Ainsi le jeune peintre et metteur en scène Georges Annenkov : il enseignait à l'Ecole des beaux-arts de Petrograd, ce qui lui donnait droit à une ration, organisait un centre culturel pour miliciens où l'on enseignait pêle-mêle les danses plastiques et la littérature, pour avoir une autre ration ; à la « Goutte de Lait Rosa-Luxembourg », il initiait les nourrices à l'histoire de la sculpture, encore une ration.

Sous l'impulsion de Gorki, la rage d'apprendre s'était emparée de tous ; balayeurs et cordonniers rêvaient de devenir des Pouchkine ; au théâtre, des cours de marxisme réunissaient directeur, souffleur, acteurs et machinistes. Des associations pour le développement des sciences, la propagation des arts poussaient partout comme des champignons. On manquait de tout, mais les théâtres, où l'on jouait pêle-mêle Shakespeare, Molière, Claudel, Schiller, étaient pleins.

Les journaux, faute de papier, n'étaient guère lus que dans la rue, où ils étaient cloués — et non pas collés car on manquait de colle — avec des coins de bois (car les clous aussi étaient introuvables). On imprimait les poèmes de Blok, Akhmatova et les autres sur du papier d'emballage.

Providence de ces malheureux intellectuels qui savaient bien mal faire face à ces temps cruels, Gorki avait obtenu qu'on traduise en russe tous les chefs-d'œuvre du XIXe siècle de la littérature universelle. Des bureaux furent alors ouverts pour cette gigantesque entreprise. Quelle aubaine pour tous ces malheureux qui sortaient soudain de leur nuit, de chambres désolées où ils avaient brûlé leurs dernières revues, leurs derniers livres, pour avoir un peu de chaleur.

Plusieurs fois par semaine ils se réunissaient ainsi autour de Gorki qui distribuait le travail. Souvent sous leur pelisse ils n'avaient ni chemise ni veston, rien qu'une vareuse taillée dans une vieille couverture. Parfois, on arborait un pantalon à carreaux, vieille relique achetée à Paris lors de l'exposition de 1900. La poétesse Anna Akhmatova drapait sa misère dans un grand châle multicolore, à côté d'elle un historien d'art de la Renaissance ne quittait jamais ses caoutchoucs, même en dormant, de peur qu'on ne les lui dérobe.

Parmi ces faméliques aux yeux fébriles, aux cheveux trop longs, Alexandre Blok, notre grand poète de Saint-Pétersbourg, garda sa suprême élégance de l'époque de la Tour Ivanov en parvenant à conserver propre un sweater blanc à col roulé. On buvait ce qu'on appelait du thé, c'est-à-dire une infusion insipide de carottes séchées, sans sucre, mais qui avait au moins le mérite d'être chaude, alors que dehors le thermomètre descendait jusqu'à −35 °C. Et l'on se disputait le privilège de traduire ou d'adapter Dickens, Balzac, Tagore ou Bernard Shaw, pouvant ainsi, contre les millions de roubles reçus en salaire (qui ne valaient plus grand-chose), s'acheter un peu de tabac au marché noir, ou tenter d'améliorer la kacha d'orge ou de millet, sans beurre, sans huile, souvent sans sel, qui constituait l'essentiel de l'ordinaire, avec 150 grammes de pain humide et plein de son, quelques harengs, et un peu de lard les meilleurs jours.

Le naïf Gorki, dans son généreux désir d'élever le niveau culturel des masses, se mit également dans la tête de porter à la scène l'histoire de l'Humanité. Alexandre Blok décrocha ainsi, dans cette série de tableaux historiques, un « Ramsès » destiné à initier les ouvriers et les moujiks au fabuleux destin de l'ancienne Egypte.

Eduquer, instruire, cultiver, sauver l'héritage des siècles passés, inlassablement Gorki se battait pour cet idéal, avec une ferveur qui faisait grommeler à Léon Trotski : « Gorki a accueilli la Révolution avec l'inquiétude d'un directeur de musée ! »

Un jour qu'il faisait sa promenade et qu'il traversait le parc de Tsarskoïe Selo où les beaux parterres de fleurs n'étaient plus hélas qu'un souvenir, il croisa un couple près du Pavillon du Palais de Catherine. Elle une jeune ouvrière, lui un soldat plus ou moins aviné, souliers défaits, capote flottant sur les épaules. Soudain, le soldat frappa la femme qui s'enfuit en sanglotant. Gorki ne put supporter ce spectacle et bondit vers le soldat qui l'accueillit par une bordée d'injures et le poing menaçant. L'écrivain se ramassa sur lui-même et le frappa avec sa force légendaire. Puis il le contempla un instant avec tristesse, tandis que soulevant son feutre à larges bords il s'essuyait le front :

« Et tu veux te battre ! lui dit-il comme on morigène un enfant, alors que tu ne sais même pas protéger tes dents ! Allons, emmenez votre compagnon, ajouta-il se tournant vers la femme. Je crois qu'il se souviendra maintenant qu'il y a une justice immanente. »

La justice, une autre marotte de Gorki. Chacun le savait, il en usait et en abusait. Chez lui, c'était un défilé constant de solliciteurs. Ainsi lui demandait-on d'intervenir pour des détenus, pour des rations, pour un logement, des médicaments, du lait pour des nourrissons, des dentiers pour des vieillards. On connaissait son crédit auprès du gouvernement. Et Gorki ne refusait pratiquement jamais, même si le Parti cachait mal sa lassitude devant ses revendications perpétuellement renouvelées. Aussi imaginez la joie de Gorki lorsque, à l'automne 1920, ce débrouillard de Rodé, dont le restaurant était le plus célèbre de Saint-Pétersbourg avant la Révolution, lui suggéra de créer une Maison des Arts, qui pourrait héberger écrivains et artistes. Cette Maison fut installée dans un ancien palais, un des fleurons de l'architecture du règne de l'impératrice Elisabeth, énorme bâtisse de six étages, profilée comme un navire, dont le nez donnait sur le quai de la Néva et les flancs sur les rues Moïka et de la Grande-Marine (rebaptisée rue Herzen). Quand son dernier possesseur, le célèbre épicier Elisseiev, y donnait des fêtes, toute la ville voyait la nuit ses fenêtres illuminées, évoquant un vaisseau fendant les ténèbres. « Le Vaisseau dément », dira-t-on lorsque la Maison des Arts y aura élu domicile. Car les formes d'expression les plus avancées, les plus folles, allaient s'y donner libre cours jusqu'à ce que le pesant réalisme socialiste imposât sa lugubre dictature. Dès l'inauguration, l'astucieux et bedonnant Rodé montra son savoir-faire, en offrant aux nouveaux locataires un thé aux carottes, agrémenté de biscuits et de caramels. Dans l'enthousiasme il fut aussitôt porté à la présidence du présidium des écrivains. Certes, il ne connaissait rien à la littérature, mais on ne fait pas de littérature le ventre vide et les membres paralysés par le froid ! Et Rodé allait se révéler le meilleur des gérants en ces temps de disette. Dès le lendemain, nos intellectuels recevaient un peu de bois et de charbon pour alimenter leurs « bourgeoises », ainsi qu'on nommait alors les petits poêles, en raison de la modestie de leur activité. Pour les rations de nourriture, on allait les chercher avec des sacs de grosse toile. Un comité d'entraide fut créé rue du Million par le tenace Gorki. C'est là qu'ils touchèrent aussi leurs premières chaussures importées de Tchécoslovaquie. Dans les rues de Petrograd, si on rencontrait un gaillard chaussé de rutilantes chaussures jaune poussin, on pouvait être sûr qu'il s'agissait d'un poète (Gorki avait voulu qu'ils soient servis en priorité).

Dans ce pittoresque phalanstère vinrent les écrivains. Les mœurs y étaient très libres mais nous n'étions plus à l'époque où la belle ambassadrice soviétique Kollontaï prônait « l'amour libre » et l'esprit de création bouillonnant. C'est là qu'Alexandre Blok prononça les mots qui lui furent fatals à la soirée en l'honneur de Pouchkine. Comme avait changé notre vedette des salons littéraires, ce chantre mystique de la Révolution, dont toute la jeunesse avait su par cœur les vers fameux où le Christ couronné de roses précédait, invisible et silencieux, dans la tourmente de neige, les douze gardes rouges aux fusils braqués sur les ténèbres de Petrograd !

Changé physiquement d'abord. Certes il avait toujours cette dignité raffinée, son veston noir de gentleman sur son sweater blanc immaculé, ses bottes de feutre. Mais l'endocardite dont il souffrait et les privations avaient fait leur œuvre. L'œil bleu s'était terni, les cheveux devenus tout gris, le visage rougeâtre, la maigreur effrayante. Mais plus encore, épuisé moralement, révolté par le nouvel absolutisme révolutionnaire. Avec une amertume indicible, ce soir-là, il jeta l'anathème sur l'odieuse dictature des bureaucrates :

« De tout temps, lança-t-il de sa voix de cloche assourdie, les fonctionnaires ont été la lie de l'Etat. Mais qu'ils prennent garde, car on peut leur donner un autre nom, s'ils entendent vouloir diriger de force la poésie dans des voies à eux ! Car la paix et la liberté sont nécessaires au poète. »

Et, avec une lucidité tragique qui arracha des larmes au sensible Gorki, ce génie de quarante ans que la mort allait frapper six mois plus tard, conclut : « Et voici que le poète meurt, parce qu'il ne peut plus respirer. La vie pour lui a perdu son sens. »

Restait une solution : partir, c'est-à-dire quitter Petrograd en ruine et émigrer, alors qu'il en était encore temps. Retrouver à l'étranger la chaleur, la civilisation, la liberté. Prendre un de ces trains qui recommençaient à circuler. Partir, le mot revenait dans toutes les conversations. Encore fallait-il obtenir un passeport des autorités. Et celles-ci, soupçonneuses, ne l'accordaient qu'à regret, après une longue enquête, mille démarches.

Depuis des mois, les poètes et les écrivains comme Blok, Biely, des centaines d'autres, sollicitaient ainsi en vain ce précieux document. « Que me reste-t-il à faire dans la vie ? confia André Biely, auteur du tragique roman prémonitoire *Pétersbourg*, je ne puis pas vivre hors de cette Russie, et je ne peux pas y respirer. »

Viatcheslav Ivanov a écrit à propos de l'auteur de ce roman, qu'il jugeait « possédé par l'effroi » : « La culture contemporaine devait parvenir à un profond épuisement de soi pour atteindre à ce seuil au fronton duquel est écrit "Effroi". Les événements, le hululement du vent, qui parcourt tout le livre, le jaune safran démoniaque des meetings où danse la foule en transe : tout est *possession maléfique*, car les protagonistes de ce roman sont des possédés. La mystérieuse suprématie des ombres dans l'univers de *Pétersbourg* crée une architecture délirante — palais, rues, passants et événements se décomposent et se recomposent selon le principe des leitmotive magiques : eaux grouillantes de bacilles, hommes changés en ombre, soleil couchant métamorphosé en tarentule. Les rues de Saint-Pétersbourg possèdent une propriété indubitable — elles changent les passants en ombres : quant aux ombres, les rues pétersbourgeoises les changent en hommes. »

Biély décrit une sorte de vaste supplice de la désintégration qui devint la réalité de Petrograd en 1918. Selon les termes de son confrère Olga Forch, *Pétersbourg* fait le *bilan* de la littérature russe classique, le bilan des thèmes musicaux et des angoisses concentrés autour du mystère de la ville de Pierre. *Pétersbourg* était le dernier geste, le rythme final de l'intelligentsia russe pressentant son destin tragique.

Au lendemain de la Révolution, Biély avait fondé à Petrograd l'Association libre de philosophie, qui se réunissait dans son appartement en face du palais d'Hiver, dont il animait les débats, une calotte noire sur la tête dissimulant par coquetterie sa précoce calvitie. Très vite son indépendance à l'égard de la stricte doctrine marxiste avait été mal tolérée du pouvoir. Plusieurs membres de l'association avaient été arrêtés puis relâchés, mais la surveillance se resserrait sur le groupe, il se vit finalement interdit au début de 1921. Du moins la vie de Biely et de ses amis n'était-elle pas en danger. Mais combien d'autres tombaient sous les coups de la Tcheka qui multipliait les visites domiciliaires après l'échec de la « Commune de Kronstadt ». La grande chasse aux contre-révolutionnaires était ouverte...

Quatre jours plus tôt, Alexandre Blok était mort, à quarante et un ans, de maladie et de désespoir. Depuis plusieurs mois il ne marchait plus qu'avec peine, courbé sur sa canne, et sa respiration se faisait haletante. Comble d'ironie, il était déjà à l'agonie quand le passeport pour l'étranger qu'il avait tant sollicité arriva...

Gorki, Biely, tous ses amis du « Vaisseau dément » conduisirent au cimetière Vassili-Ostrov le cercueil ouvert du grand poète, suivi d'une foule de 2 000 personnes. « On portait, écrivit la poétesse Anna Akhmatova, notre soleil éteint par les tourments, Alexandre notre cygne pur. »

Plus chanceux, André Biely, lui, put quitter la Russie en novembre. « Laissez-le partir à l'étranger, avait crié la jeunesse, sinon il mourra comme Blok ! » Et Lénine avait cédé. Incapable de vivre longtemps loin de sa chère Russie, le poète rentrera au bord de la Néva dès 1923 avant de sombrer dans l'oubli.

Le destin du poète Sologoub, animateur du salon littéraire de la belle époque de Saint-Pétersbourg, fut plus tragique. Deux fois on lui avait accordé son passeport, puis repris à la dernière minute. L'esprit d'Anastasia, sa femme, ne résista pas à ces coups du sort. Dans une crise de neurasthénie, alors que Gorki avait enfin tout arrangé pour que le couple puisse partir de Petrograd, elle se jeta au printemps dans la

Néva. Sologoub refusa de croire à son suicide jusqu'à ce que le corps fût repêché à l'automne, dans son tailleur rouge brodé de noir. Plus jamais Sologoub ne fut le même. Il ne chercha même plus à fuir ce pays qui lui avait tout pris, jusqu'au seul amour de sa vie.

Mais pour un Sologoub, une Akhmatova qui ne voulaient pas partir, combien d'autres saisirent la première occasion qui s'offrait. Souvent d'ailleurs, lorsque le régime les jugeait éléments irrécupérables, il ne faisait rien pour les retenir. Ce fut le cas des peintres Kandinsky et Malevitch. Déjà on avait fermé les ateliers de ces « fabricants d'art pour capitalistes décadents ». Chagall, se sentant englobé dans la même réprobation, n'attendit pas qu'on l'interdise et prit à son tour le chemin de l'exil en avril 1922.

« Le Vaisseau dément », où tant de génie et de folie s'étaient prodigués, n'était plus qu'une bâtisse dans une ville sans âme, une génération d'artistes grandie à Saint-Pétersbourg fut condamnée au nom du lugubre réalisme socialiste, cette nouvelle doctrine de Staline, visant la domination totale de la vie intellectuelle et artistique.

Cette génération vivra dans sa cité fantôme rebaptisée Leningrad par les bolcheviks.

Pour Gorki un grand rêve s'effondrait, et s'évanouissait l'aube lumineuse qu'il avait appelée de ses vœux, où se seraient conciliés l'esprit révolutionnaire et le plus ouvert des humanismes, la sainte vieille Russie et la République socialiste, Saint-Pétersbourg et Leningrad. Jusqu'au bout il avait payé de sa personne, usé de son immense prestige pour protéger ses compagnons de route, à quelque famille spirituelle qu'ils appartinssent. Mais il devenait encombrant. Les dirigeants bolcheviques Kamenev et Zinoviev ne lui cachaient pas leur hostilité et, sans la vieille amitié qui le liait à Lénine, on l'aurait sans doute bâillonné depuis longtemps.

Sa mauvaise santé parut le meilleur prétexte pour l'éloigner. Il crachait le sang, souffrait du scorbut, et ce n'étaient pas des rinçages de bouche avec une infusion d'écorce de chêne qui pouvaient l'en guérir. « On ne peut pas vous soigner ici, Alexis, insistait affectueusement Lénine, et vous ne résisteriez pas à un nouvel hiver. » Gorki finit par céder, et reprit en octobre 1921 le chemin de l'exil, en Allemagne d'abord, en Italie ensuite. Rongé de nostalgie, il revint sept ans plus tard, et jusqu'à sa mort, en 1936, connut la vénération officielle. Il ne discutait plus les décisions du Parti, ni ne tonnait contre l'injustice et le régime policier. Il couvrit même de son grand nom l'imposture stalinienne.

Mais le vrai Gorki n'est-il pas mort d'un grand espoir avorté en 1921, à Petrograd...

L'AMOUR FOUDROYÉ

A la même époque le chantre de la Petrograd révolutionnaire, le poète Maïakovski, et ses amis Brik quit-
tèrent les bords de la Néva pour Moscou puis se
mirent à voyager ensemble ou séparément, souvent à
l'étranger. A partir de 1920, Lili Brik retrouva souvent
sa sœur en Europe. Ella — devenue Elsa Triolet —
avait déjà décidé de quitter son mari et de s'installer
à Paris. Les deux sœurs rendirent visite à leur oncle,
le manufacturier Bormann, à Londres. Elles fréquen-
taient les bars et dancings de la capitale britannique.
Lili était persuadée que la période la plus dure de la
révolution était passée. Lénine avait changé de cap
en optant pour une nouvelle politique économique
visant à améliorer la vie quotidienne. Maïakovski était
toujours à l'honneur et le régime appréciait son infa-
tigable travail en faveur de la révolution.

Mais la flamme de son amour s'effrita. Il semblait
que loin de la ville de Pierre elle n'existait plus. Maïakovski le comprit et essaya de retrouver sa bien-aimée
de nouveau au bord de la Néva.

Le poète promena un regard inquiet à travers la gare
luisante, dans l'obscurité bleue de l'hiver. Il aperçut
Lili dans un manteau bien coupé venu de Londres,

sans doute offert par son nouvel amant, un banquier — irrésistible sous son béret de velours rouge. Ses mains étaient plongées dans un manchon d'astrakan assorti au manteau. Elle avançait d'un pas léger et décidé, fixant sur lui la terrifiante splendeur de ses yeux irradiant ce magnétisme évoqué par tous ceux qui l'ont rencontrée. Sans mot dire, ils franchirent les trois corridors recouverts de tapis rouge et montèrent dans le train à l'invitation du contrôleur qui ouvrit respectueusement la portière du compartiment.

La locomotive émit une longue plainte et s'ébranla lourdement. Maïakovski sortit alors un petit livret de sa poche, se leva et, comme s'il allait s'adresser à un vaste auditoire, lut à sa belle son chef-d'œuvre du lyrisme amoureux, *De cela*. Sa voix profonde s'élevait au-dessus des bruits du train. Le récital était pour sa muse seule.

Saisi de frissons, le poète s'effondra en larmes en refermant son livret. Tandis que Lili lui caressait les cheveux, Vladimir la torturait de questions. Confronté à l'image de l'amant de son égérie, il éprouvait une véritable rage. Lui, qui pratiqua tout au long de sa vie l'amour au pluriel, était anéanti par cette infidélité.

Les poètes se font rarement chantres de l'amour heureux.

1924 sonna le glas de cette passion née à Petrograd. Vladimir et Lili n'eurent pas besoin de grands discours pour le comprendre. Lili fut la première à lui dire :

« J'ai l'impression que tu n'éprouves plus les sentiments d'autrefois ; ne va pas te torturer davantage. »

Les frasques de Lili semblaient désormais peser sur leur amour. Pour oublier, le poète se rendit plusieurs fois à Paris.

La sœur de Lili, Elsa, y vivait à l'hôtel Istria, à Montparnasse, où Fernand Léger lui avait trouvé une chambre grâce à l'intervention de Maïakovski. Elle accueillit l'arrivée de son vieil ami comme une bouffée d'air frais.

Maïakovski voulait tout connaître de la Ville lumière. Il écrivit à Lili combien elle lui manquait et combien la voix d'Elsa lui rappelait la sienne.

Il eut aussi un autre guide, Ilya Ehrenbourg, qui se présentait comme un Russe à Paris et un Français à Leningrad. Ce romancier et journaliste se prenait pour un missionnaire de la culture européenne. Il connaissait tout le monde, Max Jacob, Diego Rivera, Picasso et Fernand Léger et, bien sûr, Aragon, nouvel amour d'Elsa. En compagnie d'Elsa, il fit découvrir à Maïakovski la fièvre du jazz dans les boîtes de nuit à la mode, les bars, les soirées russes, le café Voltaire où il déclamera plus tard ses vers. Ils fréquentèrent ensemble les cabinets particuliers des grands restaurants où les artistes et les personnalités amenaient leurs conquêtes.

Elsa raconta sa vie sentimentale agitée. Elle avait déjà plus de trente ans. Parmi ses amants de passage, elle trouva enfin l'homme de sa vie. Mais la jeune exilée n'avait pas encore réussi à imposer ses premiers romans, *Fraise des bois*, *Tahiti* et *Camouflage*. Comme autrefois à Saint-Pétersbourg, elle tenta de rassurer Maïakovski. En vain. Il revint en Russie très déprimé.

Le 15 avril 1930, à leur retour à Berlin, venant de Londres, les Brik trouvaient à leur hôtel le télégramme annonçant le suicide du poète. Ils regagnèrent Moscou sur-le-champ par le train.

Le même jour, à Paris, on frappa à la porte d'Elsa.

Aragon, resté couché, fut foudroyé par les cris de sa femme qui hurlait : « Mort, mort, mort... »

Maïakovski s'était tué d'un coup de revolver, mettant en quelque sorte un point final à ce chapitre majeur de l'histoire sentimentale de la ville de Pierre.

Le suicide de Maïakovski coïncida avec le durcissement du régime de Staline.

LES ANNÉES DE PLOMB

Après la mort de Lénine en 1924, Staline triomphant de ses adversaires politiques s'imposa comme l'homme fort de l'URSS. Il commença par organiser des funérailles grandioses à son prédécesseur en copiant les rites des empereurs romains. Cette cérémonie symbolisa le début d'un *nouveau culte* : Lénine, dieu mort, Staline devenait le dieu vivant, personnifiant le pouvoir suprême du système communiste.

A partir de 1928, l'emprise de Staline sur la vie soviétique devint totale. Ni les institutions légales de l'URSS, ni les statuts du Parti ou des grandes organisations sociales n'avaient d'importance réelle. Leur seul rôle était d'approuver, transmettre, appliquer les décisions du dictateur. Secrétaire général du Parti (principal rouage du système politique), celui-ci réunissait à sa guise ses instances dirigeantes, Bureau politique, Comité central ou Congrès. Il pouvait en tout domaine choisir ses hommes, éloigner ceux dont la renommée lui portait ombrage, multiplier les ministères et prendre des décisions sans contrôle. Sa méthode de gouvernement reposait sur l'isolement, la méfiance, le mépris de toute forme légale. Apparaissant peu en public, vivant retiré dans sa datcha de

Kountsevo, Staline gouvernait avec un petit nombre d'intimes auxquels il accordait provisoirement confiance et dont il entretenait les soupçons et les rivalités. Mais le tournant décisif de la création de ce système fut effectué sur les bords de la Néva dans l'ancienne capitale des tsars.

Le 1er décembre 1934, l'un de ses « plus fidèles amis », Serge Mironovitch Kirov, y fut assassiné d'une balle dans la nuque à l'institut Smolny. La neige tombait sur Leningrad et de gros glaçons envahissaient la Néva lorsque les premières arrestations commencèrent. Staline, abandonnant le Kremlin, toutes affaires cessantes, se rendit sur place et prit personnellement en main l'enquête, les interrogatoires, la répression, les limogeages, les déportations.

Kirov était membre du Comité central, secrétaire du Bureau politique et le principal responsable politique de Leningrad. L'assassin, Nikolaiev, était membre de la commission de contrôle du Parti pour la région de Leningrad. Sa femme était la principale secrétaire de Kirov. Des mobiles du crime, rien ne transpira, car les interrogatoires du meurtrier se déroulèrent à huis clos, tandis qu'en ville s'ébruitait l'hypothèse d'un crime passionnel. Mais Staline, arrivé le soir même à Leningrad, vint, par sa présence, apporter une tout autre dimension au crime, politique celle-là, dont il usa contre ses opposants. L'assassinat de Kirov devint aussitôt une affaire d'Etat qui prit un aspect déroutant pour les communistes du monde entier. Pendant les cinq jours qu'il demeura à Leningrad, le maître du Kremlin prépara un énorme dossier que ses policiers allaient mettre des mois à compléter. A ses yeux, et cela devint la version officielle, la responsabilité de l'attentat incombait à un groupe d'opposition au sein même du Parti communiste où allaient être impliqués les premiers compagnons de lutte de Lénine, Zinoviev et Kamenev, qui « travaillaient pour le compte du proscrit Trotski », l'homme à abattre à tout prix. Mais, tel un cancer, les accusations allaient rejaillir plus tard sur des collaborateurs directs de Staline au Politburo, par exemple sur Boukharine. Il faudra attendre la mort de Staline pour que, dans son fameux rapport au XXe congrès du PCUS en 1956, Khrouchtchev, en termes à demi voilés, accuse l'ancien chef du Kremlin d'avoir fait perpétrer l'assassinat par la police politique, Kirov étant devenu pour lui un rival qui s'était opposé ouvertement à sa politique de collectivisation forcée. Tant de détails demeurent selon Khrouchtchev incompréhensibles dans cet assassinat... De l'aveu même du chef de la police secrète, Iagoda, jugé et fusillé quatre ans plus tard, « la police n'avait pas fait obstacle à la tentative de meurtre... » « Beaucoup de choses inexplicables et mystérieuses entourent le meurtre », expliquait Khrouchtchev en 1956 : le seul témoin de l'assassinat, un membre de la police politique, chargé de protéger Kirov, fut interrogé le 2 décembre et mourut peu après dans un « accident d'automobile » d'où les autres occupants sortirent sains et saufs... La lettre dans laquelle Nikolaiev expliquait les raisons de son geste a disparu des dossiers... (Pour éclairer un certain nombre de circonstances « troublantes » de l'assassinat de Kirov, nombre d'historiens occidentaux, dont l'Américain R. Conquest, ont retenu l'explication de Nikita Khrouchtchev et évoquent la responsabilité directe de Staline dans cet assassinat et même présentent Kirov comme une sorte d'opposant, menant dans son fief léningradois une politique en désaccord avec Staline.)

L'accès aux protocoles des réunions du Politburo, aux documents du fonds Kirov, au journal intime de

Nikolaiev, l'assassin de Kirov, a permis de confirmer que l'assassinat de Kirov a été un acte terroriste individuel.

Pour l'heure, Leningrad tremblait. La peur, la délation, la terreur policière régnaient.

La vindicte ne tombait plus, comme autrefois, sur des « ennemis de classe », mais directement sur des hommes du Parti, sûrs, fidèles, des bureaucrates choisis, et ceux qui avaient eu le malheur de connaître, de près ou de loin, ces derniers : 100 arrestations eurent lieu dans la nuit du 1er décembre ; 117 fusillés quelques jours plus tard ; 100 000 habitants de Leningrad déportés en Sibérie. L'ère des grandes purges politiques avait commencé. Dans l'histoire, elle portera un nom : « les grands procès », et se prolongera jusqu'à la guerre, pour reprendre sitôt la victoire acquise.

La terreur fit tache d'huile. Dans la nuit du 22 au 23 décembre 1934, d'étranges camionnettes à livrer le pain et la blanchisserie sortirent de la Loubianka, la sinistre prison moscovite, située en face de la statue de Dzerjinski, sur la place qui porte son nom. Bourrées d'hommes de la police secrète, les camionnettes de livraison s'arrêtèrent devant des immeubles très précis : pas de bruit, pas de cris ; et qui aurait osé se risquer à regarder ? Zinoviev, ancien membre du Comité central et du Politburo, ancien président du Komintern, fut le premier entraîné vers ce « panier à salade » que personne, dans les rues, et pour cause, ne reconnaissait encore. En prison, il retrouva Kamenev, ancien membre du Comité central et du Politburo, président adjoint du Conseil des commissaires du peuple. On nommait les révolutionnaires des premiers jours, les « vieux bolcheviks ».

Tandis que Staline rentrait de Leningrad, accompagnant les cendres de Kirov à qui Moscou réservait des funérailles grandioses sur la place Rouge, la presse soviétique ne prononça pas un mot sur l'arrestation des « vieux bolcheviks ». Leur popularité était encore trop grande. Il s'agissait de préparer l'opinion. La presse, grâce à la censure, ce *glavlit* que Staline avait fait rétablir ; les organes gouvernementaux qui se trouvaient sous la coupe du Parti et du Comité central, lui-même entre les mains d'apparatchiks choisis ; la police enfin, une énorme administration rodée depuis des années à une obéissance aveugle, de tous les renseignements qu'on peut recueillir aujourd'hui encore à Moscou sur cette période, il est essentiel de savoir que Staline n'agissait pas seul, mais que le stalinisme était déjà en place, avec tout un système politico-policier ; de comprendre, également, que l'étonnement qu'auraient pu légitimement provoquer dans les rangs des militants les arrestations des « vieux bolcheviks » était, il serait préférable de dire ne pouvait pas ne pas être, balayé par l'appareil d'un système totalitaire. Ce système totalitaire n'avait-il pas fait ses preuves en face des « ennemis de classe » de la Révolution ? N'avait-il pas provoqué des réactions au sein du Parti, devant l'étalage de la violence ? C'était justement pourquoi, aujourd'hui, il se retournait vers les communistes qui avaient émis des doutes sur l'opportunité de la politique de Staline. Comme on ne pouvait pas accuser les anciens compagnons de Lénine jetés en prison d'être des « ennemis de classe », on les baptisait simplement d'un nouveau qualificatif : « ennemis du peuple ».

DE LENINGRAD
À SAINT-PÉTERSBOURG

« Tandis que le pays, avec sa capitale revenue à Moscou, retournait à sa condition utérine, claustrophobe et xénophobe, Pétersbourg, qui n'avait où se replier, s'immobilisa, comme si elle avait gardé la position qu'elle avait au XIXᵉ siècle. »

La ville n'était plus la capitale, certes. Mais le mythe pétersbourgeois allait cependant connaître un second souffle. Travestie en un centre régional, Leningrad devint l'asile spirituel des intellectuels soviétiques. Toute la conscience élitaire de la cité s'accrochait de nouveau à ses pierres, à son passé historique, aspirant à de sublimes destinées.

Cette nouvelle perception fut renforcée par le siège de Leningrad. Le blocus, un des épisodes les plus tragiques de la Seconde Guerre mondiale, se prolongea de septembre 1941 à janvier 1944 et fit environ 800 000 morts, principalement par suite de la famine et du froid, dont les horreurs furent indescriptibles. Le siège ravivait les faiblesses congénitales de Saint-Pétersbourg : il avait suffi aux Allemands de prendre la forteresse de Schlüsselburg — la « clé » — pour que l'étau se refermât sur la ville. Les habitants de

Leningrad firent preuve d'un courage extraordinaire pendant toute la durée du siège. Leur situation était celle d'un gigantesque ghetto coupé du monde, dans lequel ils se sentirent abandonnés On assistait au « second assassinat » de la ville.

> *Toi qui n'es pas devenue ma tombe,*
> *Ville de granit, ville infernale et chère,*
> *Tu es pile, figée et muette.*
> *Notre adieu n'est qu'une luette*
> *Je suis inséparable de toi,*
> *Mon ombre est sur tes murs,*
> *Mon reflet est sur tes canaux,*
> *Le bruit de mes pas, dans les salles de*
>   *[l'Ermitage,*
> *Où mon ami flânait avec moi. [...]*
> *Et ma ville demeure, mise en boîte...*
> *Lourdes sont les stèles funéraires*
> *Sur tes yeux insomniaques. [...]*
> *Lèvres serrées, la Russie*
> *S'en allait cependant vers l'Orient.*

Ce poème d'Anna Akhmatova tout entier est consacré aux habitants de Leningrad morts pendant le siège : « Je me rappelle et j'entends leurs voix lorsque je lis ce poème tout haut, et ce chœur secret justifie cette œuvre à mes yeux »
Leningrad devint une ville d'ombres. Mais le siège renforça les habitants dans leur sentiment de singularité. Hitler avait donné l'ordre de raser la ville, soit parce qu'elle avait été le berceau de la Révolution, soit, peut-être, parce qu'elle était une démonstration insolente du « génie slave » et qu'elle n'avait rien à envier à Berlin dans son œuvre architecturale. Ville martyre, victime des nazis, Leningrad avait aussi le sentiment d'être en disgrâce et de subir le régime sta-

linien plus lourdement que toute autre. Les souffrances de la guerre forgèrent un lien de sang qui l'attacha à ses pierres davantage encore. Les habitants avaient tout fait pour sauver leur cité. Malgré de nombreuses précautions (statues enterrées, collections évacuées pendant les incessantes attaques d'artillerie allemandes), les dégâts furent considérables. L'armée allemande avait occupé les résidences impériales autour de la ville ; en les quittant, elle fit brûler tous les grands palais, sauter la Grande Cascade de Peterhof, et pilla les collections. A peine libérée, la cité entreprit un travail de restauration qui, par son envergure, était peut-être sans précédent dans l'histoire. En effet, il ne s'agissait pas seulement de restaurer les ruines que les Allemands avaient laissées. On entreprit de reconstituer les palais dans leur état originel en s'appuyant sur des techniques anciennes. La restauration des résidences impériales, surtout, révéla toute l'importance du patrimoine de la ville. En réparant sa grandeur passée, la ville se réfugia dans une posture faite d'orgueil et d'affection pour une histoire dramatique marquée par l'époque soviétique. Ainsi, Leningrad se travestit en musée. Si naguère on ne la décrivait qu'en référence à d'autres villes — « Venise du Nord », « nouvelle Amsterdam », « Palmyre du Nord », brusquement, après la Révolution et la chute de l'Empire, Pétersbourg/Petrograd/Leningrad se chargea d'une histoire. Mais en 1991 tout changea. En effet en juin, à la veille de la chute de l'URSS, les habitants de Leningrad choisirent par référendum de récupérer l'ancien nom de leur ville, Saint-Pétersbourg. Ce vote fut perçu non seulement comme une négation du communisme mais aussi comme une nouvelle impulsion vers l'Europe marquée par une nostalgie du passé. De cette ville qui était devenue à la

fois le berceau et la ruine de la Révolution, Iossif
Brodsky, dernier chantre des mystères pétersbourgeois, écrit encore :

« Silencieuse, figée, la cité regardait passer les saisons... C'est une cité où la solitude est plus facile
qu'ailleurs, car la ville elle-même est solitaire. On se
consacre étrangement à l'idée que ces pierres n'ont
rien de commun avec le présent et encore moins avec
le futur. Plus ces façades sont dans le XXe siècle, plus
elles paraissent hautaines, ignorant superbement les
temps nouveaux et tous leurs soucis. »

Quand on a tout perdu, la mémoire conserve en ses
jardins secrets la nostalgie d'un temps révolu.

Saint-Pétersbourg veut redevenir aussi belle que du
temps des tsars, mais la *nostalguia* qui rôde dans notre
cœur a un tout autre parfum. Elle recèle, non pas le
« mal du pays », mais le regret d'une fraternité convi-
viale aujourd'hui révolue.

Chaque immeuble entouré d'arbres, que ce soit au
bord de la Néva ou de la Seine, réveille en moi
l'enfant des appartements communautaires où j'ai rencontré les amis qui furent à l'origine de cette histoire.

Autrefois, chaque cour vibrait sous les cris des
enfants. Quelques *babouchkas* y surveillaient les petits
tandis que les grands, à la sortie des écoles, venaient
s'y défouler jusqu'au retour de leurs parents. On
n'hésitait pas à sortir les tables, les bouteilles et les
zakouski pour fêter la réussite à l'examen de l'un, la
promotion de l'autre ou des fiançailles. On pleurait
ensemble un disparu ou l'on essayait de calmer les
querelles survenant entre les familles. Si les adultes,
partageant fréquemment leurs maigres victuailles,
refaisaient le monde dans les cuisines, hantés par les
menaces du régime suspendues au-dessus de leur tête
comme une épée de Damoclès, la vie offrait malgré

tout aux enfants des rêves de liberté dans ces cours où ils étaient rois. On côtoyait parfois des jeunes voyous ou des adolescents en quête d'aventures un peu fortes. Deux d'entre eux furent mes amis. L'un s'appelait Anatole, dit « le Carré ». Chose curieuse pour un voyou, il voulait devenir poète. Il n'y parvint point, sombra dans l'alcool et mourut très jeune. L'autre, Sacha, était surnommé Pipissa (petite bite). Sa mort fut terrible. Envoyé dans un camp de Sibérie, il s'en évada en compagnie de deux autres prisonniers qui le mangèrent en cours de route. C'était une pratique courante : s'évader seul revenait à mourir de faim dans les immenses steppes.

Nous vivions une époque qui, sous des dehors pudibonds, était d'une grande férocité. Les jeunes gens s'embrassaient sous les portes cochères, comme partout ailleurs, mais les filles pouvaient aussi s'y faire violer. J'avais peut-être onze ou douze ans quand Sacha me raconta comment il avait violé une fille de son âge qui s'appelait Marina, avec trois autres garçons.

Ce petit monde de voyous composait alors l'univers parallèle des « voleurs en loi », comme on qualifiait alors les « parrains » du milieu. Il formait un univers totalement à part de la société soviétique, avec ses propres lois, ses juges et ses objectifs. Bien des années plus tard, en Suisse, j'ai retrouvé, par hasard, Marina au cours d'une somptueuse réception. Elle était devenue une femme superbe en qui je ne pus reconnaître la jeune fille de quatorze ans qui s'était fait violer dans la cour de notre immeuble. Marina n'avait rien dit à ses parents, et vécut plusieurs mois la peur au ventre. En effet, lorsqu'une fille sans défense tombait entre les mains de ce genre de garçons, elle devenait leur chose et ne pouvait plus leur échapper. Par chance, Marina était très belle et devint l'amie d'un jeune metteur en scène — devenu célèbre depuis — auquel elle confia son secret. Celui-ci demanda alors au chef des « voleurs en loi » de ce quartier le droit de protéger Marina, probablement moyennant finance. Elle fut alors respectée par toutes les bandes des environs et put terminer brillamment ses études. Aujourd'hui, mariée à un milliardaire américain, son passé vient de la rattraper. Elle me raconta qu'elle donnait des conseils d'affaires à un jeune homme rencontré lors d'un voyage au bord de la Néva. Il n'était autre que le petit-fils du chef des « voleurs en loi » qui avait autrefois assuré sa protection...

Il y a du Berlin des années 1930 dans les nuits de Saint-Pétersbourg. Plusieurs générations découvrent d'un coup des plaisirs longtemps interdits. Les concours de strip-tease organisés dans une ambiance de décadence romaine en témoignent, comme le « marché aux esclaves » sur la perspective Nevski, où des hommes d'affaires richissimes et d'élégants étrangers de passage se rendent, après minuit. Ce qu'ils appellent la parade des plus belles filles du monde s'y déroule dans une atmosphère électrique. Car avec leurs yeux vert amande, leurs pommettes asiates, leur peau nue sous les manteaux de fourrure, elles représentent, pour les visiteurs étrangers, tous les charmes de l'Empire éclaté. Nombreux, cependant, sont ceux qui n'acceptent pas cet état de chose et veulent redonner au pays sa fierté d'antan afin de voir d'un coup Saint-Pétersbourg jaillir comme l'éclair avec ses brouillards, ses crépuscules russes qui l'entourent comme les flammes d'une chromosphère, avec ses nuits blanches, avec les cicatrices des étangs, décor fouetté par les coups de vent glacés de la Néva.

Si par un soir d'automne pluvieux vos pas vous guident vers la périphérie de la ville de Pierre, vous aurez l'impression d'y retrouver cette senteur de marécages, cette nature mélancolique et sanglotante sous cette fine pluie continuelle qui estompe les contours des hommes et des arbustes jaunâtres aux miroitements métalliques. Et, dans un halo phosphorescent, vous découvrirez Saint-Pétersbourg ressuscitée.

ANNEXE I
TROIS PROMENADES
À SAINT-PÉTERSBOURG

Sur les traces de Pierre le Grand

La forteresse Pierre-et-Paul édifiée en 1703 en terre et en bois et munie d'un bastion à la Vauban.

La porte Saint-Pierre, principale entrée de la forteresse, érigée en 1717 par Trezzini, est ornée d'une aigle bicéphale, symbole des tsars.

La collégiale Saint-Pierre-et-Saint-Paul, de style européen avec une nef baroque également de Trezzini. Outre de nombreuses sépultures impériales, elle renferme celle de Pierre le Grand.

Le bastion Troubetskoï (prison politique) où fut détenu et torturé Alexis, le fils de Pierre le Grand.

La maison du Bateau abritait jadis la chaloupe hollandaise sur laquelle Pierre effectua ses premières expériences de navigation à Moscou. (L'embarcation est exposée maintenant au musée de la Marine.)

La maison des Commandants abrite une exposition sur l'histoire de la forteresse.

La maisonnette en bois de Pierre, d'où le tsar surveillait la construction de la forteresse.

L'île Vassilievski, la plus grande de toutes à l'entrée du delta. Pierre le Grand voulait en faire le centre administratif de sa nouvelle capitale. (Le plan de Jean-Baptiste Leblond prévoyait de quadriller l'île par un entrelacs de canaux mais le projet ne put être mené à bien car l'île est isolée pendant l'embâcle, la débâcle et les inondations.)

La Strelka (flèche), à la pointe orientale de l'île, offre le plus beau panorama de la ville.

L'Amirauté est coiffée d'une flèche dorée surmontée d'une girouette en forme de caravelle, emblème de la ville, qui culmine à 72 m. C'est là qu'en 1704 Pierre le Grand installa son chantier naval.

Le palais Menchikov, premier bâtiment résidentiel de l'île. Dans le jardin, un obélisque commémore les victoires remportées contre les Turcs.

La Kunstkamera contient le cabinet des curiosités de Pierre le Grand : instruments astronomiques, cartes et livres rares ainsi que des monstres et des animaux empaillés.

Les jardins d'Eté furent ébauchés par Pierre le Grand en 1704 suivant un plan à la française. Il y fit planter des essences rares et les décora de statues romaines d'inspiration grecque dont la *Vénus de Tauride* trouvée à Rome lors de fouilles et qui se trouve maintenant à l'Ermitage.

Le palais d'Eté, édifié par Trezzini, au confluent de la Néva et de la Fontanka.

La perspective Nevski, percée dans la forêt en 1710, porte le nom du monastère auquel elle menait. Longue de 4,5 km, elle est bordée de bâtiments de même hauteur et aux façades unifiées.

La laure Alexandre-Nevski fut fondée en 1712

par Pierre le Grand sur les lieux où Alexandre Nevski vainquit les Suédois en 1240. Elle fut achevée sous Catherine II. A l'image de la Trinité-Saint-Serge, à Sergueïev-Possad, de Petchersk, à Kiev, et de Potchaïvska-Ouspensk, le monastère Alexandre-Nevski se vit attribuer en 1797 le titre de laure, réservé aux principaux monastères orthodoxes.

La ligne Madeleïevskaïa (derrière l'Académie des sciences) est bordée par les douze corps de bâtiment identiques des Douze Collèges. Construits par Trezzini entre 1722 et 1742 pour abriter des ministères, les collèges furent cédés à l'université de Saint-Pétersbourg en 1835.

Petrodvorets (anciennement Peterhof). En 1705, Pierre le Grand fit édifier une petite résidence d'été en bois au bord du golfe de Finlande. Après avoir visité Versailles en 1717, il confia au Français Leblond le soin de redessiner les jardins du domaine. Le palais fut inauguré le 15 août 1723. L'impératrice Elisabeth chargea Rastrelli d'agrandir le palais en 1745.

Le petit palais de Monplaisir, que le tsar aimait habiter, fut construit en 1714 en bord de mer.

Le pavillon de l'Ermitage, situé de l'autre côté du canal en 1725, servait pour les repas intimes ou privés.

Le palais de Marly, situé un peu plus loin vers l'ouest et construit en 1723, était réservé aux hôtes de marque.

Lomonossov (anciennement Oranienbaum) est situé à 12 km à l'est de Peterhof, en face de l'île de Kronstadt. Menchikov le fit construire à l'époque où Pierre le Grand édifiait Monplaisir.

Sur les traces des impératrices

Le palais d'Hiver qui abrite le musée de l'Ermitage. Un premier palais d'Hiver fut érigé en 1712 par Trezzini, mais il fut détruit par un incendie en 1726. Le palais actuel fut bâti par Bartolomeo Rastrelli de 1754 à 1762 pour l'impératrice Elisabeth. (L'architecte italien laissa libre cours à son goût du baroque avant de tomber en disgrâce sous Catherine II qui fit appel à Vallin de La Mothe, Rinaldi et Velten pour les aménagements intérieurs.)

L'origine des collections de l'Ermitage remonte à Pierre le Grand, mais c'est Catherine II qui fut à l'initiative du musée, l'un des plus importants du monde. Il s'étend sur cinq bâtiments.

Le monastère Smolny fut commencé, à l'initiative d'Elisabeth, par Rastrelli en 1748. En 1764, Catherine II y fonda une institution destinée à l'éducation des jeunes filles de la noblesse. L'ensemble est dominé par la magnifique collégiale de la Résurrection.

Le palais Pouchkine (Tsarskoïe Selo). Catherine Ire offrit ce domaine situé à une vingtaine de kilomètres de Saint-Pétersbourg à son époux Pierre le Grand en 1710. En 1741, Elisabeth en confia l'agrandissement à Mikhaïl Zemtsov. L'aspect actuel du Grand Palais Catherine est dû à l'intervention de Rastrelli en 1752. Merveille du baroque rastrellien particulièrement prisé par Elisabeth. (Catherine II fit effectuer des ajouts classiques par l'écossais Charles Cameron.) Sous la façade est se trouve l'Ermitage, un pavillon aux murs bleu céruléen dont le toit était autrefois recouvert d'or, comme les bulbes de la chapelle attenante au palais. Dans le parc se trouvent de nombreux autres pavillons.

Pavlovsk. Situé à 4 km au sud de Tsarskoïe Selo, le domaine fut offert par Catherine II à son fils Paul en 1777. Commencé par Cameron en 1782, il fut achevé par l'Italien Brenna. Paul Ier et son épouse Maria Feodorovna en poursuivirent l'embellissement. Le parc de 600 ha compte de nombreux pavillons et lacs artificiels.

L'Académie des sciences (bâtie de 1783 à 1789 par Quarenghi). Elle fut dirigée par la princesse Dachkova, confidente de Catherine II, grande érudite et amie de Voltaire et Diderot.

La statue équestre de Pierre le Grand de Falconet se dresse sur la place des Décembristes. Elle fut érigée par Catherine II. Sur le socle en granit rouge en forme de vague, on lit l'inscription en latin et en russe : *A Pierre Ier, Catherine II*. Pouchkine chanta la statue dans l'un de ses plus célèbres poèmes, *Le Cavalier de bronze.*

Le palais de Marbre, offert par Catherine II à Grigori Orlov, fut construit par Rinaldi en 1768. Musée Lénine de 1937 à 1991, le palais sert aujourd'hui d'annexe au Musée russe. Y sont exposés des portraits du XVIIe au XXe siècle.

Le palais de Tauride, édifice de Stassov, fut offert par Catherine II à Potemkine, devenu prince de Tauride après sa victoire en Crimée. Après avoir été transformé par Paul Ier en écurie, puis en caserne, il accueillit la Douma de 1905 à 1917 et, enfin, le Soviet des députés ouvriers et soldats.

L'église Sainte-Catherine édifiée en 1783 par Vallin de La Mothe abrite la dépouille de Stanislas Poniatowski, dernier roi de Pologne, qui avait été l'amant de Catherine II.

L'académie Vaganova (située non loin de la place Ostrovski). Fondée en 1738 pour former les danseurs de la troupe de la cour impériale, elle continue à exercer une grande influence dans le monde entier. Depuis Marius Petipa, maître de ballet du Mariinski, l'école a consacré danseurs et chorégraphes comme Balanchine, Pavlova, Nijinski, Barychnikov ou Noureev.

De Pouchkine au Siècle d'argent

La colonne Alexandre située sur la place du Palais, commémorant la victoire d'Alexandre Ier sur Napoléon, s'élève à 47 m. Elle fut conçue par le Français Montferrand en 1834. Les colonnades en demi-cercle de l'ancien état-major des armées sont de Carlo Rossi et datent de 1819.

La place des Décembristes, anciennement place du Sénat, doit son nom à la rébellion d'officiers libéraux du 14 décembre 1825. Non loin, le Manège, semblable à un temple grec, est dû à Quarenghi.

La cathédrale Saint-Isaac, troisième église baroque par la taille après Saint-Pierre de Rome et Saint-Paul de Londres, fut construite entre 1819 et 1858 par Montferrand, Rossi, Stassov, Melnikov et les frères Mikhaïlov. Parfois ouverte au culte, elle est devenue un musée en 1931. Aux quarante-trois sortes de marbres et de pierres des colonnades s'ajoutent les lapis-lazuli de l'iconostase, la malachite des colonnes intérieures et les ors de la coupole.

Le pont Bleu, large de 97 m, enjambe la Moïka pour mener au palais Marie qui complète l'ensemble architectural de la place.

Le théâtre Mariinski (anciennement Kirov), fondé en 1783, joua un rôle majeur dans l'histoire des ballets russes. Marius Petipa y fut maître de ballet de

1869 à 1903. Olga Preobrajenskaïa, Anna Pavlova, Tamara Karsavina, Nijinski y dansèrent.

L'église Saint-Nicolas-des-Marins aux murs bleu ciel et aux coupoles dorées fut construite de 1753 à 1862. Elle est consacrée au saint patron des marins qui habitaient le quartier.

La maison-musée de Pouchkine, 12 quai de la Moïka, où vécut et mourut le poète.

Le palais Ioussoupov, 94 quai de la Moïka, fut construit dans les années 1760 par Vallin de La Mothe. Il abrite un théâtre à l'italienne. C'est là que fut assassiné Raspoutine en 1916.

Le château des Ingénieurs situé sur l'autre rive de la Moïka fut construit par Bajenov et Brenna. Paul Ier l'avait fait bâtir pour sa sécurité, il y fut assassiné quarante jours après l'inauguration en 1800. En 1822 le génie militaire s'installa dans cette forteresse et eut Dostoïevski comme élève.

La place des Arts où se dresse une statue de Pouchkine (datant de 1957) fut conçue par Rossi.

Le Musée russe du tsar Alexandre III installé par Nicolas II dans l'ancien palais Michel fut construit par Rossi. Il retrace l'évolution de l'art russe du Xe siècle à nos jours.

L'église Saint-Sauveur-sur-le-Sang-Versé, également connue sous le nom de Résurrection-du-Christ, fut construite en 1883 par Alfred Parland. Alexandre III la fit ériger sur le lieu même où fut assassiné son père Alexandre II.

La cathédrale Notre-Dame-de-Kazan fut érigée entre 1801 et 1811 par Voronikhine, qui s'inspira de Saint-Pierre de Rome.

Le palais Anitchkov (commencé par Zemtsov et terminé par Rastrelli en 1751 et cadeau de Catherine II à Potemkine) devint la résidence des héritiers du trône en 1817, où Alexandre et Nathalie Pouchkine furent souvent conviés. A l'époque soviétique il devint le palais des Pionniers.

Le palais des comtes Cheremetiev ou encore la maison aux Fontaines (1730-1755), 34 quai Fontanka, fut fréquenté par de nombreux artistes et savants dont Berlioz. Dans l'aile sud du palais se trouve le musée Akhmatova, dans l'appartement qu'occupa la grande poétesse (1889-1966).

Le musée Dostoïevski, dans l'appartement où l'auteur écrivit *Les Frères Karamazov*, et où il mourut en 1881.

Le magasin d'alimentation Elisseïev, situé sur la perspective Nevski, date de 1907. Il est décoré dans le style Art nouveau.

ANNEXE II
CHRONOLOGIE

1703	Fondation de Saint-Pétersbourg.
1709	*27 juin :* victoire russe de Poltava contre la Suède.
1711	*mai-juin :* campagne de Prusse de Pierre Ier.
1711-1713	Guerre russo-turque
1712	La capitale est transférée à Saint-Pétersbourg.
1721	Suppression du patriarcat et création du Saint-Synode. Paix avec la Suède.
1722	Institution du « Tableau des rangs » (hiérarchie des classes civiles et militaires).
1724	Fondation de l'Académie des sciences de Russie.
1725-1727	Règne de Catherine Ire
1727-1730	Règne de Pierre II.
1730-1740	Règne d'Anna Ivanovna.
1735-1739	Guerre russo-turque.
1741-1761	Règne d'Elisabeth Petrovna.
1741-1743	Guerre russo-suédoise.

1757	*6 novembre :* fondation de l'Académie des beaux-arts de Saint-Pétersbourg.
1757–1762	Participation de la Russie à la guerre de Sept Ans.
1761–1762	Règne de Pierre III.
1762–1796	Règne de Catherine II.
1764	Création du musée de l'Ermitage.
1767–1768	Réunion de la Commission législative.
1768–1774	Guerre russo-turque.
1772	Premier partage de la Pologne.
1773–1775	Jacquerie de Pougatchev.
1783	Réunion de la Crimée à la Russie.
1787–1791	Guerre russo-turque.
1792	*29 décembre :* paix de Jassy avec la Turquie.
1796–1801	Règne de Paul Ier
1799	Campagnes de Souvorov en Italie et en Suisse. Fondation de la Compagnie russo-américaine de commerce.
1801–1825	Règne d'Alexandre Ier.
1805	Victoires de Napoléon Ier sur la coalition austro-russe. *2 décembre :* Austerlitz.
1806–1812	Guerre russo-turque.
1807	*7 et 8 février :* Eylau.
	Traité de Tilsit entre Napoléon et Alexandre Ier.
1812	Campagne de Russie de Napoléon Ier.
	7 septembre : bataille de la Moskova (Borodino).
	14 septembre : entrée de Napoléon à Moscou.
	27-29 novembre : bataille de la Berezina.

1813	*16-19 octobre :* Napoléon perd la bataille de Leipzig.
1814	*31 mars :* les troupes des Alliés entrent dans Paris.
	6 avril : première abdication de Napoléon.
	3 mai : retour de Louis XVIII.
1814–1815	Congrès de Vienne.
1815	*20 mars :* Napoléon rentre à Paris.
	18 juin : Waterloo.
	22 juin : seconde abdication de Napoléon.
	26 septembre : la Sainte-Alliance.
1819	Fondation de l'université de Saint-Pétersbourg.
1825–1855	Règne de Nicolas Ier.
1825	*26 décembre :* insurrection des décembristes à Saint-Pétersbourg.
1826	*juillet :* exécution des chefs du mouvement décembriste. Création de la IIIe section de la gendarmerie (police politique).
1837	Mort d'Alexandre Pouchkine.
	Inauguration de la première ligne de chemin de fer en Russie.
1854–1855	Guerre de Crimée.
1855–1881	Règne d'Alexandre II.
1861	*février :* abolition du servage.
1864	Réforme administrative, création des *zemstvos* (conseils locaux), réforme judiciaire.
1865–1885	Conquête de l'Asie centrale par la Russie.

1873	Alliance des trois empereurs (Guillaume Ier, François-Joseph, Alexandre II).
1873–1875	« Marche vers le peuple » des intellectuels populistes.
1876	*6 décembre :* première manifestation politique de rue à Saint-Pétersbourg devant la cathédrale de Kazan.
1876–1879	Activité de l'organisation révolutionnaire « Terre et Liberté ».
1880	*5 février :* attentat de S. Khaltourine contre Alexandre II (explosion d'une bombe au palais d'Hiver).
1881	*1er mars :* assassinat d'Alexandre II par les populistes.
1881–1894	Règne d'Alexandre III.
1887	*1er mars :* tentative d'attentat contre Alexandre III à Saint-Pétersbourg ; Alexandre Oulianov, le frère aîné de Vladimir Oulianov (le futur Lénine), y est impliqué.
1891–1993	Alliance franco-russe.
1894–1917	Règne de Nicolas II.
1894	Tragiques mouvements de foule pendant les fêtes du couronnement de Nicolas II à Moscou (catastrophe de la Khodynka).
1896	Nicolas II en visite officielle en France.
1905	Guerre russo-japonaise.
	Janvier : première révolution russe.
	20 et 21 janvier : grève générale à Saint-Pétersbourg.
	22 janvier : « Dimanche rouge », la police et l'armée tirent sur une grande manifestation pacifique devant le palais d'Hiver.

27 juin-8 juillet : mutinerie du croiseur *Potemkine* devant Odessa.

5 septembre : traité de paix de Portsmouth entre la Russie et le Japon.

20 octobre : grève générale en Russie.

26 octobre : première réunion du soviet de Saint-Pétersbourg.

30 octobre : manifeste du tsar Nicolas II promettant les libertés politiques et la réunion d'une Douma d'Etat législative.

1917   *15 mars :* abdication de Nicolas II.

17 mars : formation d'un gouvernement provisoire.

juin : offensive russe sur le front sud ; échec.

24 juillet : Kerenski devient président du Conseil.

septembre : tentative contre-révolutionnaire du général Kornilov, arrêtée par la Garde rouge.

14 septembre : proclamation de la République ; Kerenski à la tête d'un directoire.

7 novembre : coup d'Etat d'Octobre sous la direction des bolcheviks.

9 novembre : formation du Conseil des commissaires du peuple, présidé par Lénine ; décrets « sur la Paix » et « sur la Terre ».

1918   *18 janvier :* réunion de l'Assemblée constituante élue à Petrograd.

19 janvier : dissolution de la Constituante.

28 janvier : formation de l'Armée rouge.

14 février : adoption du calendrier grégorien.

18 février : offensive austro-allemande contre la Russie soviétique.

3 mars : paix séparée avec l'Allemagne (traité de Brest-Litovsk).

mars-avril : corps expéditionnaire anti-bolchevique des Alliés à Mourmansk.

10-11 mars : transfert de la capitale de Petrograd à Moscou.

avril : corps expéditionnaire japonais et anglais à Vladivostok.

25 mai : soulèvement contre-révolutionnaire du corps expéditionnaire tchèque.

8 juin : prise de Samara par les troupes blanches appuyées par les Alliés, constitution d'un gouvernement contre-révolutionnaire.

28 juin : formation en Sibérie d'un gouvernement provisoire contre-révolutionnaire.

4-10 juillet : le Ve congrès panrusse des Soviets adopte la première Constitution soviétique.

2 août : débarquement anglo-américano-français à Arkhangelsk.

4 août : occupation de Bakou par les Anglais.

30 août : attentat contre Lénine.

1924	Mort de Lénine.
1924-1953	Staline dirige l'Union soviétique.
1953–1964	Khrouchtchev dirige l'Union soviétique.
1964–1982	Brejnev dirige l'Union soviétique.

1979	*décembre :* intervention de l'armée soviétique en Afghanistan.
1985	*mars :* Gorbatchev élu secrétaire général du Parti communiste lance la perestroïka.
1988–1989	Retrait des troupes soviétiques d'Afghanistan.
1989	Elections à candidatures multiples en URSS.
1990	Instauration d'un régime présidentiel en URSS.
1991	*mars :* Gorbatchev est élu président de l'Union.
	juin : Eltsine est élu président de la Fédération de Russie.
	Les habitants de Leningrad choisissent de reprendre pour leur ville le nom de Saint-Pétersbourg.
	19-21 août : tentative de putsch contre le président Gorbatchev.
	décembre : fin de l'URSS.
1996	*juin :* réélection d'Eltsine à la présidence de la Fédération de Russie.
2000	*mars :* Poutine est élu à la présidence de la Fédération de Russie.

BIBLIOGRAPHIE

Algarotti, F., *Viaggi di Russia*, Turin, Einaudi, 1942.

Attenhoffer, Heinrich-Ludwig von, *Medizinische Topographie der Hauptund Residenz-stadt St. Petersburg*, Zurich, Orell, Füssli und Compagnie, 1817.

Bell, John, *Travels from St-Petersburgh in Russia to various Parts of Asia*, Edimbourg, William Crecch, 1783, vol. 1.

Bernardin de Saint-Pierre, Jacques-Henri, *Observations sur la Russie*, in *Œuvres complètes*, Paris, Méquignon-Marvis, 1818.

Berelowitch W., Medvedkova, O., *Histoire de Saint-Pétersbourg*, Paris, Fayard, 1996.

Bremner, R., *Excursions in the interior of Russia*, Londres, 1839, vol. 1.

Carr, J., *Travels round the Baltic*, Philadelphie, 1805.

Casanova de Seingalt, Jean-Jacques, *Mémoires*, Paris, Gallimard, 1958-1960, vol. 1.

Chantreau, P. N., *Voyage philosophique en Russie*, Paris, 1788-1789.

Comeyras, Victor, *Tableau général de la Russie moderne et situation politique de cet empire au* commencement du XIXe siècle, par V. C., Paris-Strasbourg, Treuttel et Wurtz, Goujon fils, 1802.

Cook, John, *Voyages and travels through the Russian Empire, Tartary and part of the Kingdom of Persia*, Edimbourg, 1770, vol. 1.

Coxe, W., *Voyage en Pologne, Russie, Suède, etc.*, Genève, Barde, Manget et Cie, Paris, de Buisson, 1786, vol. 1.

De Grève, Claude, *Le Voyage en Russie. Anthologie des voyageurs français aux XVIIIe et XIXe siècles*, Paris, Robert Laffont, Bouquins, 1990.

Faure, R., *Souvenirs du Nord*, Paris, 1821.

Granville, K. B., *Guide to St.-Petersburgh*, Londres, 1835, vol. I-H. .

Green, O., *An original journal from London to St. Petersburg by way of Sweden*, Londres, 1813.

Guide des voyageurs en Europe, vol. M, *Allemagne, Danemark, Norvège, Suède, Russie*, 3e édition, Weimar, 1805.

Jerrmann, E., *Unpolitische Bilder aus St. Petersburg*, Berlin, 1851.

Lescallier, Daniel, *Voyage en Angleterre, en Russie et en Suède, fait en 1775*, Paris, Firmin-Didot, 1799.

May, Jean Baptiste, *St.-Pétersbourg et la Russie en 1829*, Paris, 1830, vol. 1-11.

Molinari, M. G. de, *Lettres sur la Russie*, Paris, 1877.

Aubry de La Motraye, *Voyages en Anglois et en François en diverses provinces et places de la Prusse ducale et royale, de la Russie, de la Pologne, etc.*, La Haye, 1732.

Müller, D. Chrétien, *Tableau de Pétersbourg ou lettres sur la Russie écrites en 1810, 1811 et 1812*, traduit

308

de l'allemand, Paris, Treuttel et Wurtz, Mayence, Florien Kupfelberg, 1814.

Regnault, M. A., *Esquisses historiques sur Moscou et Saint-Pétersbourg*, Paris, 1857.

Reimers, Heinrich, *Sankt-Petersburg wahrend der vier ersten Jahre der glorreichen Regierung seiner kaiserlichen Majestät Paul des Ersten*, Saint-Pétersbourg, 1805.

The Russian Worker Life and Labor under the Tsarist Regime, cd, Victoria Bonnell, University of California Press, 1983.

Ségur, Louis-Philippe de, *Mémoires, ou Souvenirs et anecdotes*, Paris, Eymery, 1824-1826, vol. I-M.

Seven Briton in Imperial Russia, 1698-1812, ed. Peter Putnam, Princeton, New Jersey, Princeton University Press, 1952.

Storch, Heinrich, *Gemälde von St. Petersburg*, Riga, Johann-Friedrich Hartknoch, 1793, vol. 1-11.

Strahlenberg, baron von, *Description historique de l'Empire russe*, traduit de l'allemand, Amsterdam-Paris, Desaint et Saillant, 1757, vol. 1.

Svignine, Paul, *Description des objets remarquables de Saint-Pétersbourg et de ses environs*, Saint-Pétersbourg, 1816.

Vernet, Horace, *Lettres intimes de Horace Vernet pendant son voyage en Russie*, Paris, 1856.

REMERCIEMENTS

Je voudrais exprimer ma sincère gratitude à Isabelle de Tredern qui m'a une fois encore accompagné dans ce travail.

Mes remerciements vont aussi à mon éditeur Jean-Paul Bertrand et à ses collaborateurs, qui m'ont accordé leur confiance et leur bienveillance.

Je tiens tout particulièrement à remercier les collaborateurs de l'Etat de la Fédération de Russie qui m'ont permis d'utiliser leurs fonds d'archives.

Table

Du même auteur :

AUX ÉDITIONS DU ROCHER

Le Roman de Tolstoï, 2010.
Le Roman de l'âme slave, 2009.
Le Fantôme de Staline, 2008.
Le Roman de l'Orient-Express, 2006.
Diaghilev et Monaco, 2004.
Le Roman de la Russie insolite, 2004.
Le Roman du Kremlin, 2003.
L'Histoire secrète des Ballets russes, 2002.
Les Tsarines, les femmes qui ont fait la Russie, 2000.

CHEZ D'AUTRES ÉDITEURS

Napoléon et Alexandre, Alphée-Jean-Paul Bertrand, 2010.
Les Amours de la Grande Catherine, Alphée-Jean-Paul
  Bertrand, 2009.
Paris-Saint-Pétersbourg, une grande histoire d'amour,
  Presses de la Renaissance, 2005.
La Fin de l'URSS, Mémorial de Caen, 2002.
De Raspoutine à Poutine, les hommes de l'ombre, Perrin-
  Mémorial de Caen, 2001.
Le Retour de la Russie (en collaboration avec Michel
  Gurfinkiel), Odile Jacob, 2001.
Le Triangle russe, Plon, 1999.
Les Deux Sœurs ou l'art d'aimer, Lattès, 1997.
Le Département du diable, Plon, 1996.
Les Égéries romantiques (en collaboration avec Gonzague
  Saint-Bris), Lattès, 1995.

Les Égéries russes (en collaboration avec Gonzague Saint-Bris), Lattès, 1993.

Histoire secrète d'un coup d'État (en collaboration avec Ulysse Gosset), Lattès, 1991.

Histoire de la diplomatie française, Éditions de l'Académie diplomatique, 1985.

Composition réalisée par NORD COMPO

Achevé d'imprimer en avril 2011 en Espagne par
Black Print CPI Iberica, S.L.
Sant Andreu de la Barca (08740)
Dépôt légal 1re publication : novembre 2003
Édition 07 – avril 2011
LIBRAIRIE GÉNÉRALE FRANÇAISE – 31, rue de Fleurus – 75278 Paris Cedex 06